RELIURE SERREE
Absence de marges
intérieures

Illisibilité partielle

VALABLE POUR TOUT OU PARTIE DU
DOCUMENT REPRODUIT

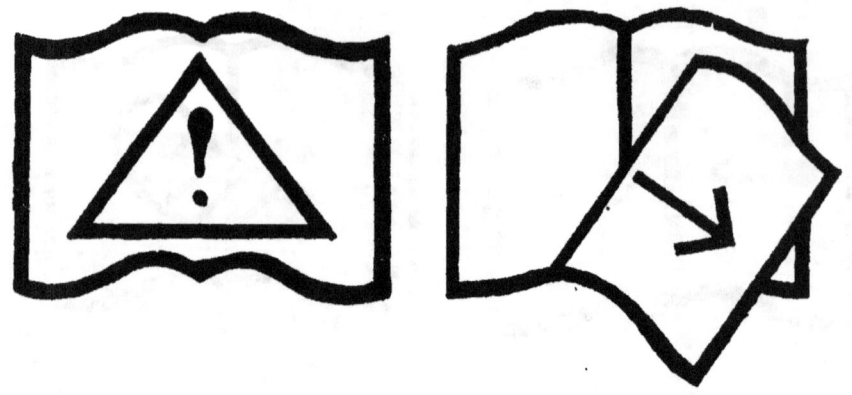

Couverture inférieure manquante

LES COUV. SUP. ET INF. SONT RELIEES
A LA FIN DU VOLUME

DU N° .1.

DU N° .2.
AU N° .8.

8 Y 2
19613

LA CIGARETTE

FAYARD FRÈRES
ÉDITEURS — PARIS

N° 165.   LA CIGARETTE 1

JULES CLARETIE

DE L'ACADÉMIE FRANÇAISE

ŒUVRES COMPLÈTES

LA

CIGARETTE

— C'est du temps de la guerre de don Carlos, la dernière, oui, monsieur. Tout ce pays basque, ces environs de Saint-Sébastien, ces montagnes de Guipuzcoa, tout cela a senti le sang et la poudre... et pendant des mois, de longs, longs mois. Vous avez dû voir bien des murs noirs et déchiquetés dans la campagne. Oui? Eh bien! c'était des fermes, des maisons, des coins vivants et heureux; maintenant c'est des ruines, presque des cimetières. C'est la guerre.

On se battait, il fallait voir! Les carlistes d'un côté, les soldats du gouvernement de Madrid de l'autre. Il en a défilé, allez, sur ces chemins, des morts et des blessés, de pauvres enfants qui se demandaient pourquoi... pourquoi...? Les guerres civiles, ah! c'est du joli, les guerres civiles! Et quand on pense que cela peut recommencer demain... est-ce qu'on sait? Les hommes sont si bêtes!

Vous concevez : on nous dit, un beau matin, que le roi est là, que don Carlos arrive; alors c'est simple, le vieux levain remonte et voilà nos paysans basques courant au prétendant et lui fournissant une armée. Histoire de porter un bel uniforme, le béret sur l'oreille, d'arriver, clairon en tête, dans les villages et, après avoir formé les faisceaux, d'y faire, en chantant, danser les filles. Histoire aussi d'entendre siffler les balles, car nos Basques sont braves, vivent de peu et meurent bien. Seulement, adieu les moissons, les pommiers, la vie du pauvre monde ! On se battait toute la journée, on s'est battu pendant trois ans. A un moment donné, monsieur, toutes ces routes, défoncées, étaient occupées par des hommes d'une même patrie qui ne songeaient qu'à s'entr'-égorger.

Vous savez l'histoire du blocus de Bilbao que les carlistes serraient comme dans des tenailles. Il s'agissait de délivrer la ville, et, entre Saint-Sébastien et Bilbao, les soldats de don Carlos tenaient les défilés, repoussaient les assauts, battaient les colonnes de troupe qu'on lançait sur eux à la baïonnette. Le chef carliste qui commandait de ce côté s'appelait Zucarraga. Un héros, monsieur ! Un ancien officier de l'armée qui avait renvoyé son épée au gouvernement de Madrid en disant : « Donnez-la à un autre et qu'elle combatte contre moi; celle que je porterai désormais, je la tiens de mon roi. » Trente ans, beau, grand, superbe. Il gardait la montagne par là et ne la lâchait pas. On envoyait contre lui les meilleures troupes. et chaque jour des troupes fraîches. Nous les voyions re. . uir, les pauvres soldats, éclopés, décimés, avec leurs officiers portés sur des cacolets sanglants, hochant la tête, disant : « Voilà ! c'est pour l'Espagne qu'on tue l'Espagne !... »

Ce Zucarraga ! Sa réputation grandissait à chaque échec de l'armée nationale. On se disait : « C'est Thomas Zumalacarregui qui revient ! » Zumalacarregui, vous savez, le paladin de l'autre guerre carliste, dans le vieux temps. Jusqu'au nom, rappelant l'autre, qui faisait de Zucarraga un homme de roman, un général de complainte populaire comme le Cid.

Le général qui commandait à Hernani — oui, la petite ville où, à ce que racontait l'autre jour la *Gazette*, votre escribanero Hugo a passé enfant et dont il a gardé le nom dans sa mémoire — le général, qui lançait ses pauvres soldats sur les défilés défendus par Zucarraga, était fou de rage. Il s'était promis de forcer le passage, d'enfoncer les gens à bérets, de trouer les lignes jusqu'à Bilbao. Ah bien ! oui ! A chaque attaque, une défaite ; à chaque assaut, une demi-déroute.

Les troupes harassées rentraient le pied lourd et la tête basse en laissant des morts par les chemins.

Un soir, sur la place de l'Ayuntamiento, là-haut, contemplant ses soldats qui, lentement, sourdement, regagnaient, éreintés, leurs cantonnements, tandis qu'au loin, du côté des monts, le canon de Zucarraga grondait toujours et que nous regardions la fumée monter, monter du fond des vallées, le long des montagnes rougies, le général Garrido — tête blanche sous son *ros*, son *ros* troué jadis de balles marocaines — dit, les poings fermés, l'œil chargé à mitraille :

— Ah ! ce Zucarraga ! ce Zucarraga ! ce misérable Zucarraga ! Je donnerais ma peau pour la sienne ! Et à qui le tuerait, une fortune !

Il était affolé de colère, pleurant à voir ses régiments fondre comme de la neige dans ces défilés... Il lui semblait que tous ces braves gens semés par les routes, c'était de ses enfants qu'il perdait, qu'on lui éventrait... Et qui ? Zucarraga, les Basques de Zucarraga, les carlistes !

Le vieux Garrido n'avait pas fini de parler que, sur cette place remplie de troupes, où le soir tombait, devant l'état-major du général, un grand beau garçon se planta et dit brusquement, regardant le soldat en face :

— Me donneriez-vous ce que je vous demanderais si je frappais Zucarraga, moi ?

— Qui es-tu, toi ? dit Garrido.

— Un enfant du pays, Juan Araquil. Un homme qui n'a pas peur de mourir, mais qui a juré d'être riche.

Le général examinait l'homme des pieds à la tête.

— Tu es du pays de Guipuzcoa ? Pourquoi n'as-tu pas rejoint l'armée de don Carlos ?

— Parce que je me moque de tout en ce monde, excepté d'une femme que j'aime.

— Une fiancée ?

— Ah ! si c'était une fiancée !... Non, une fille de fermier, trop riche pour moi qui suis trop pauvre et qui veux de l'argent pour l'épouser.

Il était bien connu dans le pays, cet Araquil, et nous savions tous son histoire, son amour pour la fille du père Chegaray, un bon laboureur guipuzcoan, maître de quatre ou cinq fermes bâties de ces côtés et propriétaire de

coteaux où les pommiers craquaient sous les pommes et
donnaient du cidre, il fallait voir... Je n'en ai jamais goûté,
de votre cidre de France dont on parle tant, mais n'est-ce
pas qu'il ne vaut point notre cidre de Guipuzcoa ?... Ce n'est
pas moi qui le dis.

Le père Chegaray habitait entre Hernani et le fort Santa
Barbara que vous avez vu, en venant de Saint-Sébastien. De
Pepa, sa fille, le vieux Chegaray était fier comme une An-
dalouse de ses bijoux. Il se carrait, le fermier, quand il menait sa fillette aux vêpres ou aux romerias, dans nos frairies.
C'est aux *romerias* qu'on se fiance, souvent sans que les parents soient consultés. En riant, en dansant, que c'est vite
fait ! Le cœur se prend et la vie se donne.

Il y avait alors à Loyola, tout près d'ici, dans la vallée, là-
bas, un beau grand diable qui papillonnait autour des jolies
filles et qui avait bien, ma foi, toutes les qualités qui plaisent
aux femmes, mais pas une de celles qui plaisent aux parents. C'était cet Araquil qui venait conter là ses ambitions
au vieux général Garrido. Gai, ce garçon ! toujours en train
de folie, le premier au jeu de paume, agile, fort, batailleur,
casse-cou, tuant des taureaux dans les *novilladas* impro-
visées comme un espada de profession, prêt à se faire, au
premier propos venu, trouer la peau et casser la tête. Et
campé comme un roi, avec cela, l'air d'un cavalier et le
menton toujours rasé de frais, avec une taille d'hercule et
une main de femme. D'ailleurs, pas le sou, vivant au jour
le jour, tantôt d'un prix de paume gagné sur ceux de Bilbao
ou de Tolosa, tantôt d'un pari fait avec les toreros qu'il dé-
fiait à la course et au couteau... oh ! hardiment. Un jour, à
Saint-Sébastien, comme la cuadrilla affolée ne pouvait arriver à mater le taureau, une bête noire furieuse tachetée de
mousse rougie, bavant l'écume et le sang, Juan Araquil se
met à siffler, et les gens du cirque, spectateurs et toreros,
crient : « Eh bien ! dans l'arène alors, dans l'arène ! » Ah !
Juan n'hésita pas, monsieur... Il se lève, il saute, il prend à
l'espada, étonné ou peut-être enchanté de voir ce grand fou
bientôt éventré, il prend l'épée à poignée courte, vous savez,
il la prend comme ça et, se plantant devant le taureau, il le
regarde, il lui rit aux naseaux, il lance la pointe en avant,
là, au bon endroit, comme l'eût pu faire le Tato ou Lagar-

tijo, et, ainsi qu'une masse, houm! ham! le taureau tombe, tandis que Jean Araquil se tourne vers les toreros et leur dit, riant toujours : « Vous voyez, vous autres — pas diffi- cile !...

Mais ce n'est pas tout. Ils étaient furibonds, les toreros, fous de colère en entendant la foule, les bravos qui saluaient Araquil et les sifflets qui souffletaient l'espada ; les voilà qui se groupent et qui entourent Araquil, qui veulent lui de- mander compte de son audace et peut-être, eh ! parbleu ! lui faire un mauvais parti. Ah bien ! bon ! Araquil regarde ce cercle de gens enragés. Il prend son élan, saute par-dessus la tête du torero qui est devant lui, et regagne les gradins en laissant, encore formé, le cercle qui allait l'étouffer, l'étrangler. Le soir, il se battit au couteau, derrière le cirque, avec un des toreros, qui lui enfonça sa navaja en pleine poitrine. Juan Araquil resta quinze jours au lit, mais, après la quinzaine, il n'y paraissait plus. Il était prêt à tuer encore un taureau et, cette fois, au besoin, un torero avec.

Quand ils sont blessés, nos toreros, vous savez, cela ne tire pas à conséquence. Leur peau se recoud, leur chair se refait. On les emporte troués de coups de corne, on les croit morts — un signe de croix, bien, *requiescat !* — et on les retrouve au bout du mois, l'espada ou la banderilla à la main. Juan Araquil était pétri de cette pâte-là ! Coups de couteaux ou coups de raquettes, rien n'y faisait. Un homme en fer, un vrai Basque.

Il avait d'ailleurs des remèdes pour les blessures, ayant — puisqu'il faisait un peu de tout — fréquenté les rebou- teux et les gens qui fabriquent avec les herbes de la mon- tagne des pommades et des drogues pour vous mettre sur pied quand on a du mal. Il s'était même fait fabriquer comme cela une essence de je ne sais quelles méchantes plantes, fleur d'aconit ou autre, qu'il avait au doigt, dans une bague, disant qu'un homme doit toujours pouvoir être le maître de sa vie et qu'on n'a quelquefois pas, pour en finir quand on veut, son couteau tout prêt sous la main. Un couteau, on vous l'arrache ; un anneau, non — et d'un geste des doigts à la lèvre, on est libre. Voilà ! — C'était un homme, cet Araquil.

Un jour, ce beau garçon de vingt-cinq ans, qui avait été aimé sans aimer personne, rencontra donc, à la romeria de Loyola, le lundi de Pâques, une jeune fille qu'il invita, comme les autres, à un tour de danse. C'était Pepa Chegaray. Cela tourne un peu le cerveau des jeunes, un air de valse, et le guitarero — c'est mon avis, du moins — est le grand maître de l'amour. Ni Juan ni Pepa ne devaient oublier cette première entrevue, cette danse en plein air, la musique accompagnant les sourires et la chanson, plus grisante que notre cidre :

> Le matin se lève une belle étoile,
> Du ciel on dit que c'est la plus belle ;
> Mais, sur terre, ô mon aimée, il en est une plus brillante
> Et qui n'a pas sa pareille au ciel,
> Et à celle-là va mon cœur
> Comme s'en va l'eau où va la pente.

Depuis ce lundi de Pâques, Juan Araquil, si gai d'habitude, était devenu farouche, parlant peu, très sombre, et le père Tiburcio Chegaray, là-bas, ne souriait plus guère. C'est ce diable d'amour qui passait par là.

Oh ! un amour complet, absolu, rapide comme un tonnerre. Il y en a comme ça ! Elle rêvait de lui ; il ne pensait plus qu'à elle. Il était aussi triste qu'un jardin sans fleurs, et l'amour le rendait hargneux. Pourquoi ? Parce qu'il n'avait pas un douro en poche et que Pepa était riche, et surtout que cette barre de fer de Tiburcio avait dit à sa fille que jamais, jamais il ne donnerait Pepa à un homme qui n'avait pour fortune que sa balle de joueur de paume...

— Mais enfin, dit un jour Araquil au père Chegaray... Pepa m'aime, elle me l'a dit.

— Elle me l'a dit aussi, fit le père.

— Moi, je l'adore. J'en suis fou. Je me tuerai si vous ne me la donnez pas. Qu'est-ce qu'il faut que je fasse pour l'avoir pour femme ?

— Ce que j'ai fait moi-même, conclut le fermier. Travailler et apporter au ménage de quoi nourrir les enfants. Je n'ai pas peiné toute ma vie pour jeter mon argent et ma fille à un coureur de romerias. Quand tu viendras me dire que tu as ramassé un petit bien et que tu peux apporter ta part de pain et de sel, tu auras Pepa, puisqu'elle t'aime.

— Et ce qu'il faut apporter, c'est... combien? demanda
Juan.

— Deux mille douros!

Cela fait dix mille francs de votre monnaie.

— Deux mille douros! dit Araquil, tout blême. Où ça se
trouve-t-il, ça?

— Je l'ai trouvé dans la terre, moi, répondit le fermier.
Cherche!

Et Tiburcio n'était pas de ceux qui, ayant parlé, revien-
nent sur leur parole, non! Araquil n'avait qu'à se tuer,
comme il en menaçait le vieux, ou à piocher pour amasser
la somme. Pepa, brave fille, ne désobéirait pas au père;
mais, très amoureuse du beau garçon, se résignait pourtant
à attendre que Juan eût gagné la dot exigée. Seulement,
dans leurs rencontres furtives ou leurs entretiens devant le
vieux, elle ne cachait pas à Araquil qu'elle avait pour lui
un de ces sentiments qui lient deux êtres jusqu'au sacrement
dernier. Et elle lui avait même juré — juré sur le livre de
messe de sa mère morte — qu'elle ne serait jamais à un
autre si elle n'était pas à lui. Un serment pareil, prêté par
une créature belle comme l'étoile au ciel, c'est bien fait
pour donner du cœur à un audacieux. Il se dit, Juan : « Eh
bien! oui, oui, je leur aurai, les deux mille douros! Je ne
sais pas comment je les aurai, mais je les aurai! »

Et ce qu'il roula de projets dans sa cervelle, ce qu'il tra-
vailla!... Il faillit se casser la tête contre le mur du jeu de
paume de Saint-Sébastien un jour que, pour un point, il
perdit une partie engagée contre le champion de Tolosa. Les
paris étaient gros. Un commencement de fortune. Et pour
un point — pour un point — Araquil était battu, et ceux
d'Hernani avec lui! Il s'arrachait les cheveux, il se cognait
le front, il était fou de colère...

Et il les lui fallait, ces deux mille douros; et il se répétait
ce que Pepa lui avait dit :

— Ou la vie avec vous ou avec personne, Araquil. Mais
j'obéirai à mon père vivant et je respecterai toujours la
volonté de mon père mort...

Il en était venu, le pauvre Juan, à songer à quelque grand
voyage. On lui disait que, là-bas, à la Plata, en Amérique,
les Basques, parfois, en émigrant, faisaient fortune. Oui,

monsieur, il paraît que les joueurs de paume de nos pays
peuvent, à Buenos-Ayres, ramasser les pesetas à poignées.
La jolie maison que vous verrez en retournant à Saint-
Sébastien, à droite, appartient à un garçon d'Hernani qui a
gagné du bien, comme cela, dans le sud du Nouveau-Monde.
Si l'idée de quitter Pepa, de ne plus l'apercevoir, même de
loin, à la messe ou à vêpres, aux courses de taureaux, même
à sa fenêtre, quand il passait devant la ferme, n'avait pas
porté à la tête d'Araquil, il serait parti certainement. Oui,
parti. Et alors, trappeur, orpailleur, à l'aventure, il eût
cherché, puisque le vieux lui avait dit : « Cherche ! » Il eût
mieux fait que de rester.

Toujours est-il que, pendant ce temps, voilà que la guerre,
la dernière guerre, met le feu — il n'y a pas d'autre nom
— à ce pays-ci, et qu'il arrive ce que je vous ai dit devant
Bilbao. Donc, pour y revenir, le général Garrido, désespéré,
voit se planter devant lui ce grand garçon aventureux qui
lui conte, en deux mots, son histoire ; et pendant que le
vieux soldat du Maroc, battu par les carlistes, fronce les
sourcils, Juan Araquil ajoute :

— Si la vie de Zucarraga vaut une fortune, comme vous
le dites, général, je l'aurai !

— La vie de Zucarraga vaut mieux qu'une fortune,
répondit Garrido. Elle vaut l'existence de milliers de mes
pauvres enfants. Zucarraga, c'est la résistance, c'est la clef
de Bilbao, c'est la tuerie continuelle, c'est tout. Je n'ai pas
d'ordres à te donner, tu n'es pas soldat. Mais si tu fais ce
que tu annonces, rappelle-moi ce que j'ai dit !

— Bien, fit Juan. A bientôt, général !

Le vieux Garrido avait haussé les épaules et, un moment,
il s'était demandé si cet homme-là n'était pas un espion.

Araquil, lui, ne songeait qu'à une chose : la vie de
Zucarraga valait une fortune ! Et cette fortune dont il se
moquait comme d'un oignon cru, il ne la désirait que parce
qu'elle lui donnait Pepa vivante. Il s'éloigna d'Hernani,
disparut. On n'entendit plus parler de lui pendant plusieurs
jours. Le général disait : « J'ai eu affaire à un fou ». Et il
prenait ses dispositions pour une attaque de nuit, voulant
surprendre Zucarraga et forcer la passe à tâtons, avec la
lumière des coups de feu pour s'éclairer.

Pendant ce temps Araquil rôdait autour des retranchements carlistes. Le couteau en poche, ce couteau qu'il savait, au besoin, lancer comme une balle, planter de loin dans une cible, il attendait, couchant au hasard, à la belle étoile, qu'il pût approcher de Zucarraga et débarrasser le vieux Garrido du chef carliste. Que lui faisait l'existence de ce commandant de partisans ? Guerre au canon, guerre au couteau, c'est toujours la guerre. On a bien le droit de tuer quand on sacrifie sa vie. Il se faisait tous ces raisonnements-là et guettait l'occasion.

Une nuit, comme il s'approchait trop de la ferme, à demi démolie, où Zucarraga couchait, dans les décombres, la balle d'une sentinelle siffla près de la tête d'Araquil, si près qu'elle lui enleva un peu de chair à l'oreille gauche. Il n'y prit même pas garde et ne regretta qu'une chose, c'est que la sentinelle carliste l'eût aperçu. Sans elle, il eût franchi le mur, sauté du côté de Zucarraga ! C'était à recommencer.

Eh bien ! voilà : il recommencerait le lendemain. Mais ce lendemain-là, c'était précisément le jour que Garrido avait choisi pour l'attaque de nuit. Juan Araquil, couché dans un fossé, tapi comme une bête au gîte, se proposait, cette fois, d'arriver, coûte que coûte, jusqu'à Zucarraga, à l'heure même où le vieux Garrido lançait sur les carlistes une colonne d'attaque. Les premiers coups de feu de l'engagement étonnèrent Araquil, les seconds lui firent plaisir. Puisqu'on se battait, Zucarraga allait sortir, mener au feu ses soldats. Si Juan se glissait jusqu'à lui, c'était bientôt fait : le couteau au cœur et, cette fois, non pas dans un guet-apens, mais en pleine bataille. Ah ! le sang de Zucarraga valait une fortune ?... Le père Chegaray aurait ses deux mille douros, il les aurait — et tant pis pour les carlistes !

On se battit fièrement, cette nuit-là. Les soldats de Garrido étaient enragés, montaient à l'assaut des retranchements à la baïonnette et se heurtaient aux carlistes qu'ils croyaient surprendre et qui étaient debout. Dans la nuit noire, on s'égorgeait, s'étranglait. Les sabres trouaient les poitrines, les revolvers cassaient les têtes. On s'assassinait sans se voir. Et entre Espagnols, je vous le répète, si ce n'est pas une misère !

Et ça dura longtemps. Au petit jour, les soldats de l'armée

étaient en retraite, une fois de plus, les pauvres diables, et ils en avaient perdu des leurs pour en arriver là! Attaque inutile. Nuit de sang ajoutant une débâcle à une autre. Il allait encore pleurer de rage, là-bas, le vieux Garrido. Au contraire, après s'être battus toute la nuit, les carlistes saluaient l'aurore en poussant des cris de joie. *Harri! Harri!* Puis, tout à coup, tout cela tomba, la joie, les cris, et il y eut chez eux un silence noir. On rapportait, blessé à la jambe, l'os brisé, disait-on, Zucarraga, le chef invincible, celui dont la voix avait été partout entendue, cette nuit-là, répétant : « Allons! Résistons! Courage, mes enfants! » C'était devant la maison éventrée où il dormait d'ordinaire. Les prisonniers de l'armée madrilène — les carlistes en avaient fait beaucoup, pendant la nuit — aperçurent ce magnifique et fier garçon, pâle comme son béret blanc, avec sa barbe noire, que ses officiers entouraient. Zucarraga ne pouvait plus se tenir debout. On le soutenait sous les aisselles. Quelques-uns de ses soldats apportèrent un escabeau et on l'assit dessus, la jambe allongée.

Araquil regardait.

Pris avec les soldats de Garrido, on l'avait, avec eux, gardé dans le tas, et des sentinelles carlistes le surveillaient, fusil chargé, avec les autres. Son couteau, son fameux couteau, ne lui avait pas servi. Se voyant pris, entraîné dans la déroute, cerné avec les prisonniers, il l'avait jeté, se disant: « Ce sera pour une autre fois! » Et maintenant, probablement, destiné à être passé par les armes, puisque lui seul, parmi ces prisonniers, n'avait pas d'uniforme, il se disait que c'était fini, fini, et que Pepa en épouserait un autre ou mourrait fille — et ses yeux allaient, pleins de colère, vers cette proie humaine qui lui échappait, ce Zucarraga qu'il se mettait à haïr, il ne savait pas pourquoi — ou plutôt parce que, Zucarraga vivant, c'était sa vie à lui, Araquil, manquée, Pepa perdue...

Autour de Zucarraga, les officiers carlistes s'agitaient, inquiets. Quelques-uns, à genoux, regardaient la blessure. L'un d'eux appelait un chirurgien.

— Le chirurgien!... Le chirurgien, *valgame Dios!* Où donc est Urrabieta? Où est-il?

C'était le chirurgien du détachement carliste. On le cherchait partout. Les officiers s'impatientaient. Zucarraga, souriant, très doux, disait, en faisant un signe de la main: « Attendons. Urrabieta s'est peut-être endormi. Il a dû avoir tant d'ouvrage, cette nuit! »

Tout à coup, un sergent accourut, allant vers les officiers, les larmes dans les yeux, très pâle. On venait, parmi les morts, de reconnaître Urrabieta, le chirurgien, tombé, frappé d'une balle, sur le corps d'un Navarrais qu'il soignait. Cela s'était fait dans la nuit, comme tout le reste. Une balle égarée. Ces morceaux de plomb, ça tue aussi bien ceux qui soignent que ceux qui égorgent!

Et alors il y eut une stupeur parmi les carlistes. La blessure de Zucarraga pouvait être grave; elle était grave. Et pas de chirurgien pour la soigner! Attendre qu'on appelât ceux des corps d'armée voisins, c'était dangereux. Il perdait beaucoup de sang, Zucarraga. Un de ses officiers marcha droit alors vers le tas de prisonniers, et demanda, très haut:

— Y a-t-il un chirurgien, parmi vous?

Les soldats de Garrido se regardèrent. Non, il n'y avait pas de chirurgien. Tous des soldats.

— Personne qui puisse faire un pansement?

— Si, répondit alors un homme, moi!

— Avance, toi!

L'homme sortit du tas de pauvres gens abattus, quelques-uns blessés. Il s'avança, la tête haute. C'était Araquil.

— Tu n'es pas soldat? dit l'officier.

— Non.

— Pourquoi es-tu là?

— Parce qu'on m'y a mis. Je ne me bats pas, moi. Je voulais aller à Bilbao voir les miens. La bataille m'a empêchée de passer. Voilà!

— Et tu connais quelque chose à la médecine?...

— Non. Mais je sais guérir. Je suis un peu torero à mes heures.

L'officier, défiant, fit avancer Araquil jusqu'à Zuccaraga, qui leva sur le beau garçon ses grands yeux noirs. Le chef carliste demanda alors des explications. Araquil inventa un roman: il avait soif d'embrasser ses vieux, enfermés dans Bilbao. Ce n'était pas sa faute, si la guerre civile séparait comme ça les familles. A travers les coups de feu, il allait, continuant sa vie.

— Tu es du pays basque? Pourquoi n'es-tu pas avec le prétendant légitime? demanda à son tour Zucarraga.

— Parce que je ne suis avec personne.

Les officiers carlistes examinaient, étudiaient ce grand gars avec quelques doutes. La réponse amena des murmures chez eux. Zucarraga les fit cesser.

— Chacun est libre, dit-il doucement.

Puis, son clair regard enfoncé dans les yeux de Juan :

— Tu dis que tu sais guérir? Peux-tu seulement me soulager? Je souffre beaucoup.

Il montrait sa jambe nue, tachée de rouge, sous son pantalon relevé et lourd de sang.

Araquil ôta sa veste, déchira brusquement la manche gauche de sa chemise, et, sur ce linge à pansement improvisé, il versa, avec lenteur, sans qu'on le vît, tout en maniant le bout de toile, quelques gouttes d'une liqueur — celle qu'il gardait à son doigt, dans sa bague — puis, blême, il fit deux pas vers Zucarraga, qui ne l'avait pas quitté du regard un moment.

La main d'Araquil ne tremblait pas en tenant ce linge imprégné d'une petite tache jaune. Comme il allait s'agenouiller devant Zucarraga pour le panser, un des officiers dit au chef carliste :

— Nous ne connaissons pas cet homme !

L'autre répliqua, toujours souriant :

— C'est vrai. Mais on ne connaît ni le médecin ni le confesseur.

Et il tendit avec effort sa jambe blessée à Juan Araquil.

— Mais cette tache jaune? demanda un capitaine.

— Un remède à moi, contre les blessures de la corrida, fit Juan.

— Va !

Le grand œil noir de Zucarraga ne quitta pas celui de Juan pendant toute l'opération, et, le linge à peine appuyé sur la plaie, le partisan dit :

— Je me sens mieux déjà !

Puis, à Juan :

— Maintenant, tu es libre !

— Mais, général... fit un officier.

Zucarraga leva la tête :

— C'est bien le moins, monsieur, que je rende à ce brave garçon service pour service.

Et parlant à Araquil :

— Qu'est-ce que tu veux encore?

— Rien, dit l'autre.

Zucarraga tira de la poche de sa tunique un petit porte-cigarettes en paille de Manille et le tendit à Juan :

— En souvenir de moi!

— Non, dit Juan.

— Oh! oh! — et Zucarraga souriait — j'ai bien peur que tu ne chérisses pas beaucoup les serviteurs de don Carlos. Tu ne veux rien de moi?

— Si, une cigarette.

Araquil prit, dans le porte-cigarettes, un papelito, et, machinalement, il le regardait, le tournant entre ses doigts, avant de le mettre dans sa poche, lorsque Zucaraga lui demanda :

— Ton nom?

— Juan Araquil!

— Eh bien! Araquil, va avec Dieu! Et attends, pour voir les tiens, que nous entrions dans Bilbao. Ce ne sera pas long! Donne-moi la main!

Araquil, très pâle, serra la main que lui tendait le blessé, remit sa veste, et, droit, saluant les officiers, saluant les prisonniers, il s'éloigna, très doucement, sans hâte, toujours suivi par le clair regard du héros carliste...

Le soir même, à Hernani, dans la petite salle d'auberge qui lui servait de quartier général, le vieux Garrido vit arriver, amené par des soldats, le grand garçon qui lui avait parlé, six jours auparavant, sur la place de l'Ayuntamiento.

Le général était furieux, congestionné, malade, parlant, depuis la déroute de la nuit, de se brûler la cervelle.

Il reçut Araquil comme un chien.

— Qu'est-ce que tu veux, toi?... Qui est-ce qui me dit que tu n'as pas averti ces misérables carlistes?

— Ce que je veux, mon général? Je veux parler à vous... à vous seul! Oui, seul!

Et le garçon avait dit cela d'un ton si net que le vieux

Garrido devina quelque chose de décisif et fit signe à ses officiers de le laisser, l'homme et lui.

— Eh bien! quoi? dit-il alors, quand ils furent seuls, ainsi que le demandait Juan.

Araquil attendit un moment avant de parler, comme si la salive lui eût manqué, puis, tout d'un coup :

— Vous aviez dit, général, que la vie de Zucarraga valait une fortune?...

Et Garrido ne répondant pas :

— Cette fortune, je viens vous la réclamer : je l'ai gagnée!

Le général regardait, fronçant les sourcils, se demandant s'il entendait bien, et Araquil restait là, debout devant lui, très pâle.

— Comment! gagnée? fit Garrido après un moment. Je ne comprends pas.

— C'est pourtant simple, répondit Juan. Zucarraga ne commandera plus le feu sur vos soldats.

— Il est mort?

— Il doit l'être. Si ce n'est pas fini ce soir, ce sera pour demain.

Le vieux Garrido était tout ému, la joue aussi blanche que sa moustache. Il voulut tout savoir, ne comprenant pas le « ce sera pour demain » d'Araquil, et le garçon lui dit, et comment il avait épié le chef carliste, comment il voulait lui planter son couteau dans le cœur et comment enfin il avait versé sur la plaie du blessé le poison de cet anneau qu'il gardait pour lui-même.

Il semblait au général qu'il étouffait, étranglé par un cauchemar. Dans sa tête blanche, ses yeux noirs brûlaient comme du feu. Il se contentait de répéter :

— Tu as fait cela, toi? Tu as fait cela? Un blessé!

Alors, Juan, parlant comme un fou, de dire aussi qu'il en eût fait bien d'autres pour avoir Pepa, et que, le père Chegaray exigeant deux mille douros de dot, ces deux mille douros il les avait pris où il pouvait les trouver. D'ailleurs — le général l'avait dit — il en avait fait tuer et tuer encore et tuer toujours des gens, et des braves gens, ce Zucarraga!

— Dans la bataille, oui! dit Garrido brusquement. Dans la bataille!

Mais ce n'était même pas une raison pour Araquil : la seule raison de ce qu'il avait fait, c'était sa passion pour Pepa. Il la voulait, Pepa. La vie de Zucarraga la lui donnait. C'était bien. Voilà tout.

Garrido avait promis ; Araquil se présentait, réclamant la dette.

Le général dit :

— C'est juste.

Il demanda la demeure de Pepa, appela un aide de camp, lui dicta l'adresse, et montrant Araquil :

— Vous logerez cet homme à la Fonda del Sol. Et, demain, vous avertirez l'aumônier. Oui, pour un mariage ! Allez !

Le temps parut long à Juan qui passa la nuit dans la *fonda* changée en corps de garde. Une nuit, une lente nuit, avec des aboiements de chiens, au loin — des hurlements qui sentent la mort — et des coups de feu, là-bas, vers les avant-postes carlistes.

Au matin, il s'endormit légèrement, rêvant de Pepa et mettant, en son rêve, des pièces d'or dans la main maigre du vieux Chegaray, la dot d'une vivante, le prix d'un cadavre.

Il était grand jour quand un détachement de soldats, commandé par un sergent, vint chercher Juan. Qui le demandait ? Le général. D'ailleurs, aux questions d'Araquil, le sergent ne répondait pas. On monta la grande rue d'Hernani, la ruelle aux maisons pressées, tassées, avec des armoiries anciennes sculptées dans le grès des murailles et des moucharabys jaunes, bleus, qui vous ont paru si jolis tout à l'heure, puis on s'arrêta sur la grande place. Un temps superbe, avec un beau soleil, riant sur les murs roux de l'église et les murailles effondrées, noires d'incendie de l'hôtel de ville. La place était pleine de monde. Soldats en rang ; près des marches de l'église, très pâle, Garrido en grande tenue, ses officiers auprès de lui, et à quelques pas, belle comme une sainte dans ses voiles noirs de costume de fête, Pepa, avec le vieux Chegaray, debout près d'elle.

Araquil vit tout cela d'un coup d'œil : les troupes assemblées, avec leurs baïonnettes luisant au soleil, le général, la belle fille, et à travers la porte ouverte de l'église, là-bas, au fond, une chapelle ardente, la grande chapelle ruisselante de lumière et d'or...

On l'amena devant Garrido.

Araquil jetait à Pepa des regards profonds, et elle, de ses yeux noirs, sous l'ombre des cils, le contemplait d'un air étrange, et il sembla à Juan que le livre de messe à tranche dorée qu'elle tenait entre ses doigts — le livre sur lequel elle avait juré d'être sa femme — tremblait dans ses mains gantées de noir.

Le général dit :

— Faites venir le prêtre !

Le prêtre apparut sur les marches de pierre comme s'il eût attendu l'ordre du général — un prêtre en chape blanche qui s'arrêta sur le seuil, immobile comme une statue — pendant que, gaiement, les lourdes cloches du campanile, avec leurs bouches de canons, entonnaient l'hosannah des jours fériés, la gaie chanson des mariages et des heureux !

— Tiburcio Chegaray, dit alors le général en s'adressant au vieux fermier, voici Juan Araquil qui a en dot les deux mille douros exigés par vous pour lui donner votre fille. Ce qui est promis est dû. Consentez-vous au mariage de Juan Araquil avec votre enfant ?

Le vieux Chegaray répondit d'une voix rauque :

— Oui.

— Juan Araquil, dit Garrido, vous consentez à prendre pour femme Pepa Chegaray ?

— Oui, fit Juan, la voix ardente.

Il avait mis dans ce *oui* toute sa vie. Le prêtre attendait, prêt à bénir.

— Pepa Chegaray, demanda Garrido en se tournant vers la jeune femme, consentez-vous à prendre pour époux Juan Araquil, ici présent ?

Pepa fit deux pas vers Juan, leva sur lui ses beaux yeux noirs et répondit :

— Non !

Dans la foule, derrière les soldats, il y eut une clameur, un *ah !* terrible. Les soldats, immobiles, regardaient.

— Non, répéta la jeune fille en élevant la voix. J'ai juré

de n'être qu'à toi et, l'ayant juré, je ne serai à personne. Mais je ne serai pas à un lâche!

Juan Araquil avait l'air d'un fou en le regardant, hagard, blanc comme la chape du prêtre. Au loin, très loin, du fond de la vallée, on entendait maintenant monter, monter tristement par delà les collines, un morne son de cloche, le bruit du glas, la longue plainte de la cloche pleurant les morts... Ils sonnaient la prière des agonisants, les carlistes, et le poison faisait son œuvre.

Et peu à peu, comme si elles eussent, à leur tour, salué le mourant, les cloches d'Hernani s'étaient tues; elles restaient là-haut, silencieuses, ne laissant plus parler que le glas, le glas lointain...

Puis, tout à coup, le glas lui-même s'arrêta et, sur la place emplie de monde, un silence passa comme si le vent eût soufflé sur ces têtes la nouvelle que tout était fini là-bas...

— Zucarraga est mort! dit le vieux Garrido.

Araquil regarda Pepa ardemment, la suppliant de lire en lui :

— C'est pour toi! C'était pour toi! dit-il farouche.

Pepa détourna la tête.

Le général, froidement, dit alors à Juan :

— Araquil, que voulez-vous qu'on fasse de vos deux mille douros ?

— L'argent ?

Araquil avait compris.

— Qu'on le donne aux pauvres. Je ne veux même pas une croix pour moi au cimetière.

Il ajouta, montrant le peloton qui l'avait escorté :

— C'est pour moi cela, n'est-ce pas ?

— Araquil, on ne tue pas un soldat par le poison ! répondit Garrido.

Alors, Juan Araquil fit le signe de la croix, s'agenouilla devant le prêtre et dit à haute voix : « Dieu me fasse grâce ! »

Les cloches d'Hernani maintenant sonnaient aussi le glas des trépassés comme celles de la plaine, au bas de la colline de Santa Barbara.

Juan se releva, prit dans la poche de sa veste une cigarette, la cigarette de Zucarraga, et demanda au sergent un peu de feu. Le papelito allumé, il le porta à ses lèvres, salua d'un dernier regard Pepa qui fit un mouvement pour aller à lui, mais se raidit et resta immobile ; et le grand beau garçon, souriant d'un sourire triste, releva le front et disparut dans l'entourage de soldats à qui Garrido fit un signe...

Pepa se retourna, cherchant à le voir, à le revoir encore ; elle n'aperçut plus rien, dans le cercle des fusils s'éloignant le long de l'église ; elle ne vit plus qu'un peu de fumée qui montait au-dessus des têtes, dans le scintillement des baïonnettes, et se perdait dans le ciel clair...

Et des chants commençaient, des prières dans l'église, pendant que, là-bas, le long de ce mur roux, dans du soleil, Juan Araquil aspirait la dernière bouffée de sa cigarette.

Pepa, alors, à travers le grand silence de mort qui passa sur la place, entendit un lointain commandement et comme un bruit de fusils remués, puis distinctement ce mot arriva jusqu'à elle : « Feu ! »

Elle tomba à genoux, écrasée, commençant à voix haute : « *Notre Père qui êtes aux cieux...* »

Mais la décharge qui suivit coupa brusquement sa prière.

Juan Araquil, encore debout le long du mur du presbytère, la poitrine plaquée de sang, s'abattait, en même temps, le front contre terre.

Quand le sergent s'approcha du corps pour lui donner le coup de grâce dans l'oreille, la cigarette que Juan tenait pliée entre ses doigts laissait encore monter un filet de fumée bleue — la cigarette de Zucarraga ! et cette fumée survivait à Zucarraga, le héros, et à Araquil, le meurtrier.

TUYET

—

— Alors, c'est très joli, Paris; cela vous plait, Paris?

Le petit Tonkinois eut, en baissant affirmativement la
tête, un bon sourire fin et doux qui montra, dans sa face
jaune, des dents très blanches, exemptes de bétel; et, en
répétant ce qu'il venait de dire : « Oui, Paris; c'est joli,
Paris! » il me semblait que des visions de féeries passaient
dans ses yeux bruns, profonds, comme des images rapides
dans une chambre noire.

Ce qu'il en avait vu de Paris, c'était peu de choses, pourtant : des maisons, encore des maisons, des rues, des tas de
pierres entrevus à travers la portière d'un fiacre, quelques
églises, la coupole dorée des Invalides, qui se dressait, là,
tout près du village tonkinois, bâti, pour un été, sur l'Esplanade; et, autour de ce coin de terre où les cahutes de bambous lui rappelaient les maisons de son pays, la foule, l'in-
cessante foule, l'éternel défilé des Parisiens, des visiteurs,
des badauds, des étrangers, la marée humaine qui déferlait
là, avec son bruit de houle, ses plaisanteries pareilles à de
l'écume, son mouvement éternel, son murmure de questions et d'exclamations niaises...

Mais ce qu'il en avait aperçu, de Paris, était si différent
de ce qu'il avait toujours vu là-bas, à Hanoï, au bord du lac
où se mirait le cocotier; cette grande ville du pays de France
semblait à ce petit cerveau d'Asiatique une telle ouverture

toute lumineuse sur une civilisation si puissante, si curieuse, que ce qu'il en avait entrevu, comme par hasard, lui donnait l'idée de quelque chose de gigantesque, d'admirable, d'écrasant comme la force.

C'est en marchandant un plateau incrusté de nacre, dans une des petites boutiques du village tonkinois, que je l'avais vu pour la première fois. Ils étaient deux, assis derrière l'étalage, lui et un pauvre diable à l'œil terne, très maigre, triste, les dents noires de bétel, qui ne savait pas un mot de français et regardait mélancoliquement passer la foule.

Comme j'allais payer le plateau, j'aperçus, dans un coin, un bol de porcelaine qui me parut curieux et que je pris pour l'examiner. Sur ce bol, d'une pâte assez fine, un peu bleuâtre, et cerclé, au bord, d'un filet de cuivre, un personnage était peint en bleu vif, pareil à notre bleu au grand feu, et, étendu, sur un rocher, à l'ombre d'un arbre inconnu, aux branches tordues, il jetait dans l'eau une longue ligne de bambou au bout de laquelle pendait un gros poisson. Et la figure de ce pêcheur à tête rase, enveloppé d'une robe bleue, avait dans ses proportions minuscules une expression singulièrement vivante, tandis que l'arbre, hérissé, contourné, comme un morceau de corail, prenait des aspects fantastiques. Tout à côté, comme des semis de fleurettes et pareils à des bluets jetés sur la porcelaine, des caractères, indéchiffrables pour nous, expliquaient l'image bizarre.

— C'est du *tét*, me dit l'enfant, et cela raconte une histoire.

Je regardai le petit Tonkinois, qui me parut en humeur de causer, et qui, de son doux accent bizarre, où les *r* étaient prononcés assez difficilement, la lettre *r* étant inconnue dans sa langue :

— Oui, ça ! monsieur, dit-il, c'est une légende.

Il ajouta, presque fièrement :

—, Une légende de chez nous.

Ce garçonnet, qui, avec des yeux à fleur de tête, sous un front bombé, ressemblait vaguement à ces *babies* chinois ou japonais qu'on vend chez les marchands de japonaiseries, me parut aussi savant qu'un rabbin lorsqu'il ajouta :

— Ce pêcheur, c'est Lee Mong. Depuis l'âge de six ans, il

pêchait dans le fleuve Qui-Son. Il pêchait en pensant, et,
tout en pêchant, il avait acquis la suprême sagesse.

Je ne pus m'empêcher de sourire en entendant tomber ces
mots : « la suprême sagesse », de cette bouche d'adolescent.

Lui continuait :

— Il avait quatre-vingt-dix-huit ans, Lee Mong, lorsque
l'empereur lui demanda si, au lieu de pêcher toujours, toujours, dans le fleuve Qui-Son, il ne voudrait pas l'aider, lui,
l'empereur, à gouverner les hommes.

— Plus difficile à prendre que les poissons, les hommes,
dis-je.

L'enfant ne s'arrêta pas :

— Lee Mong, le pêcheur, devint un homme puissant, et, à
cent vingt-huit ans, il mourut, noyé, avec le troisième empereur de la Chine.

— Noyé par accident?

— Par accident.

— Et, demandai-je, avait-il bien gouverné les hommes, le
pêcheur Lee Mong?

L'enfant sourit.

— Ah! ça, monsieur, je ne sais pas. Je vous ai dit ce
qu'on m'a appris, voilà!

Et il resta muet comme un guide qui a fini son explication.

— Combien ce bol? demandai-je.

— Deux francs; mais, dit le petit, cela ne me regarde pas.

Et, comme je tendais la monnaie pour payer l'histoire de
Lee Mong peinte sur porcelaine, Linh — l'enfant s'appelait
Linh — me dit d'un ton fier, en refusant l'argent et en me
montrant le marchand, l'homme aux dents noires, accroupi
à ses côtés :

— Je ne vends pas, c'est lui qui vend : moi, je suis interprète!

Et dans ces derniers mots, accompagnés d'un petit redres-
sement de tête, il y avait une expression un peu hautaine, la
constatation d'une supériorité volontaire proclamée en ces
pays hiérarchisés. « Je suis interprète! » Le *Civis sum roma-
nus* antique ne devait pas être plus noblement dit à un
étranger.

Interprète! A quatorze ans! Fonctionnaire et payé par la
France! Soldé pour traduire à ses compatriotes les ques-

tions banales des visiteurs, pour faire connaître aux Parisiens les réponses de ses compatriotes! Interprète, c'est-à-dire investi d'un pouvoir, délégué à une fonction, et représentant — cet enfant — le seul lien qui unit ces pauvres diables d'ouvriers amenés du bout du monde à ces curieux accourus pour voir de près ces gens en robes noires, avec leurs cheveux roulés sous leur turban de laine.

Il venait de loin, le petit Linh, pour voir Paris, ce Paris si joli, et si grand, avec des maisons aussi hautes que la cathédrale neuve d'Hanoï. Il avait passé les mers, couché pendant des jours et des nuits, si longtemps, dans un grand navire; on l'avait enrôlé presque comme un soldat en lui donnant par mois quatre-vingts francs, qu'il toucherait au retour, en une masse. Un soir, sa mère, sa mère qui luisait, sans essayer de les cacher, rouler ses larmes sur ses joues de cuivre, sa mère avait déroulé, une dernière fois les cheveux noirs brillants du petit, ces cheveux durs mais longs comme ceux d'une femme; elle les avait peignés lentement, avec ses doigts minces, autant qu'avec les dents du peigne, et elle l'avait embrassé tant de fois, pendant que le père, le bon marchand de soie d'Hanoï, entouré de ses deux filles, les sœurs de Linh, toutes silencieuses à l'idée que Linh allait si loin — oui, tandis que le père, affermissant sa voix, disait : « C'est utile, c'est très utile que nos enfants voyagent; Linh deviendra savant; il verra de près les Français, qui sont d'une forte race, plus forte que la nôtre, qui ont des bras plus gros que ceux des Chinois, et, au retour, il pourra occuper une fonction auprès du résident général! »

Cette soirée dans la maisonnette d'Hanoï, il se la rappelait, le petit Linh, et il se la rappellerait toute sa vie. Il n'avait pas dormi, pendant la nuit qui avait suivi, et jusqu'au matin il avait entendu, lui semblait-il, quelqu'un pleurer, comme les bambous qui se plaignent doucement lorsque le vent souffle sur eux dans la campagne. C'était peut-être la mère qui gémissait ou les sœurs. Toutes les trois, Tung, Thuan et Phuang, avaient, le lendemain, les yeux bien rouges lorsque Linh prit le chemin du bateau qui partait « pour France », et lorsque la mère le serra entre ses bras comme un trésor, les petits sœurs le caressaient comme une poupée qu'on leur prenait.

Et la route avait tant duré, avant d'arriver à Toulon! Le
vent, le roulis, l'arrêt à Aden, à Port-Saïd, à Alger aussi,
où l'enfant avait vu, dans sa prison, le fils du roi de Hué,
enfermé là et pleurant à la vue de ces visages jaunes — enfermé « jusqu'à la mort », ce qui semblait tout simple, et
juste, à Linh, puisque ce souverain était un vaincu. Linh se
rappelait surtout, entre les incidents de cette route, la mort
d'un ouvrier tonkinois emporté en pleine mer par une fièvre.
L'enfant s'était senti troublé en apercevant dans le suaire
que les Français lui donnaient, ce corps qu'il avait vu vivant à Hanoï, ce peintre de lanternes qui demeurait si près
de chez lui, au pays. Les bonzes avaient fait leurs prières,
et, glissant le long du vaisseau comme un paquet, le cadavre, enveloppé de blanc, avait fait dans la mer un trou,
bientôt refermé, avec un bruit que Linh entendait encore :
tlouf! — Il ne reverrait pas Hanoï, le peintre de lanternes!
Jamais il ne reverrait le Tonkin!

Linh n'était ni peureux ni mélancolique. Il avait assisté,
devant la porte de la maison paternelle, à la décapitation
de pirates, dont on exposait ensuite la tête crispée, grima-
çante. Il avait, tout petit, servi de guide et d'interprète à
un colonel de chasseurs d'Afrique qui l'emportait, à travers
les rizières, sur la selle de son cheval. Les balles des Chinois avaient sifflé autour de sa tête ronde et gaie, et il n'en
avait gardé qu'un souvenir presque joyeux, celui d'une sorte
de bourdonnement d'abeilles. Et puis ils galopaient si vite
à la poursuite des Chinois, les chasseurs bleus du colonel!
C'était une partie de cheval que cette course aux Pavillons
Noirs. Mais, pour la première fois, la mort lui apparaissait
funèbre, dans ce corps immobile du voisin d'Hanoï, qui, si
peu de jours auparavant, peignait encore des diables rouges,
des dragons verts, sur les lanternes, et qui maintenant, au
fond de l'eau, était perdu, oublié, avalé par la grande mer
vorace.

Cela d'ailleurs, et Port-Saïd, et le souverain prisonnier, et
le Tonkin, Linh l'avait presque oublié, à Paris, dont le
brouhaha l'avait étourdi d'abord plus que le bruit même de
la mer, puis qui, peu à peu, l'attirait, le charmait, semblait
à l'enfant un joujou monstre, un paradis de pierre.

Il était monté, à l'Esplanade, tout en haut de la pagode

d'Angkor, et de là, comme d'une vergue de navire, il l'avait regardé, ce Paris, si grand, avec tant de clochers, de tours, de croix dorées et qui brillaient; une mer, oui, une autre mer qui ne lui donnaient pas l'idée de la mort, au contraire, l'idée de la vie, d'une vie intense, si différente de l'existence de là-bas!

Tous les quinze jours, depuis l'ouverture de l'Exposition, Linh écrivait une longue lettre à ses parents à « *Hanoï, au bord du lac, près du cocotier* ». Il l'écrivait la nuit, quand le silence tombait sur l'Esplanade, où le clairon des spahis avait sonné la retraite, dans la case où, les jambes croisées, les bonzes traçaient des prières. Et il disait au père, à la mère, aux sœurs, tout ce qu'il voyait de beau à Paris, et ces foules de gens pressés comme les touffes des rizières, et ces milliers de soldats roulant des canons, à la revue de la Fête nationale, et ces fontaines qui changeaient de couleur dans la nuit, lançant de l'or, ou de l'argent, ou des rubis, et cette tour dont on avait tant parlé à Hanoï et qui dépassait encore en hauteur tout ce qu'on pouvait imaginer. Et chacune de ces lettres se terminait par une sorte de regret qui accusait son étonnement : « Quand je dirai tout cela à ceux qui sont restés au Tonkin, ils ne me croiront pas, ils ne me croiront pas! »

Mais, dans la succession de merveilles que Paris étalait devant le petit Tonkinois, quelque chose manquait à son avidité curieuse. C'était bien beau les maisons hautes, les vieilles églises aux vitraux de couleur, les grandes rues pleines de monde ; mais l'instinct secret de ce fils d'Asie le portait, comme tous ses compatriotes, à l'étude des spectacles de la nature. Il comparait les plantes, les fleurs de France aux belles fleurs de son pays. Il trouvait nos fruits petits : il se rappelait ceux du Tonkin, si frais, si gros. Les fleurs! Ces âmes de peuples-enfants ont des profondeurs d'âmes de poètes, et, la nuit, en s'endormant sur les nattes de sa case, le petit Linh se laissait bercer par un lointain murmure qui n'était pas celui du roulement des tramways et des fiacres, mais la chanson confuse, lente, attirante et triste des bambous, courbés, là-bas, sous le vent du pays.

Et ce qu'il voulait voir, surtout ce qu'il voir de ses yeux, toucher de ses petites mains, c'était cette chose étonnante, inconnue et féerique dont on lui avait tant parlé, que nul au Tonkin, ni son père, ni le père de son père n'avaient pu voir : la neige, *tuyet*, la neige blanche, qui — il savait cela comme il savait les légendes des vieilles dynasties — changeait les champs, les arbres, les logis, les demeures en paysages de marbre. La neige ! il en avait rêvé souvent dans la petite maison d'Hanoï, et, en regardant les gravures des livres français, les images coloriées des albums japonais ou chinois, ses yeux d'enfant étaient demeurés si souvent songeurs devant cette blancheur exquise répandue sur les chemins, sur les monts...

— *Tuyet !*

Ils en avaient de la neige, dans les montagnes de Chine. Il y avait de la neige au sommet du Fushiama, le mont sacré de Yokohama. Mais lui, Linh, au pays d'Hanoï, jamais il n'en verrait. Et c'était, dans son cerveau affiné, mais encore bien naïf et bien enfantin de fils d'Asie, une sorte de désir obstiné ; c'était un peu pour voir le pays des Français, beaucoup pour voir ce que nul des siens n'avait vu : voir tomber la neige, que le petit Linh était monté joyeusement, avec les matelots et les soldats, dans le bateau qui menait en Europe, à Toulon, à Paris...

La neige ! la neige blanche ! Ce spectacle dont il avait tant rêvé quand il était tout petit : une ville qui semblait changée en sel, un grand tapis blanc étendu sur les choses ; des flocons blancs tombant comme tomberaient du ciel des plumes d'oiseaux invisibles, de blancs oiseaux sacrés. *Tuyet ! Tuyet !* Voir tomber la neige, c'était le rêve incessant de Linh, au milieu de toutes ces féeries qui faisaient accourir les nations, venir de partout les hommes.

Et quand on lui demandait s'il s'amusait à Paris, le petit Linh, de sa voix douce, un peu gutturale, répondait en souriant : « Oui, monsieur ; oui, madame ». Et, si l'on ajoutait : « Qu'est-ce que vous voudriez bien voir ? » un éclair rapide passait alors dans ses yeux noirs ; ses lèvres ouvertes et rieuses se plissaient comme attristées par une avidité impossible, et il répondait timidement, s'excusant presque de souhaiter ce qu'on ne pouvait pas lui donner : — *Tuyet !*

— Voir la neige !

Souvent même il devenait vraiment triste à cette pensée qu'il partirait sans avoir vu la féerie blanche. Il n'avait pas songé qu'il n'y avait jamais de neige en été, dans cette France. Il le savait pourtant. Mais on lui avait dit aussi que sur certains points d'Europe, la neige, éternellement vierge, ne disparaissait pas, ne fondait jamais. Peut-être y aurait-il près de Paris quelque montagne, un de ces coins privilégiés où Linh pourrait voir de la neige ?

Non, l'été passerait ; les feuilles de l'Esplanade deviendraient toutes jaunes : elles tomberaient, tourbillonneraient, s'envoleraient quand elles auraient la couleur du cuivre. Et alors, sur le bateau, sur la mer, Linh repartirait pour Hanoï, pour le Tonkin, où la neige blanche est inconnue...

— *Tuyet! Tuyet! Tuyet!*

Il ne verrait pas *Tuyet!*

Et il y avait, chez cet enfant de quatorze ans, doucement possédé de l'idée fixe, avide de cette vision, quelque chose de la passion d'un amoureux exilé, quelque chose aussi de l'obstination du chercheur de mondes ou du chercheur de rimes — voyageurs ou poètes, ces errants de l'infini !...

— Monsieur, me dit-il, un jour, avec son sourire fin, un peu malicieux, vous savez ? je crois que je la verrai..

— Qui ?

— La neige !.. Oui... *Tuyet!* J'ai écrit à mes parents de m'autoriser à rester à Paris. Ou j'entrerai à l'École coloniale, où sont déjà des Cambodgiens, ou je resterai comme interprète, dans le bureau d'un commissionnaire en marchandises qui a un comptoir à Hanoï et qui connaît très bien M. le résident général. Il s'est chargé de parler au ministre, à M. le sous-secrétaire d'État, et, si mes parents veulent bien — il eut son sourire d'amoureux, cette fois — s'ils veulent, et ils voudront, je la verrai !... Je verrai la neige !

L'Exposition allait finir. Ils avaient passé vite, ces mois d'été pleins de féeries. Les Javanais s'enveloppaient de cabans, de cache-nez, ne marchaient plus pieds nus. Les petites danseuses du Kampong ressemblaient, serrées dans leurs châles, à des couleuvres blotties dans des couvertures de laine. L'Orient, l'Extrême-Orient de l'Esplanade devenait lugubre, frissonnant, un Orient gelé.

Maintenant, dans la bise de novembre qui secouait les draperies de la pagode récemment ouverte, le petit Linh servait d'interprète aux bonzes qui, sous leurs costumes de cérémonie, vêtus de soie rouge sang ou couverts d'étoles jaunes à raies bleu de ciel, offraient des présents à Bouddha, tandis que d'autres prêtres, en vêtements noirs, frappaient sur des gongs ou des cymbales. Lui, Linh, allait et venait pendant les offices, donnant aux visiteurs des explications sur les rites bouddhistes, sur les images féroces, les vues des enfers accrochées entre les piliers de bois sculpté.

Il portait à présent sur sa robe noire une sorte de douillette doublée de soie verte très chaude ; et, comme il pleuvait parfois, presque toujours il s'appuyait sur un parapluie bien roulé, presque aussi haut que lui, et dont il semblait fier ; plus beau cent fois que les parapluies qu'on vendait si cher à Hanoï, ce parapluie parisien dont il se parerait, là-bas, dans la rue Jean-Dupuis ou dans la rue du Cuivre.

Mais non : il ne retournerait pas encore au Tonkin ! il resterait à Paris. Quand il parlait de rester à Paris, ses yeux noirs, si vifs, pétillaient de désir. Il avait la fièvre à l'idée du départ possible, prochain. Ses parents n'avaient point répondu encore, et, si la réponse n'était pas arrivée à Paris avant la date du dernier départ, il faudrait s'embarquer avec les bonzes.

Les bonzes faisaient déjà leurs paquets... Linh se sentait pris d'une angoisse à l'idée que lui, lui aussi, partirait peut-être. Quitter Paris, revenir à Hanoï, où pourtant la mère attendait, la mère, qui serait si heureuse de revoir son Linh et de peigner encore ses longs cheveux noirs, revenir aux maisons de bambous et au bord du lac, c'était maintenant pour le petit Tonkinois comme un exil. On lui avait ouvert toute grande une porte sur un monde inconnu vivant et jeune : l'Europe, la France ; et maintenant on la lui refermait brusquement sur les yeux. Il semblait à Linh qu'il était fait pour se mêler à ces Français dont le drapeau lui avait semblé le sien, quand il avait vu les tirailleurs anna-mites et les spahis défiler bravement sous la pluie battante, le jour de Longchamps.

Et puis, ce voyage, cette vision d'Europe, ce rêve, encore
un coup, tout cela laissait à l'esprit, au cœur de l'enfant,
quelque chose d'incomplet, d'inachevé, comme un songe
interrompu. Il ne l'avait pas vue, la neige blanche! Il retournerait au pays sans savoir ce qu'elle est, ce qu'elle met
de poésie aux choses et aux hommes, la couverture sans
tache, la parure de marbre, la neige...

— Oh! me dit-il, tout en me montrant les Bouddhas de
la pagode, non, je ne partirai pas, je ne partirai pas! Je
veux la voir!

Et, la voix toute triste, avec un accent de prière, il répétait le même mot, mélancoliquement:

— *Tuyet!*

J'appris, trois jours après, ce que le petit Linh voulait
dire quand il affirmait qu'il ne partirait pas. Un projet
d'évasion poussait déjà dans sa tête, et, lorsque, un matin,
dans la fraîcheur grise des premières heures, l'appel fut fait
des Tonkinois, ouvriers, bonzes ou interprètes, qui devaient
prendre le train et partir, Linh ne répondit pas. Il n'était
pas là, il avait fui. Levé avant le jour, et se blotissant dans
quelque kiosque abandonné où, naguère, on débitait du thé
ou des grenades, il avait attendu l'ouverture des portes, et
s'en était allé, au hasard, dans Paris.

Le cœur lui battait bien un peu; il éprouvait bien un sentiment de peur de se trouver tout seul, perdu dans les rues,
parmi tous ces gens inconnus, dont quelques-uns s'écriaient,
narquois, en le voyant: *Chinn! Chinn!* — Chinois! comme
disaient nos soldats du Tonkin. Il se demandait bien ce
qu'il allait devenir, dans ce Paris où il errait au hasard, un
peu fatigué déjà et redoutant de voir s'avancer vers lui un
de ces gardiens de la paix qui marchaient lentement le long
des trottoirs. L'idée lui vint, tout à coup, de demander asile
au commissionnaire en marchandises, qui voulait le garder
près de lui, de le prendre pour commis dans sa maison.

Oui, c'était cela. Puisque M. Lecrosnier désirait l'avoir
chez lui, il le cacherait, il lui trouverait un asile, une occupation; il le sauverait. Et Linh resterait à Paris. Et Linh
verrait ce qu'il voulait voir. Linh toucherait du doigt son
rêve.

Il fit un signe à un cocher.

— Rue des Petites-Écuries, dit-il, n° 10.

M. Lecrosnier fut très étonné et un peu ennuyé de voir arriver dans ses bureaux l'enfant, qui, tout naïvement, avec sa franchise souriante — un peu blême pourtant, malgré le hâle de sa peau — lui conta son aventure. Il avait laissé partir *les autres*. Le bateau les attendait à Toulon. Il n'y avait plus de convoi pour Hanoï. On ne le ferait pas, lui, le petit Linh, partir tout seul.

— Non; mais, dit le négociant, le commissaire général ne sera pas content, et il faut que je vous ramène à lui!

Le ramener! le ramener, là-bas, à l'Esplanade! Linh n'avait point songé à cela. Il eut dans le regard une impression d'effroi. Ces mots « le ramener » le terrifiaient tout à coup. Il se rappelait brusquement ces Chinois ou ces Annamites déserteurs qu'on ramenait, au pays, entre des chasseurs d'Afrique ou des gendarmes, le sabre au clair. Est-ce qu'on le ramènerait ainsi à M. le commissaire général?

— Je plaiderai votre cause, ne craignez rien, disait M. Lecrosnier, enchanté, maintenant, après réflexion, de pouvoir garder le petit Linh, qui lui serait très utile pour sa correspondance avec l'Indo-Chine.

Mais Linh n'était pas rassuré. Ramener! plaider! il allait être donc accusé, et, puisqu'on devait plaider pour lui, c'était donc qu'il passerait en jugement, comme un coupable?... Tous ces mots grossissaient soudain devant lui et prenaient des sens terribles. M. Lecrosnier essayait de rire; mais lui, Linh, ne riait pas. Il regrettait presque d'être resté; il eût voulu rejoindre *les autres*. Aussi, pourquoi cette folle envie, ce besoin absurde de voir de la neige!

On le ramena à l'Esplanade. Le commissaire général fronça le sourcil, pour la forme, et parla de prison. La prison, c'était l'infirmerie. L'enfant qu'on y mena n'était pas durement traité, au contraire; mais tout son petit être moral subissait là une dépression profonde, une humiliation qui le navrait. Il se demandait s'il n'avait pas déshonoré, à jamais déshonoré, ses pauvres parents, qui seraient désolés lorsqu'ils apprendraient que leur fils Linh, fils de Tang, était enfermé, « ramené » dans une prison de France!

Il avait envie d'écrire au commissaire, d'écrire au prési-

dent de la République — il lui avait traduit un compliment
en *tết*, le jour de la Fête du Dragon. Il voulait écrire à tout
le monde et demander sa grâce, non pas pour lui, il avait
tout mérité, mais pour les pauvres gens d'Hanoï, qui pleu-
reraient tant quand ils sauraient !

Au bout de trois jours d'infirmerie, Linh fut appelé
devant le commissaire général.

— Remerciez M. Lecrosnier, lui dit-on, il a intercédé
pour vous. En même temps, une lettre d'Hanoï nous est
parvenue. Vos parents consentent à vous laisser à Paris, et
M. Lecrosnier vous prend avec lui.

Ah ! cette fois, c'était plus que la délivrance pour Linh,
c'était la joie absolue, le séjour à Paris, la vie nouvelle qui
le tentait, et, au fond, tout au fond de sa petite cervelle
d'enfant, la certitude, maintenant, du caprice réalisé, le rêve
qui approchait comme un jouet ardemment souhaité et
qu'on aurait enfin mis à portée de sa main !...

Il resta.

Il entra, le petit Linh, chez le commissionnaire en marchandises, et, au bout d'une semaine, on n'aurait pas
reconnu le Tonkinois de l'Esplanade, dans ce commis parisien bizarre, au teint jaune, qui restait courbé sur les
grands livres, au dos de cuir vert, à étiquettes rouges, dans
le bureau de M. Lecrosnier. On lui avait ôté son costume
d'Asie, sa longue robe doublée de soie verte, son turban
noir, son pantalon blanc. Il était vêtu maintenant comme
tout le monde.

Dans ce Paris où il avait voulu rester, les vêtements
d'Hanoï étaient trop légers, et le froid, qui venait, exigeait
que l'enfant fût bien couvert. Mais il regrettait cette espèce
d'uniforme dont on l'avait dépouillé. Fier d'abord de se voir
habillé comme un Européen, comme un Français, il se sentait maintenant mal à l'aise dans cette redingote qui lui
descendait à peine aux genoux, et, avec cet instinct d'art
qu'ont ces races affinées, il se trouvait un peu ridicule sous
le chapeau de feutre mou dont on l'avait coiffé.

Et surtout, ah ! surtout il regrettait ses longs cheveux
qu'il enroulait au-dessus de sa nuque, ses cheveux noirs
que la mère trouvait si beaux et qu'elle avait baisés de sa
bouche, tordue par le chagrin, le jour où Linh était parti. Il

avait lu dans les histoires des vieilles dynasties de France
que l'on coupait les cheveux aux héritiers de rois, quand on
voulait les écarter du trône. Et lui aussi il avait la sensation
d'être amoindri, tonsuré !

Paris le consolait un peu. Quoiqu'il devînt bien triste,
Paris, après le départ de tout ce monde, qui l'avait, durant
des mois, transformé en fleuve humain !... Il y avait des
jours de brouillard, où, dans le bureau de la rue des Petites-
Écuries, on allumait le gaz à quatre heures de l'après-midi,
et où Linh demeurait, le dos voûté sur les papiers de factures à en-têtes commerciaux, pendant de longues heures,
sans rien voir que ce papier, qu'il couvrait de sa belle écriture anglaise : *Doit Monsieur Phang, négociant à Hanoï...*
Doit le Bazar Français d'Hanoï..., sans rien entendre que le
roulement des fiacres ou des camions qui passaient dans la
rue commerçante, derrière les carreaux aux verres dépolis.

Le Bazar Français ! Monsieur Phang ! ces noms évo-
quaient pour Linh des coins de ville bien connus, des
quartiers où il avait passé, joué, étant enfant. Ce M. Phang,
négociant, c'était un ami de son père. Il fumait de l'opium,
M. Phang, et il avait l'air cassé, tortillé comme une racine
sèche. Linh, à présent, avait des retours un peu tristes vers
le pays abandonné et où les camarades de l'Esplanade, ouvriers et interprètes, étaient arrivés maintenant.

Ses sœurs lui écrivaient. Tung lui répétait toujours, répondant à ses confidences d'enfant : « Eh bien ! es-tu content ? As-tu enfin vu de la neige ? Pourras-tu, quand tu
reviendras, nous en rapporter ? »

Et Linh souriait. Non, il n'avait pas vu de neige. Il se
désolait. Ne lui disait-on point qu'il y avait des hivers en-
tiers où la neige ne tombait pas ? Du brouillard, oui, du
brouillard jaune et triste, qui le prenait à la gorge, comme
un miasme de marais, il en voyait ; mais de la neige, de la
blanche neige, non, rien !

Tuyet ! Tuyet ?

Peut-être n'en verrait-il pas.

Le froid était vif, cependant, et, pis encore, spongieux et
malsain. Le petit Linh couchait, au dernier étage de la maison, dans une chambre bien meublée, claire et gaie, qu'avait
fait aménager pour lui M. Lecrosnier. Il s'y était d'abord

senti heureux, libre, pouvant penser, rêver à son aise, dormir dans un bon lit de France. Puis, la nuit, il avait ressenti de petits frissons; il lui semblait que quelque chose comme une main sèche le serrait au cou; il toussait un peu, il respirait parfois avec peine. Tantôt il grelottait, tantôt il étouffait de chaleur dans ses draps blancs.

— Vous ne souffrez pas, Linh? lui demandait M. Lecrosnier.

— Non, monsieur! oh non!

Il n'osait pas dire qu'il souffrait : il lui semblait qu'on allait le gronder. Il se sentait responsable de son séjour à Paris. Il tremblait qu'on ne le réexpédiât au Tonkin comme un colis gênant, et peut-être, tout au fond de son être, un secret désir de départ commençait-il à germer... Il ne faisait pas froid comme à Paris, là-bas, au bord du lac!

M. Lecrosnier, qui entendait tousser le petit Linh, n'était pas sans inquiétude. On fit descendre l'enfant dans l'appartement même du commissionnaire, on le soigna. Le médecin, consulté, parla d'une bronchite qui pouvait prendre, avec la saison mauvaise, un caractère pernicieux.

Et, en effet, Linh maigrissait, devenait triste ; toute sa frêle personne était secouée douloureusement par des quintes. M. Lecrosnier ne voulait pas que, jusqu'à ce que l'enfant fût guéri, il demeurât comme cassé sur les écritures. Linh ne descendait donc plus au bureau, et il resta dans sa chambre, avec défense de sortir. Les fenêtres, heureusement, donnaient sur la rue, mais, qu'importe, Linh s'ennuyait. Il s'ennuyait à voir toujours le même spectacle : des passants pressés, des fiacres mouillés, une boue noirâtre, et, en face de lui, une boutique d'emballeur où éternellement on clouait des caisses de bois blanc, on les marquait de lettres noires, et on les envoyait vers des pays inconnus, dont les yeux perçants de Linh déchiffraient de loin les noms : *Buenos-Ayres, Rio-de-Janeiro, Bahia...*

Qu'elles semblaient longues, interminables, les journées d'hiver, au petit malade! Mme Lecrosnier venait bien, de temps à autre, voir l'enfant, le consoler, lui parler comme une mère. Mais c'étaient des apparitions courtes et qui ramenaient seulement la pensée de Linh vers l'autre mère, la vraie mère, celle qui était là-bas.

Mme Lecrosnier s'attristait, du reste, de l'état de Linh. La bronchite empirait. Une griffe s'enfonçait dans la gorge et la poitrine de l'enfant. Les remèdes, les thapsias échouaient. Il souriait quand on lui disait qu'il irait mieux bientôt, et il disait :

— Oui, je sais... Ce qu'il me faudrait, c'est mon soleil !

Ce n'était plus la neige qu'il voulait voir, le petit Tonkinois, mais le soleil d'Asie qui fait les fruits si gros et les fleurs si belles. Et pourtant, si ! le rêve subsistait en cette âme qui se débattait dans un corps malade. Plus souffrant de jour en jour, il s'était alité, et, lorsqu'il s'était vu couché tout un jour dans un lit, il avait dit, avec son sourire étrange, un peu narquois encore, mais très doux :

— Oh ! je ne verrai pas *Tuyet !*

Et il pensait à ce fils du roi d'Asie, ce petit souverain de Hué, qu'il avait vu, à Alger, enfermé dans une chambre, pour toujours — « jusqu'à la mort ».

Ce n'étaient pas seulement les fils de rois que pareille sentence atteignait.

Le petit Linh devinait juste. Le médecin devenait inquiet. Il eût voulu gagner le printemps, envoyer l'enfant au Tonkin. Il parlait du Midi, de Nice. Mais la poitrine était trop prise, avec une toux stridente, une lente fièvre.

— Encore, disait Linh en souriant toujours, si j'avais vu la neige !

Mme Lecrosnier lui apporta, un matin, un de ces presse-papiers où, dans une boule de verre, est figuré, découpé, un paysage neigeux, un cartonnage peint en blanc.

L'enfant prit, dans ses mains brûlantes, la fraîche boule de verre, et dit :

— C'est bon à la peau ! c'est froid !

— Retournez-la, cette boule, fit Mme Lecrosnier.

— Voilà, dit Linh.

Et il vit alors, sur le paysage, pleuvoir de légers points tout blancs qui dansaient dans la boule comme des atomes. Il y avait, dans le paysage, un tout petit personnage, un moine, tout blanc, sous un sapin encore vert. Le sapin et le moine étaient presque cachés par ces points blancs qui couraient comme éperdus, à mesure que Linh secouait la boule de verre,

— Cela, dit Mme Lecrosnier, c'est de la neige.

— Cela ?

Tuyet !... Linh regardait, curieux, amusé, ravi. On aurait pu lui donner cela et il aurait pu l'emporter au pays, le jour où il s'était enfui pour ne point partir ! *Tuyet !* C'était, en effet, bien joli, tout ce blanc, cette course de points blancs, et ce bonhomme enveloppé de neige, dont la robe brune rappelait la couleur des robes des bonzes...

— La pagode ! murmura Linh.

A la pagode, les bonzes lui avaient donné, comme une amulette — un petit papier imprimé d'une manière sommaire, tels que les premiers et naïfs essais xylographiques, portant en caractères chinois et en français ces mots qui maintenant faisaient hocher la tête à Linh :

— *Vous aurez tout à volonté ! Vous ne serez jamais malade !*

Il en avait donné une, de ces amulettes, à Mme Lecrosnier, et elle se souvenait combien elle avait ri des explications philologiques de l'enfant voulant commenter l'inscription et n'en sortant pas : « Les Chinois parlent par *caractères ;* nous, c'est différent, nous parlons par *caractères.* »

Ah ! ces amulettes de la pagode ! ces talismans des bonzes ! Linh, si souffrant, si malade, n'y croyait plus maintenant. Mais il croyait au beau jouet que lui apportait Mme Lecrosnier. Et tout le jour, et les jours suivants, il demeura dans son lit à tourner et retourner la boule de verre et à regarder tomber la neige. Quand il déposait près de son lit, sur sa table, la boule sortant de ses mains, le verre brûlait, comme chauffé au feu...

— Linh est perdu ! dit, un matin, à M. Lecrosnier, le docteur, désolé.

C'était la phtisie laryngée qui, violemment, tordait le petit être, et il fallait écrire aux parents, au sous-secrétaire d'Etat des colonies, il fallait tout dire.

— Perdu ? répétait Mme Lecrosnier.

Et il lui semblait qu'on lui arrachait quelqu'un des siens.

Pourtant, le petit Linh prétendait qu'il ne souffrait plus. Il disait seulement qu'il avait envie de dormir, longtemps. longtemps dormir. Il était las. Il n'avait plus envie de quitter le lit, de sortir.

Un matin, il poussa un grand cri, un cri de joie qui s'arrêta court pourtant dans sa gorge dévorée... Il se souleva sur ses coudes dans son lit de malade et, de son bras maigre, si maigre ! — désignant les toits blancs de la rue, les nervures blanches des maisons, en face, les persiennes serties de neige :

— *Tuyet ! Tuyet !* répéta sa pauvre voix faible, *Tuyet !*

Elle était tombée dans la nuit, et elle tombait encore un peu, ses flocons blancs volant dans le vent et parfois venant se coller aux vitres du petit malade, comme pour se montrer, pour dire : — Me voici !

— *Tuyet ! Tuyet !*

Et il était si heureux, redisant le même mot qui passait comme une caresse dans sa gorge strangulée :

— *Tuyet !*

Il y avait tant d'éclat dans ses yeux noirs, son frêle corps s'agitait si vivement, que Mme Lecrosnier, qui était là, croyait à une renaissance. Mais le médecin ne disait rien, puis se penchant sur le petit malade, lui prenait la main, et, très bas, tout en calculant la température de ce jeune corps :

— Oui, c'est de la neige, Linh, de la neige comme dans la boule de verre qu'on vous a donnée.

— Oh ! répondait l'enfant, plus belle, plus belle ! C'est de la vraie neige ! *Tuyet !*

Puis, hochant la tête :

— C'est vrai, ce qu'on nous disait dans les histoires : c'est joli, la neige. On dirait des petits lis qui dansent !

Tout le jour, pendant la tombée des flocons blancs, Linh demeura dans son lit, la tête tournée vers la fenêtre, sa petite tête où le jaune semblait pâli, avec des yeux agrandis, et un souffle lent, pénible, passant entre ses lèvres sèches.

Et il répétait souvent, comme en proie à une obsession :

— C'est joli ! c'est joli ! oh ! joli !

Mais il y avait comme un sentiment vague de regret, de déception, et sa pensée flottait très loin, bien loin, vers le pays où les bambous chantaient dans la nuit et où il n'y avait pas de neige... Il revoyait, dans une vision confuse, une hallucination de fièvre, la petite maison d'Hanoï, et les

.sions, assis à terre sur des nattes, autour d'une théière qui fumait, qui chantait aussi, comme les bambous; et il entendait qu'on parlait de lui, et sa mère, et ses sœurs, Tung, Thuan et Phuang, disaient toutes les mêmes mots au père, qui ne répondait pas : « Quand Linh, notre Linh, reviendra-t-il? Est-ce qu'ils nous le garderont, les Français? » Et tout à coup il semblait à Linh que la chère vision s'effaçait, obscurcie par une nuée, voilée par les flocons blancs qui tourbillonnaient, paraissaient plus épais...

Alors cette pensée venait au petit Tonkinois que c'était blanc comme un linceul, la neige, blanc comme ce drap dans lequel on avait cousu, en chemin, le pauvre peintre de lanternes qu'on avait fait glisser le long du navire dans la mer: « Glouf! »

Un linceul! Et, dans l'assoupissement du bruit que donne la neige qui tombe, Linh entendait pourtant, percevait distinctement le son des coups de marteau qu'on donnait le l'autre côté de la rue. Le layetier-emballeur continuait à clouer ses caisses — et Linh, sans les voir, les devinait, ces caisses de bois blanc avec leurs inscriptions mystérieuses : *Bahia... Costa-Rica...*

Et, lui aussi, comme un colis jeté au hasard, on le clouerait dans une caisse de bois blanc, pour l'emporter, comme il savait qu'on emporte les morts en Europe, dans une boîte longue.

Alors un brusque frisson secoua ce pauvre corps frêle, la peur le prit. Le petit Linh essaya de se soulever, de sortir de son lit; il tenta de crier :

— Je ne veux pas! je ne veux pas!

Et sa pauvre petite bouche, presque aphone, ne parvenait pas à se faire entendre...

Ce bruit, ces coups de marteau, ces caisses blanches le terrifiaient.

Il disait, tout hagard, couvert de sueur, portant sa main si fine à son cou maigre :

— Non! non! non! non!

Le docteur regardait, très triste, à côté de Mme Lecrosnier, toute pâle.

— Hanoï! Hanoï! murmura l'enfant tonkinois, d'une

voix qui déjà venait de l'au-delà, du pays sans neige où s'envolait sa petite âme... « Le lac! Le cocotier! »

Il dit encore une fois, presque tendrement : *Tuyet!* et cherchant d'un geste machinal, vague, perdu, quelque chose autour de lui, il rencontra la main de Mme Lecrosnier, une main qui tremblait; il la prit, la serra, essayant de l'approcher de ses lèvres; puis il laissa tomber sa tête lasse sur l'oreiller blanc, et, avec une tendresse ardente, il sembla se coucher, s'endormir, se blottir, en disant tout bas — si bas — comme un soupir qui eût parlé à un fantôme :

— Maman!

Le lendemain, il y avait encore de la neige aux vitres de la chambre froide, et les cristaux de neige collés au verre semblaient d'étranges yeux blancs et fixes qui regardaient Linh, étendu dans son lit, immobile, avec un sourire encore sur ses lèvres closes, Linh, le petit Linh, emporté par un souffle, comme dans le vent, un flocon de *Tuyet* — son rêve!

LA CORDE

I

M. Thomassière repoussa, d'un geste violent, sa tasse de café, et regardant bien en face son vieil ami :

— Si ce que tu me dis est vrai, Langlade, si Théodore est capable d'une pareille folie, d'une... d'une infamie comme celle-là, s'il en a seulement l'idée, je te jure bien que je remuerai ciel et terre, oui! ciel et terre, pour empêcher cet écervelé, cet imbécile, ce hanneton, de se prendre aux beaux yeux d'une fille de théâtre !...

Et, comme le vieux Langlade, l'air bonhomme et très fin, hochait la tête entre deux gorgées de son gloria :

— Voyons, voyons, reprit le père Thomassière, qui t'a dit cela? Comment le sais-tu? Ce n'est peut-être qu'un cancan comme les journaux de Paris nous en apportent! Raconte-moi ce que tu sais !

C'était sur le perron d'une vieille maison périgourdine qu'ils achevaient de déjeuner, les vieux amis. Une maison patriarcale et silencieuse donnant sur un jardin qu'un soleil de septembre, brillant comme un soleil de juillet, criblait de chauds rayons. Sous la véranda du petit perron, bien à l'ombre, heureux de vivre, M. Thomassière, l'ancien notaire, et Langlade, le juge de paix, regardaient les papillons

courir, les moucherons, pareils à des gouttelettes lumineuses,
traverser le jardin que coupaient, comme des fils d'argent,
les fils d'araignées; et, bercés doucement par les bruits de
grelots et de voitures qui venaient du dehors, scandés par
des bruits de fers de chevaux passant sur la route, les deux
amis jouissaient doucement de cette belle matinée d'automne, où les fleurs rouges des grenadiers, les grappes des
sorbiers, les touffes de géraniums mettaient leur note rouge
dans le vert encore puissant des arbres, comme le ruban
vermillon de M. Langlade avivait sa redingote de drap gros
bleu.

Et chez ces deux camarades de tant d'années, après un déjeuner fin, dont les restes faisaient encore bonne figure sur
la nappe blanche — pâté de lièvre, lamproie, perdrix rouges,
écrevisses du ru de Saint-Alvère, muscat rosé, figues à la
chair aqueuse — il y avait un tel bonheur de vivre, que ce
fond de lumière, de verdure et de fleurs, semblait fait tout
exprès pour servir de cadre à ce gros, gras, gai visage de
M. Thomassière.

L'ami Langlade trouvait même une mine excellente à
l'ancien notaire, assez blême d'ordinaire, avec son nez en
bec d'oiseau, sa mine grave, sa figure allongée, dont une
cravate haute, à la mode de 1830, étranglait le cou et faisait s'écarter les favoris blancs des deux côtés des maxillaires.
Ce matin-là, bien au contraire, M. Thomassière avait semblé
d'abord tout à fait enjoué à Langlade. Etait-ce le vin de
Costo-Rasto, l'évocation des vieux souvenirs, la volupté de
respirer ce bon air chaud? L'ancien notaire n'avait plus rien
de son air refrogné, et ses joues pâles se nuançant doucement d'une légère teinte de fraise, il s'égayait même à la vue
du joyeux petit vieux râblé et souriant, qui était le juge de
paix de son canton. Et la vieille Marion, en les servant, avait
eu ce spectacle inaccoutumé : le sourire de M. Thomassière,
la vue de ce clergyman flegmatique tenant tête à une sorte
de gros moine gaulois. Mais le sourire de M. Thomassière
n'avait pas duré longtemps. Il ne fallait point badiner avec
M. Thomassière lorsqu'il n'était pas en belle humeur ; et
voilà que ce matin, le déjeuner fini, et comme pour le dessert, l'ami Langlade lui servait, là, brusquement, cette in-
concevable nouvelle : l'annonce des velléités de mariage de

son propre fils, Théodore Thomassière, amoureux d'une
actrice du Palais-Royal, à Paris !

Langlade, en diplomate, avait attendu qu'on en fût au café
pour donner cette nouvelle au père, et maintenant il se re-
prochait d'avoir choisi ce moment ; l'ami Thomassière avait
à la joue une rougeur inattendue ; sa digestion n'était pas
faite, et quoiqu'il ne fût pas gros et gras comme Langlade,
une congestion, ma foi !...

— J'aurais peut-être dû attendre, se disait le juge de
paix.

Mais à présent le coup était porté. Thomassière ne pouvait que s'irriter à attendre les détails exigées. Et puisqu'il avait commencé, Langlade, pourquoi ne pas tout
dire ?

— C'est mon neveu qui m'a appris la chose, mon vieux
Gaston — il donnait à l'ancien notaire son petit nom, pour
l'attendrir. — Mon neveu est un garçon qui connaît le tiers
et le quart, et que je soupçonne de vouloir écrivailler des
vaudevilles, à Paris, au lieu d'aller à son bureau !... Bref, il
est assez lié avec ton fils... Théodore l'a chargé de tâter le
terrain, et, si je t'en parle, tu comprends, c'est, à mon tour,
pour savoir...

— Pour savoir quoi ? dit Thomassière en repoussant brusquement sa tasse de café.

— Qu'est-ce que tu veux ? fit Langlade, bon philosophe,
il faut prendre les choses comme elles sont, et ne pas espé-
rer trouver dans une tête de vingt ans la sagesse de... de
Phocion...

Langlade, évidemment, à travers les fumées parfumées
du déjeuner, cherchait ses phrases.

Le nom vénéré de Phocion eut le don d'exaspérer particulièrement M. Thomassière.

— Phocion ! Phocion ! Qu'est-ce que tu me chantes avec
Phocion ?... Vas-tu me dire que Phocion, ton Phocion, me
conseillerait d'excuser la sottise d'un galopin amoureux d'une
cabotine ?

— Oh ! oh ! cabotine ! cabotine ! Non, fit le juge de paix.
Mlle Gabrielle Vernier n'est pas une cabotine. Elle a doublé
Norah dans une pièce du fils Dumas.

— Peste ! Comme tu es informé, toi !...

— Mon neveu! Qu'est-ce que tu veux? Mon neveu!
Mlle Gabrielle Vernier, donc...

— Tu me disais tout à l'heure qu'on l'appelait *Gabri!*

— Gabri dans l'intimité, Gabrielle sur l'affiche. Gabri,
c'est pour les initiés seulement, les boulevardiers, les vrais
Parisiens...

— Comme ton neveu Gustave!

— Comme mon neveu Gustave.

— Gabri! Théodore épouser Gabri! *Gabri!*

Et M. Thomassière donna sur la table un violent coup
qui fit tressauter les restes du perdreau et vibrer les cristaux et les tasses.

— Mme Gabri Thomassière! Thomassière Gabri!

— Gabrielle, Gabrielle... Légalement, ce n'est pas Gabri,
c'est Gabrielle, précisa le juge Langlade, qui semblait mettre
un grain de malice gasconne dans ses confidences. Il paraît,
du reste, qu'elle est très jolie, très jolie, cette Gabrielle...
Petite, potelée, blonde... ou plutôt — ce qui est la même
chose — teinte avec du henné...

— Du...?

— Henné! Très à la mode, le henné! Mon neveu m'a
raconté, là-dessus, des histoires! Toutes ces dames de
l'Opéra, figure-toi, s'appliquent du henné sur la tête... et
non seulement sur la tête...

Le juge de paix se mit à rire en pensant aux récits de son
neveu Gustave; mais il s'agissait bien de ces dames de
l'Opéra! Thomassière, devenu aussi blanc que la serviette
qu'il pliait avec rage, allongeait par-dessus la table son
grand nez vers le visage, couleur de cerise mûre, de Langlade, interrogeait son ami sur la folie qui possédait Théodore, et Langlade « sondait le terrain », se demandant jusqu'où
il pourrait aller, et y enfonçant le pied à plein talon.

Oh! d'ailleurs, le cas de Théodore était bien simple!...
Après avoir achevé son droit à Paris, le fils du notaire, fort
peu pressé de retourner en Périgord, s'était fait inscrire au
barreau, et, comme tant d'autres, avait, la serviette sous le
bras, donné la chasse à l'occasion, chaque jour plus chauve,
surtout à Paris, où les cheveux tombent plus vite. Un pro-
cès amusant — une contestation de Mlle Gabrielle Vernier
avec son pédicure — avait mis, un beau matin, Théodore à

l'ordre du jour dans les chroniques, et, pour avoir spirituellement décrit, défendu — et contemplé — le petit pied de la comédienne, le fils du notaire en était arrivé à lui offrir sa main. Une folie, une bêtise, un scandale, tout ce qu'on voudra. Mais l'amour est le prologue obligé de toutes les sottises, légales ou autres.

— Au total, mon vieux, ton garçon aurait pu choisir plus mal! Le fils Migayroux, de Bergerac — Médéric, tu sais — Médéric Migayroux a bien épousé une actrice de Bobino! Et elle rend le pain bénit à Bergerac, maintenant, la vieille actrice de Bobino! Et elle le rend tout aussi dignement qu'une autre, je te prie de le croire! Or, le Palais-Royal n'est pas Bobino...

— Non, interrompit avec colère l'ancien notaire, mais Médéric Migayroux n'est pas Théodore Thomassière! Ah! sa mère! Qu'est-ce qu'elle dirait, la mère de Théodore, si elle le savait amouraché d'une Gabri?... Gabri!... Gabri!

Il répétait le nom, comme pour s'en souffleter.

Il éprouvait une impression singulière, à la fois étonnée et colère. Il lui semblait qu'autour de lui tout dansait : les arbres du jardin, les tasses de café, et la bonne figure rieuse de Langlade lui paraissait tourner, tourner comme dans une ronde éperdue.

— Est-ce possible?... Alors, c'est possible?

Et Thomassière cherchait à se rappeler les dernières lettres de Théodore. Il n'y était pas plus question de Mlle Gabri!... Théodore y donnait à son père des nouvelles politiques et financières. On parlait, à Paris, d'une conversion nouvelle et d'une six-cent-quarantième crise ministérielle. Mais des théâtres, oh! des théâtres, pas un mot! « Il avait l'air d'un grave!... » Et, tout à coup, un beau matin, il envoyait, comme cela, le neveu Gustave pour annoncer à Langlade... qui le redirait à M. Thomassière... car certainement c'était lui, Théodore, qui avait chargé le neveu Gustave...

— Et ou est-il, ton neveu Gustave? demanda brusquement Thomassière, s'interrompant dans ses réflexions.

Langlade, homme pratique, faisait flamber, dans une soucoupe, un peu de sucre, arrosé d'eau-de-vie. Il faisait un

punch, Langlade, pour laisser l'ami Thomassière libre de
penser tout à son aise...

La question de l'ancien notaire le fit sourire.

— Mon neveu Gustave? Oh ! reparti ! Reparti bien vite,
mon neveu !... Il s'ennuyait à Saint-Alvère. Il est à Bordeaux — Bordeaux, c'est la succursale de Paris !

— Alors, demanda le père Thomassière, je ne saurai rien
de plus que ce que tu m'as dit?

— Ça ne te suffit pas?

Le notaire jeta à son ami un regard sévère. Il plaisantait,
en vérité, ce bon Langlade! Il plaisantait, et Thomassière
étouffait de rage! Ah ! une fois sa digestion faite, il allait en
écrire, une lettre, à Théodore! Elle tomberait, à Paris,
comme un coup de foudre sur la tête de Théodore, la lettre
de M. Thomassière !

— Mademoiselle Gabri !... Gabri ! Gabri !

Le notaire répétait ce nom avec toutes les inflexions du
mépris, de la fureur et de l'exécration ! Gabri !... Si Stéphanie Thomassière avait pu penser, une minute, que le petit
Théodore dût jamais songer à aimer — comment donc ! —
à épouser une demoiselle Gabri !... Gabri !... Oui, oui, cent
fois oui, il allait lui écrire, à Théodore, et de la bonne
encre !

— A quoi bon ?... interrompit sagement Langlade.
Attends qu'il t'avertisse, qu'il t'écrive, lui !

— Et s'il n'écrit pas?

— Comment veux-tu ? Il t'écrira trop. Avis du mariage,
demande de ton consentement.

— Ah ! mon consentement ! s'il se figure...

— Prières, supplications...

— Très inutiles !

— Très inutiles. Actes respectueux...

— Tu dis?

— Actes respectueux. Quel âge a-t-il, Théodore ?

— Vingt-sept ans !

— A vingt-sept ans, on n'est plus un gamin, mon vieux
Gaston. Actes respectueux...

— Ah ! Langlade, interrompit, une fois encore, Thomassière, très énervé, laisse-moi tranquille avec tes actes
respectueux !... Je ne sais pas si c'est le perdreau ou la lam-

proie, mais j'ai une barre sur l'estomac... Littéralement
une barré... J'étouffe ! Actes respectueux !... Pour Mlle Gabri !
Des actes respectueux ! A moi ! à moi ! à moi !

Et maintenant il brandissait, comme un drapeau de
bataille, sa serviette, qu'il avait ressaisie sur la table, et,
redressant sa taille, il regardait le fond du jardin, comme
si Théodore allait apparaître, au loin, le notaire exaspéré
se disposant à le foudroyer.

Mais non : il n'y avait au fond du jardin que du soleil,
des fleurs de grenadier et des libellules aux ailes de gaze
qui voletaient en courbes rapides autour des pelouses,
encore vertes, pour quelques jours.

II

Le lendemain, la vieille Marion fut tout étonnée quand
M. Thomassière, casanier d'habitude et quittant peu volontiers sa chambre et sa bibliothèque — il traduisait secrète-
ment Horace, Thomassière — l'appela et lui ordonna de
préparer sa valise et de dire au valet de seller le cheval.

— Monsieur s'en va encore à Périgueux pour le concours
régional ?

Ce voyage de M. Thomassière, à l'occasion du concours
régional, était demeuré célèbre, comme un des événements
de la maison.

M. Thomassière haussa les épaules.

— Il n'y a plus de concours régional à Périgueux, Marion.
D'ailleurs, je ne vais pas à Périgueux, je vais à Paris !

— A Paris ?

— A Paris !

La vieille servante éprouvait une surprise violente, et de
ses yeux perçants de paysanne, rivés sur l'impassible visage
de M. Thomassière, elle essayait de deviner la cause de ce
départ brusque, flairant d'instinct quelque aventure à

laquelle M. Théodore était mêlé !... Ah ! ce Paris, ce Paris !...
Un moulin à farine humaine ! Il en avait broyé plus d'un,
dans le pays !

— Monsieur va à Paris ?... Monsieur va à Paris ! Et combien de temps monsieur restera-t-il à Paris ? bougonnait
Marion tout en regardant si les boutons de chemise du
notaire étaient bien cousus.

La résolution soudaine de M. Thomassière jetait, dans le
logis, un trouble égal à celui qu'eût pu y produire un coup
de tonnerre. Les gens de la maison, les valets de la ferme,
les métayers, se demandaient tout bas ce que M. Théodore
avait bien pu faire, là-bas, pour que, tout à coup, M. Thomassière se mit en selle, comme un dragon prêt à charger.
Il revenait sur toutes les lèvres, le nom de M. Théodore !...
Oh ! ce devait être un gaillard, le camarade ! Il avait laissé,
dans le pays, de Saint-Alvère à Sainte-Foix, plus d'un petit
cœur gonflé et de jolis yeux rouges, lorsqu'il était parti !
M. Thomassière, certainement, entrait en campagne pour
aller remettre M. Théodore à la raison.

L'ami Langlade était revenu, d'ailleurs, pour souhaiter le
bon voyage à Thomassière, et Marion, aux écoutes, venait
de surprendre quelques paroles de menaces à l'adresse du
Parisien. M. Thomassière, causant avec le juge de paix,
l'avait appelé *garnement*, ce Parisien ! Marion saisissait
aussi, comme on attrape une mouche au passage, un nom
curieux qui l'intriguait : *Gabri, Gabri*... Un nom de femme,
sans doute. Quelque nom de drôlesse, évidemment !

Et, le lendemain matin, lorsque M. Thomassière, ayant
laissé à tout son monde ses instructions par écrit, partit à
cheval pour Mussidan, le valet le suivant sur un autre
cheval qui portait une seconde valise; lorsque M. Langlade eut donné à son vieil ami, bien en selle, la poignée
de main de l'étrier, et quand les deux cavaliers, maître et
serviteur, disparurent au bas du coteau, vers le tournant de
la route, tous savaient, dans la maison Thomassière, que le
notaire allait empêcher le *jeune monsieur* de faire des
bêtises ; et la vieille Marion allumait, dans sa cuisine, un
cierge de résine — réservé pour les jours d'orage — afin de
détourner les voleurs de la route du père et les coquines
de la vie du fils.

A Mussidan, le père Thomassière renvoya le valet et les deux chevaux. Il n'avait plus besoin de personne. Il attendrait, seul dans la petite ville, le train de Coutras qui le mènerait à Bordeaux, et, de là, à Paris. Le notaire, assez froid d'ordinaire et digne comme une statue antique, serra, cette fois, la main de son valet et le remercia, en patois, de ses souhaits de bonne chance. Puis, une fois seul, il se mit à songer. C'était une résolution rapide qu'il venait de prendre. Il n'entendait point et il n'attendrait pas que Théodore, puisque cet insensé semblait résolu à commettre toutes les sottises, lui envoyât les fameuses sommations respectueuses. Ironies de la loi : *res-pec-tu-euses!* Il irait droit à Théodore et lui demanderait compte brusquement de ses amours avec Mlle Gabri !...

Mlle Gabri ! Il la voyait déjà d'ici ! Fardée, peinte, maquillée, avec une voix canaille ! Quand on pense que ce sont ces séductions-là qui ont prise sur les jeunes gens ! Les imbéciles ! Parlez-moi des grisettes d'autrefois ! De bonnes filles, au moins ! Et gaies, et fraîches ! Le cœur sur la main. Parées avec un bonnet de linge et une robe de quatre sous. Tandis que les femmes d'à présent ne valent pas un ongle de celles d'autrefois. Demandez aux gens à cheveux blancs. Ils sont bien renseignés, ceux-là, j'espère !

Tout en songeant, et revoyant des fantômes de blancs bonnets et de robes à pois, M. Thomassière s'aperçut qu'il avait faim. Le train de Coutras n'arrivait que dans deux heures. M. Thomassière se fit servir à dîner, mangea de bon appétit, se sentit irrité, mais solide, et, à peine monté en wagon, il s'endormit jusqu'à Bordeaux.

Il eût pu prendre là directement le chemin de Paris. Mais Bordeaux lui rappelait un peu de sa jeunesse. Il ne l'avait pas vu depuis des années, Bordeaux ! Depuis que, dans une chambrette de la rue Huguerie, il arrosait de vin blanc les huîtres d'Arcachon que mangeait, en riant, une jolie brune... pas fardée, celle-là, pas peinte du tout, point maquillée, et qu'on n'épousait pas ! Non, on ne l'épousait pas ! Ah ! ce triple niais de Théodore !...

M. Thomassière n'était point un sentimental. Pourtant la vue de Bordeaux lui rafraîchit doucement la mémoire. En 1838 ! Bordeaux ! Il n'était point marié, alors, Gaston

Thomassière, et il rêvait une toute autre existence que celle
de notaire à Saint-Alvère. Il se rappelait avoir eu un duel,
un commencement de duel, avec un petit officier du 3ᵉ léger,
pour une grande diablesse de libraire qui louait des romans
de Pigault-Lebrun dans un cabinet de lecture... Des amis
s'étaient interposés. Oh! Thomassière n'avait pas fait d'ex-
cuses!... D'ailleurs, comme tous ceux de sa génération, il
maniait lestement le fleuret. Et à tout cela, pour lendemain,
le mariage avec Mᴵᴵᵉ Des Prunières, qui lui apportait en dot
la maison de Costo-Rasto et exigeait qu'il se fixât en Périgord, auprès des vieux parents Des Prunières. Et alors, la
lente, longue, lourde existence, réglée comme un papier de
musique! La vie monotone du notariat de petite, toute petite
ville! Les journées ressemblant aux journées, les années
aux années! Théodore, enfant tardif, né après vingt ans de
ménage, Théodore devenant un homme pendant que le notaire devenait un vieillard, et, resté veuf, reportait sur son
enfant les ambitions de sa propre jeunesse! Comme tout
cela avait passé, passé vite! Autant dire que la vie avait
soufflé sur lui, Thomassière, et emporté, comme une poussière, toute son existence!

Oh! il ne se sentait pas mélancolique. Non, pas du tout.
De simples réflexions nées, comme quelque fleurette, entre
deux vieux pavés de Bordeaux. Ne voulant point passer une
nuit en chemin de fer, M. Thomassière resta à Bordeaux et,
le soir, alla au théâtre. On y donnait les *Huguenots*. Les
chanteuses lui parurent vieilles, les pages de la figuration
lui semblèrent maigres et gauches, dans leurs maillots usés.
Il ne comprenait pas, non, certes, il ne comprenait pas
qu'on pût s'enticher de ces filles. Il sortit de la représentation des *Huguenots* avec la migraine. Quand il pensait que
ce monde de toile peinte et de carton, c'était ça, oui, ça, qui
avait affolé Théodore!...

En rentrant à l'hôtel, il acheta un journal pour s'endormir. C'était un journal de Paris. M. Thomassière lisait surtout, dans l'*Écho de Vesone*, la politique. Il était de ceux qui
occupent leur vie à pointer le nombre de voix dont peuvent
disposer les ministères pour avoir leur majorité. La politique une fois lue — il y avait tout justement une crise ministérielle — l'ancien notaire, déjà couché, allait jeter son

journal à bas de son lit quand, par hasard, un nom aperçu
lui sauta aux yeux, comme un éclair. Il venait, en effet,
d'épeler le nom abhorré de Mlle Gabrielle Vernier. « Mlle Gabrielle Vernier, disait le journal, remplira le rôle de *la
commère* dans la prochaine revue du Palais-Royal. On dit
grand bien du rondeau qu'elle a à chanter sur l'*Éducation
laïque.* »

M. Thomassière relut deux fois l'entrefilet, ne comprenant pas très bien la valeur du rôle que pouvait remplir
Mlle Vernier. Cette demoiselle chantait, et, en chantant,
célébrait l'éducation laïque ! C'était bien extraordinaire.
Mais enfin on devait s'habituer à tout. M. Thomassière
s'aperçut que le journal ajoutait, après ce renseignement :

« On espère passer lundi prochain. »

Passer ! le mot parut bizarre au bon notaire, habitué
aux termes précis. *Passer !* Cela vous avait comme une vague
odeur de décès et de testament. Enfin, on espérait *passer*
lundi, et M. Thomassière, regardant sa montre, s'aperçut
qu'il était minuit. Il arriverait à Paris le dimanche soir, et il
avait tout le temps d'aller retenir, au Palais-Royal, sa place
pour voir un peu quelle figure avait cette Mlle Vernier...
Gabri, cette Gabri qui osait songer à s'appeler Mme Thomassière !

Là-dessus, le notaire souffla sa bougie et ferma les yeux.
Il espérait dormir. Mais, dans le silence de la nuit, maintenant, il entendait encore, vague, lointaine, mais le chatouillant de polkas ironiques, une musique sautillante, la musique
d'un alcazar ou d'un casino voisin, qui lui apportait ses
notes de guinguette après les cris passionnés de la musique
de Meyerbeer — et, à demi bercé par ces accords de danse
ou de café-concert, M. Thomassière s'assoupit, poursuivi, à
travers une suite de rêves incohérents, par une image singulière : celle d'une grande belle fille vêtue en page des
Huguenots, et qui chantait l'*Éducation laïque* sur l'air de la
Bénédiction des poignards.

Le lendemain, M. Thomassière, mal reposé, prit le train
de Paris, et, durant tout le trajet, rumina la semonce qu'il
adresserait tantôt à Théodore. « As-tu mesuré, malheureux,
la profondeur de... de l'abîme ? » Mais, avant de surprendre
Théodore, il voulait avoir le droit de lui donner son opi-

nion sur la misérable fille dont l'imbécile voulait faire une Thomassière! Oui, il voulait la juger : bien certain, du reste, qu'elle était laide, sotte, insignifiante... Les jeunes gens sont si bêtes! Ou peut-être avait-elle tout au plus la beauté du diable, qui ne vaut pas le diable! Enfin, il verrait, il verrait!

Paris aussi piquait sa curiosité. Tout compte fait, il n'était fâché de le revoir, ce satané Paris. Il descendrait, comme autrefois, cité Bergère, dans l'hôtel tranquille où il s'était reposé jadis... *Hôtel du Midi!* Il y avait là, en ce temps-là, une belle blonde, fraîche comme un brugnon, grasse comme un Rubens, et qui était diantrement jolie sous ses habits de veuve. La belle Mme Chardonnet! Qu'était-elle devenue? Elle avait trente-six ans... Et depuis vingt-huit ans!.. Pauvre Mme Chardonnet! elle avait soixante-quatre ans aujourd'hui... Et lui-même, Thomassière, venait bien de dépasser la soixantaine!... Comme le temps file! La vie avait *passé, passé, passé,* comme demain passerait la revue du Palais-Royal.

Cité Bergère, M. Thomassière retrouva l'*Hôtel du Midi,* mais il s'appelait maintenant *Hôtel du Nord.* M. Thomassière retrouva sa chambre d'autrefois, donnant sur la cité paisible, le numéro 20, mais devenu le numéro 32... Et quant à Mme Chardonnet, il y avait beau jour qu'elle s'était retirée des affaires. Elle habitait Périgueux, maintenant.

— Tiens, Périgueux?

— Oh! depuis quinze ans!

Était-ce drôle! La belle Mme Chardonnet avait vécu si près de lui et il ne l'avait jamais revue, jamais!... Il aurait peut-être pu, étant devenu veuf, avouer les sentiments qu'il avait toujours tenus cachés, autrefois, malgré le sourire engageant des grosses lèvres gaies de l'hôtelière!... Périgueux! Elle est à Périgueux et lui à Saint-Alvère! Était-ce drôle! Était-ce drôle!

Et dans le vieil hôtel humide et triste où d'autres auraient rencontré des rhumatismes, l'ancien notaire retrouvait des bouffées de jeunesse et comme des reflets de soleil.

Il usa sa soirée sur le boulevard, un peu grisé par le brouhaha de la foule, et, poussé, pressé, bousculé, il resta

bien deux bonnes heures à regarder un transparent gigantesque où tantôt apparaissaient des paysages de Suisse,
tantôt des figures grotesques et des annonces de biberons
humanitaires et de gilets imperméables. Cette lanterne ma-
gique, où l'annonce alternait avec le pittoresque, intéressa
au plus haut point M. Thomassière. Il avait déjà traduit la
moitié d'Horace en vers : il trouva que les Parisiens avaient
de l'esprit en mêlant ainsi l'utile à l'agréable, *utile dulci*.

Ce spectacle lui donna, d'ailleurs, comme la représentation des *Huguenots*, à Bordeaux, un peu de névralgie. Il
rentra à l'hôtel, regarda mélancoliquement la cage de verre
où, jadis, trônait la belle Mme Chardonnet, appétissante
comme un beau fruit, et où se tenait maintenant, courbée
sur ses écritures, une petite femme sèche, rêche et coupe-
rosée. Puis il s'endormit — sans rêve, cette fois — lourd
de fatigue.

Il avait l'adresse de Théodore. Rue Fontaine-Saint-
Georges. Une tentation lui vint d'aller lui servir, le lende-
main, au saut du lit, le petit sermon esquissé dès le
Périgord : « As-tu mesuré, malheureux, la profondeur...? »

M. Thomassière avait son exorde sur les lèvres et voulait
s'en débarrasser. Demain ! Ce serait pour demain ! Avant
demain, il voulait savoir à quelle adversaire allait se heurter son autorité paternelle ! Avant demain, il voulait connaître Gabri !

Toute la journée, l'ancien notaire erra, un peu enfiévré,
à travers Paris. Il ne reconnaissait guère, dans ce tumulte
de la rue, que les monuments qui n'avaient point changé :
la Madeleine, la place de la Concorde, le théâtre des Va-
riétés... Mais le luxe des magasins, les modes féminines, le
bruit des voitures, tout le montant, le piquant de la vie de
Paris, lui semblaient des nouveautés grisantes et le trou-
blaient, l'étonnaient. Il se sentait un peu surpris, dans sa
gravité promenée à travers la ville dont toutes les séductions
lui riaient au nez. C'était Babylone, oui, certainement, il
allait et venait à travers les rues de Babylone ; mais Babylone était une ville bien curieuse, presque amusante, et si
changée !

M. Thomassière, haut planté comme un héron, arpentait
avec ses jarrets de chasseur l'asphalte et le pavé de bois,

sans se fatiguer, comme s'il eût poursuivi dans les *ratoubles*
une compagnie de perdreaux. Le soir venu, il chercha, aux
environs du théâtre du Palais-Royal, un restaurant où
dîner. Tout justement, il s'en trouvait un en face même du
théâtre, et le garçon dit, en apportant la carte à M. Thomassière :

— Si vous voulez vous rapprocher de la fenêtre, c'est
commode : ça donne juste sur les loges des actrices !

M. Thomassière n'hésita pas; il se rapprocha de la fenêtre.

De l'autre côté de la rue, assez étroite, il apercevait, en
effet, des couloirs éclairés déjà, et, çà et là, des fenêtres aux
lumières allumées et où pendaient, vaguement aperçus, des
jupes empesées et des costumes de théâtre. Ce blanc, ce
rose, ce bleu de ciel, ces jupons et ces paillons, M. Thomassière regrettait, pour ne pas les mieux voir, de n'avoir pas
apporté de lorgnette.

Il faisait chaud, de la chaleur lourde des étés qui finis-
sent. Le notaire dînait près de la fenêtre ouverte. Au bas,
une foule commençait à grossir; des voitures arrivaient, se
vidant à la porte du théâtre; et, de temps à autre, de ce tas
noir d'hommes, la voix de quelque crieur montait :

— L'*Entr'acte !* Demandez l'*Entr'acte !* Le programme et
la distribution complète de *Ote-toi de là que je m'y mette !*

Ote-toi de là que je m'y mette ! c'était le nom de la revue
qu'on allait jouer. Les huit auteurs de cette aristophanade
avaient, disait un journal, voulu « mettre dans le mille de
l'allusion politique ». La revue, pendant un moment, avait
été arrêtée, par la commission d'examen. M. Thomassière
ignorait ces choses. Il ne se souciait même pas de comprendre le titre, qui lui semblait un peu étrange, mais philosophique, oui, philosophique... Les hommes, dans la vie,
ne faisaient que se répéter, les uns aux autres, ce que disait
si curieusement l'affiche — du Darwin traduit en argot de
Paris. — Mais M. Thomassière ignorait Darwin. Là-bas, à
Saint-Alvère, il lisait Corneille jusqu'à *Attila* et jusqu'à *Pertharite.* Il s'était même dit souvent : « Si jamais je vais à
Paris, j'irai voir jouer *Pertharite!* Ce doit être un beau spectacle ! » Et, dès son arrivée, ce qu'il allait voir représenter,
c'était : *Ote-toi de là que je m'y mette !*

Oh ! ce n'était pas pour la pièce qu'il entrerait au théâtre !
Mais la commère, l'*Éducation laïque*, Gabrielle Vernier,
M⁰ Gabri, voilà ce qui l'occupait ! Et quand il pensait que
cette fille était peut-être là, là, dans une de ces loges au
fond desquelles son regard plongeait ! C'est vrai : elle s'habillait probablement, en ce moment même, là, à cinq pas
de lui, de l'autre côté de la rue Montpensier, et cet imbécile de Théodore était capable de l'aider à lacer son corset !
Il serait étonnant que la première personne que rencontrât
M. Thomassière, en entrant, tout à l'heure, au théâtre, ce
fût précisément cet imbécile de Théodore !

Et si cela arrivait, oh ! ce ne serait pas long ! Là, devant
tout le monde : « As-tu, malheureux, mesuré la profondeur
de l'abîme ?... » On verrait alors, on verrait la figure que
ferait Théodore !

En attendant, M. Thomassière mangeait, feuille à feuille,
son artichaut à la poivrade. Il regardait aussi, de minute en
minute, ces fenêtres cintrées des loges d'actrices, qui, dans
le haut mur droit du bâtiment, faisaient des trouées lumineuses. Elles s'habillaient, les actrices. M. Thomassière
était même particulièrement attiré par la vue d'une logette
tendue de perse claire et qui se trouvait géométriquement
placée dans la direction de son regard. Une jeune femme,
qui devait être fort jolie, de taille élégante, venait d'y entrer et ôtait en ce moment un chapeau de paille, surmonté
d'un énorme oiseau, qu'elle tendait à une autre femme, plus
vieille, debout à ses côtés. Et M. Thomassière, absorbé, laissait, peu à peu, les feuilles de l'artichaut, immobiles dans
son assiette. Il contemplait. Ils étaient tout à fait gracieux,
les mouvements de cette femme. Elle se disposait lentement, avec des gestes un peu las, à se dévêtir pour se cos-
tumer en un des personnages quelconque de la *Revue*, et
elle avait déjà, secouant sa tête, laissé tomber ses cheveux
sur son dos, comme un ruissellement d'or liquide. Maintenant, après avoir enlevé son bouton de manchette et son
col, elle dégrafait doucement son corsage, et M. Thomassière trouvait le spectacle tout à fait imprévu, imprévu tout
à fait... mais charmant...

— Monsieur a fini ? lui dit le garçon en enlevant l'assiette.
Monsieur a-t-il commandé son dessert ? Ah ! monsieur re-

garde les loges !... Oh ! c'est dans la canicule, monsieur,
qu'il faut voir ça ! C'est très drôle ! Ce sont nos petits
profits !

M. Thomassière écoutait à peine. Il ne quittait pas des
yeux l'actrice inconnue. Comme dans un éclair, il eut une
une vision bizarre, trop rapide : une robe s'abattant aux
pieds d'une jeune femme, une chemisette laissant nus les
bras et les épaules... et la blancheur de ces bras, de ce cou,
de ces épaules, cette splendeur de nudité à peine entrevue,
vite, sur un signe de la jolie fille, la vieille femme — l'habilleuse — se précipitant vers des rideaux d'un rouge sali,
et, les tirant brusquement, faisant la nuit sur la comédienne
en déshabillé, comme un rideau se baisserait sur une apothéose.

Frrrt! En un instant, c'était fini! Tout avait disparu.
M. Thomassière, qui avait, tout à l'heure, la sensation d'un
rêve inquiétant et exquis, se retrouvait, d'un coup, dans la
banalité d'un petit restaurant et devant cette réalité comique
d'un garçon lui demandant, l'air très brave :

— Chester, Camembert, Pont-l'Évêque ou Roquefort...?
— Ce que vous voudrez, répondit le notaire.

Il contemplait toujours la fenêtre, maintenant fermée par
les rideaux rouges, et, derrière ces rideaux, il imaginait
cette statue de chair blanche et ces longs cheveux d'or,
aperçus, admirés, évanouis.

Si c'était Mlle Vernier ?... Gabri !... Elle avait de bien beaux
cheveux, Gabri, si c'était elle !... Ah ! Babylone !

Et il fallut que le garçon dit au notaire : « Monsieur va
manquer le commencement... Très drôle, le commencement!... Mlle Desvignes a une scène dans la salle ! » Il fallut
cet avis pour que M. Thomassière, légèrement hypnotisé par
la lumière filtrant à travers le rideau rouge, se décidât à
quitter sa table près de la fenêtre, et à descendre dans la
rue Montpensier.

Il avait si fort marché, et vu tant de choses depuis le matin, qu'il n'avait pensé ni à consulter les affiches ni à louer
d'avance une place pour le soir. Les bureaux le renvoyèrent
aux marchands de billets qui lui demandèrent vingt francs
pour un fauteuil. Encore l'ancien notaire était-il, sans le savoir, embrigadé dans la *claque*. M. Thomassière trouva la

place chère, mais il était venu pour voir Mlle Vernier ; il
paierait ce qu'il faudrait pour voir Mlle Vernier et l'entendre
chanter le fameux rondeau sur l'*Education laïque!*

— Va pour vingt francs!

Le notaire, pourtant, commençait à se dire que Théodore
n'était pas si menteur lorsqu'il lui écrivait, demandant de
l'argent : « Si tu savais comme tout coûte cher à Paris!... »

— Un abîme! Diable! On n'y donne pas pour rien les
places de théâtre dans cet abîme-là! Tout coûte cher, très
cher! Théodore avait raison!

III

La revue de fin d'année attirait ses amateurs habituels :
critiques, boulevardiers, clubmen et boursiers, le gratiné
des cercles et le dessus de la Corbeille, le Tout-Paris de
haute marque et de contremarque. M. Thomassière, au profil aigu, avec sa lévite de coupe un peu périgourdine, pro-
duisait, parmi les fracs noirs et les cravates blanches, une
impression contrastée. On ne le remarquait pas, au surplus,
et il ne remarquait rien. Il regardait, trouvant à la petite
salle, pimpante et dorée à neuf, un éclat que n'avait pas
même le Grand-Théâtre de Bordeaux.

Il attendait avec impatience le lever du rideau, et lorsque,
devant la toile, un gros homme souriant et familier apparut,
parlant au public et débitant des drôleries, le voisin du
notaire poussa le coude de M. Thomassière et lui dit :

— C'est Darthenay. On lui fait son entrée, applaudissez
donc!

M. Thomassière s'aperçut, en effet, qu'autour de lui on
applaudissait beaucoup. Tous ses voisins battaient des
mains comme un seul homme. Il battit des mains, et Darthenay, qui remplissait le rôle de régisseur devenu compère, annonça au public que M. Dumas et M. Gounod, qui
s'étaient engagés à écrire la revue du Palais-Royal, n'ayant
pas tenu leur parole, la direction s'était adressée à

MM. Pierre, Paul et Jacques, littérateurs décadents et symbolistes, dont le zèle, pris au dépourvu, venait de s'affirmer d'une façon éclatante. Le public était donc prié d'accepter la prose de ces nouveaux venus, en remplacement des scènes qu'on attendait des deux illustres maîtres. Et de là le titre de l'œuvre nouvelle : *Ote-toi de là que je m'y mette !*

L'annonce, à laquelle M. Thomassière ne trouva aucune espèce de comique, fit partir à travers la salle des fusées d'éclats de rire. Et une femme, étrange, avec un rire guttural sortant de sa bouche largement fendue — Mⁱˡᵉ Desvignes, disait-on — placée au balcon, criait : *Bravo !*

Il semblait au notaire que ces gens si gais étaient quelque chose comme des initiés s'amusant facilement à des plaisanteries spéciales qu'il ne comprenait pas très bien.

— Ce doit être certainement divertissant, pensait-il, puisqu'ils se divertissent !

La revue commença. Le rideau levé, M. Thomassière aperçut une place publique — comme dans Molière — et des personnages singuliers défilaient, semblant tout à fait, mais tout à fait, incompréhensibles au notaire périgourdin : des femmes vêtues de costumes improbables et qui représentaient tantôt des journaux nouveaux, tantôt des timbres-poste. Il y en avait une qui répondait, quand on l'interrogeait : « *Moi, je suis les eaux de la Dhuys !* » et une autre : « *Je suis le nouvel Hôtel des Postes !* » Chaque réponse faisait beaucoup rire. La dame du balcon, Mⁱˡᵉ Desvignes, disparut même dans un grand éclat de gaieté, après avoir — chose inattendue — chanté un couplet de chanson. M. Thomassière se demanda s'il était réellement une bête ou si les Parisiens parlaient une langue spéciale, au moment où toute cette salle éclata d'un gros accès de belle humeur quand, sur la scène, un monsieur en habit noir, cravate blanche au cou et claque sous le bras, répondit au compère qui lui demandait : « Et vous, qui êtes-vous ? — *Moi, monsieur ? mais je suis le Fromage !* »

Et le monsieur en habit noir ajoutait à sa réponse un geste qui semblait dire : « Vous ne le voyez donc pas ?... »

M. Thomassière commençait à douter de son bon sens, tandis que ce monsieur, très correct, et qui ressemblait pré-

cisément au sous-préfet de Bergerac, fredonnait, sur un air
sentimental, quelque chose comme :

> Au dessert, voyez l'avantage :
> — O Chester, c'est un très bon tour ! —
> L'esprit a fait naître l'amour
> Entre la poire et le fromage !

M. Thomassière, étonné, entendit un de ses voisins pro-
noncer, très haut :

— C'est à se tordre !

Et le voisin regardait M. Thomassière d'un air presque
courroucé qui semblait dire : « Comment ! Que faites-vous
donc là ? Vous ne vous tordez pas ? »

Ce devait être un parent de l'auteur ou du monsieur qui
ressemblait au sous-préfet.

Au reste, tout cela, pour M. Thomassière, n'était que
quantité négligeable et bagatelles de la porte. Ce qu'il
attendait, ce qui l'intéressait, c'était l'apparition de Mlle Vernier. Il guettait l'arrivée de l'*Education laïque*, comme à la
chasse, à Saint-Alvère, il attendait l'envolée d'une compagnie de perdreaux. Gabrielle Vernier ne devait pas tarder
longtemps à paraître. Un crescendo de l'orchestre annonça,
tout à coup, l'entrée de l'*Education laïque*, et une grande
belle fille blonde, vêtue d'une robe noire, la toque de pro-
fesseur crânement posée de côté sur sa toison dorée, des
gants noirs lui montant jusqu'au coude et faisant ressortir
la blancheur de la peau où les lumières du gaz allumaient
des nacrures — une jolie fille, gaie, bien plantée, le corsage
largement échancrée, splendide et posant le pied sur les
planches avec un aplomb triomphant ; une sorte de ribaude
affinée et rieuse dont les lèvres, les dents, les yeux, le cou,
criaient la santé et la belle humeur — vint se poser, superbe
et se carrant dans l'insolence heureuse de sa jeunesse,
devant la boîte du souffleur.

M. Thomassière en fut comme ébloui.

Ce noir sertissant, comme un écrin, cette chair blanche,
donnait un caractère singulier, attirant et appétissant, à la
belle fille, et lorsqu'elle chanta d'une voie hardie, un peu
fausse parfois, mais si claire et si joyeuse, le couplet narquois sur l'*Education laïque*, toute la salle applaudit, et

M. Thomassière, levant les mains, applaudit plus fort que toute la salle.

Son voisin même lui poussa alors le coude et lui dit, du ton dont on donnerait un *satisfecit* à un écolier :

— A la bonne heure ! Cette fois, c'est mieux !

Cette fois, c'était mieux ?... Mais le voisin n'eut pas plus tôt félicité M. Thomassière, que le notaire s'aperçut qu'il avait applaudi ! Oui, lui, Thomassière, venu tout exprès du Périgord pour arracher Théodore à Mⁱˡᵉ Gabri, il applaudissait Mⁱˡᵉ Gabri, machinalement, instinctivement, sans se rendre compte de l'énormité de son imprudence ! Applaudir Mⁱˡᵉ Gabri ! Où avait-il la tête ? En vérité, mais il était donc fou ? Non, mais elle était, elle, Gabri, si jolie, si jolie ! Et puis tous ses voisins paraissaient si enthousiastes ! Leur contentement gagnait l'ancien notaire. Magnétisme, pur magnétisme, sans doute.

Et pourtant non — M. Thomassière ne subissait d'autre influence que celle de la belle fille qui s'étalait là, derrière la rampe, dans la splendeur de sa beauté. Il éprouvait même, à la regarder, un sentiment assez complexe où il se glissait à la fois de l'irritation contre Théodore et de vagues circonstances atténuantes. Ce diable de Théodore ! voyez-vous, ce Théodore ! Tantôt M. Thomassière se sentait enclin à lui pardonner sa faiblesse pour une aussi jolie créature, et tantôt il éprouvait contre *le garçon* une espèce de jalousie sourde, inconsciente. En attendant, M. Thomassière applaudissait Gabri. Il l'applaudissait violemment, il l'applaudissait à tout rompre.

Et comme l'*Éducation laïque* jetait en souriant un lazzi quelconque, M. Thomassière, qui se moquait du lazzi, mais non pas du sourire — un beau sourire avec des dents blanches dans le carmin des lèvres — M. Thomassière, emballé comme un cheval qui s'emporte, se mit à réapplaudir si fort, qu'un monsieur, à deux rangs de fauteuils devant lui, se retourna, le front colère, en criant bien haut :

— A bas la claque !

La claque ? Oh ! oh ! Il n'aimait pas Mⁱˡᵉ Gabri, ce monsieur !... Il manquait de goût, ce monsieur ! Il devait protéger quelque rivale de Mⁱˡᵉ Vernier ! L'impertinent qui interrompait pour dire : « A bas la claque ! »

Mais l'étonnement de M. Thomassière fut plus grand encore lorsque son voisin — celui-là même qui, tout à l'heure, lui avait poussé le coude, lui jeta ces mots dans l'oreille, d'un ton rogue :

— Eh! ne vous mêlez pas d'applaudir tout seul, vous!... Vous voulez donc faire *empoigner* la pièce?

— Comment, empoigner? Qui se permettrait d'empoigner? Les sergents de ville?

— Voyons, ne faites pas l'idiot, répliqua le voisin et attendez mon signal, eh!

Le notaire avait senti à ses oreilles un afflux de sang, montant avec un bruit de fer trempé dans l'eau. Il *faisait l'idiot*, à présent! On venait de l'appeler *idiot!* Il eut un moment la pensée de se lever et de souffleter cet insolent devant la salle entière, devant Mlle Gabri, devant tout le monde; mais il se contint. Il lui semblait que l'*Education laïque* le regardoit d'un œil clément et le suppliait de demeurer calme. Il ne se trompait pas, M. Thomassière. Elle lui disait, par-dessus les verres de la rampe, l'*Education laïque:*

— Vous m'avez comprise et je vous comprends! Soyez calme! L'interrupteur est un paltoquet et votre voisin est un rustre!

L'acte finissait, d'ailleurs, sur un couplet final, et Mlle Vernier esquissait un pas, évidemment étudié de l'autre côté de l'eau, dans quelque Conservatoire chorégraphique du quartier Latin. Les voisins du notaire applaudissaient, en hurlant presque, pour faire relever le rideau baissé ; et, comme dans une apothéose, Thomassière, une fois cette toile rouge relevée, apercevait encore, parmi les costumes bariolés des comparses, l'habit noir du Fromage et les jupes courtes des femmes représentant soit la Lumière électrique, soit le Téléphone ou le Pavage en bois, il apercevait, admirait, dévorait la chair blanche ourlée de noir de ce Rubens vivant qui personnifiait l'Education laïque.

Et puis, tout disparaissait encore une fois! Toile baissée, vision effacée. Mais, dans le salut de Gabri au public, il semblait encore à M. Thomassière qu'il y avait eu pour lui un petit signe de tête spécial, un merci plus fervent dans un sourire particulier.

Le notaire se leva tout enfiévré, et, au moment où il

gagnait la porte, son voisin, l'homme au coude, lui dit encore, assez brutalement :

— Et surtout, ne recommencez pas au *trois !*

Ah! cette fois, M. Thomassière sentit des démangeaisons lui venir aux doigts, ces doigts qui autrefois ne se contentaient pas de grossoyer, grossoyer, mais qui savaient presser la gâchette d'un fusil de chasse, et eussent même brandi le fleuret contre le petit lieutenant du 3ᵉ léger !...

Il prit par un des boutons de la redingote son désagréable voisin, brusquement étonné, et lui demanda tout net :

— Mais enfin, monsieur, voudriez-vous bien m'expliquer pourquoi vous vous mêlez ainsi de mes faits et gestes personnels ?

Le voisin parut à Thomassière légèrement ahuri.

— Comment, dit-il, pourquoi je me mêle... ? Je me mêle de ce qui me regarde ! Où a-t-on vu qu'un claqueur parte tout seul, avant le chef de claque ?

— Un claqueur !... Le chef de claque !...

M. Thomassière tombait de son haut.

— Il y a, continuait l'autre avec colère, de quoi faire tomber une *machine !* Vous n'êtes pas là pour fabriquer des *fours !*

— Alors, balbutia le notaire humilié, je suis ici non comme spectateur, mais comme claqueur ?

— Pur *romain,* tout simplement

— J'ai pourtant payé vingt francs pour...

Il allait continuer. L'entrepreneur de succès l'interrompit en haussant les épaules :

— Justement. Qu'est-ce que c'est que vingt francs pour une *première* comme celle-là ? On a vendu les fauteuils sept louis aux agences, mon petit !

Mon petit, maintenant ! *Mon petit !*

M. Thomassière, pétrifié, éprouvait l'amer sentiment d'une vague dégradation. Il avait applaudi comme claqueur! Il avait donné vingt francs pour être appelé tour à tour *idiot* et *mon petit* par un chef de claque ! Il éprouvait l'absolu besoin de respirer l'air libre et d'en appeler aux étoiles ! — Tout en sortant, il voulait encore demander des explications à son voisin ; mais le chef des claqueurs, *son chef,* lui dit tout bas :

— Taisez-vous donc ! C'est scandaleux ! On écoute tout
ça dans la salle, et ça fait mauvais effet !

Il n'y avait qu'à obéir, à se taire, à fuir le scandale...
Mais jamais, du moins, le notaire ne regagnerait sa place !
Jamais il ne s'exposerait maintenant à s'entendre crier par
le premier venu : « A bas la claque ! » et à s'entendre appeler
mon petit par cet homme. Une homme charmant, cravaté
de blanc, si poli au début, pourtant !... Son *chef !*... Mon
petit ! Le *petit* de cet inconnu ! Lui, un des doyens de la
basoche périgourdine !

Et, tout en grommelant contre ce *mon petit*, M. Thomassière était arrivé au bas de l'escalier, et, poussant
la porte vitrée, se trouvait dans la rue de Montpensier, tout
exaspéré de l'aventure.

Non, non, non, non, il ne retournerait pas s'asseoir dans
son fauteuil. Ce Paris ! On y payait vingt francs le droit
d'être insulté par un Romain de faubourg ? Non, non, non,
il ne rentrerait pas là ! Il n'y rentrerait pas ! Et pourtant
il avait une telle envie, lancinante et impulsive, de revoir
Mlle Vernier ! Il avait comme une soif de lui parler !
Il venait d'inventer, comme pour Théodore, l'exorde de
son discours : « Certes, vous êtes jolie, admirablement
jolie, mademoiselle, et la beauté a des droits incontestables
comme le talent ; mais est-ce une raison pour... une
raison.. » Il trouverait bien le reste !

Et, sur le trottoir de la rue, où des jeunes gens cravatés
de blanc, comme le chef de claque, fumaient des cigares,
Thomassière allait lentement, regardant, lumineuses dans
le grand mur plat, les fenêtres des loges d'actrices.

Elle était pourtant là, dans une de ces loges, Gabri ! Elle
s'y habillait, et même... Thomassière n'achevait pas sa
pensée ! Il revoyait la vision rapide aperçue, deux heures
auparavant, quand il s'attablait dans ce restaurant... Ah !
s'il eût osé !

Et pourquoi n'oserait-il pas ? Elle devait le connaître,
lui, puisqu'elle connaissait Théodore ! Il n'avait évidemment
qu'à se nommer pour être reçu par elle ! Et il apparaissait
alors devant la belle fille comme le spectre même du
Devoir ! « Certes, vous êtes jolie, admirablement jolie,
mademoiselle, mais... »

Et il la voyait aussitôt rougir, pâlir, se troubler, trembler. Tremblante, elle devait être bien jolie, Mlle Gabri !

En passant devant la porte d'entrée des artistes, M. Thomassière entendit deux des jeunes gens qui humaient leurs londrès dans l'entr'acte, se dire l'un à l'autre :

— J'ai fait remettre ma carte par le concierge.

— Il a bien voulu ?

— Très gentil, le concierge.

Et pourquoi alors, puisque le concierge était si gentil, M. Thomassière ne se ferait-il pas annoncer, comme ces jeunes gens ? Il avait des cartes sur lui : *G. Thomassière, ancien notaire*. Le concierge montait, présentait une de ces cartes à Mlle Vernier, et le nom disait tout à la comédienne. Thomassière ! Elle osait, la malheureuse, rêver de le porter, ce nom de Thomassière !

— Mme Thomassière ! Ah ! non, par exemple ! Mme Thomassière, jamais !... Non ! non ! non ! Elle a beau être jolie, très jolie, ce n'est pas une raison !...

Machinalement, Thomassière avait gravi, marche à marche, le petit escalier étroit qui monte au théâtre, et, son morceau de carton à la main, il se trouvait déjà devant le concierge — moins gentil que ne disaient les jeunes gens — et qui lui demanda, d'une voix de phonographe, répétant mécaniquement une phrase inévitable : « Où allez-vous, monsieur ? »

— Mais.. je ne vais pas, fit M. Thomassière, je viens... je viens vous prier de vouloir bien remettre cette carte à...

Et l'ancien notaire prit un air fin :

— A la personne qui joue l'*Education laïque !*

— Ah ! ah ! fit le concierge, un peu narquois. Si vous voulez laisser cela ici...

Mais il regardait, l'épelant tout bas, la carte de M. Thomassière : « *G. Thomassière, ancien notaire !* » Ce titre rassura le fonctionnaire. Ancien notaire ! C'est moral. La comédienne avait peut-être quelque affaire particulière avec ce monsieur à l'air si grave.

— Asseyez-vous là. Il est interdit de monter dans les escaliers à toute personne étrangère au théâtre !

M. Thomassière éprouvait à la fois un étonnement profond et une curiosité capiteuse en s'asseyant dans cette loge de concierge, tandis qu'emportant la carte, le bonhomme montait chez Mlle Gabri. La loge du concierge paraissait laide à l'ex-notaire, avec son papier sali et ses vieux cadres pendus à la muraille ; et cependant, ce coin caché de théâtre, cette porte entr'ouverte sur la vie des coulisses, fouettaient le sang de M. Thomassière, l'amusaient, l'hypnotisaient. Un théâtre ! Il était, lui, le notaire de Saint-Alvère, assis dans la loge d'un portier de théâtre !... Et cet escalier conduisait, comme les degrés de quelque enfer, à ces loges d'actrices où les belles filles de tout à l'heure enlevaient leurs costumes et dénouaient leur chevaux !

Le vieux Thomassière éprouvait une sensation bizarre, le sang lui remontant aux oreilles, et il lui prit brusquement l'envie de partir, laissant là Mlle Vernier, le théâtre, les comédiennes... Oui, il voulait partir, s'enfuir presque. Où ? — il ne savait pas, il hésitait... Il songeait maintenant à monter tout droit, sur les pas du portier, vers la loge de Mlle Gabri.

Le retour du brave homme mit fin à l'hésitation.

Le concierge priait M. Thomassière d'attendre. Le *trois* allait finir. Le notaire aurait, tout à l'heure, une réponse verbale à sa carte.

— Très bien. Merci. J'attendrai la fin du *trois !*...

L'idée qu'il allait voir de près la belle fille donnait du courage à Thomassière. Oh ! il ne lui mâcherait pas la vérité ! Il la lui dirait tout crûment : « Certes, vous êtes jolie, très jolie, mademoiselle, mais... » *Mais... mais... mais...* C'était ce diable de *mais* qu'il ne parvenait à faire suivre d'aucune phrase ayant à la fois de la fermeté et de la politesse. Il voulait être résolu sans paraître brutal, décisif sans se montrer féroce.

— *Mais* ce n'est pas une raison pour déranger mon garçon !

— *Mais* ce n'est pas une raison pour devenir Mme Thomassière !

— *Mais...*

Baste ! Il la trouverait, la conclusion de ce *mais*, lorsqu'il se verrait face à face avec la sirène. Oui, par exemple, *sirène* était le mot, et il le lui dirait tout haut, tout net. Sirène ! *Siren, sirenis...* En attendant, le portier priait poliment M. Thomassière de vouloir bien redescendre, l'administration ne permettant pas que « les personnes étrangères au théâtre » séjournassent dans la loge.

— Bien... bien... Très bien... J'attendrai, j'attendrai en bas ! Je vous remercie !

Alors il se mit à marcher dans la rue, pour se donner une contenance. Evidemment Mlle Gabri ne pouvait tarder à paraître. La réponse à la carte envoyée, c'est elle-même qui l'apporterait. Et, tout en marchant, assez anxieux, M. Thomassière regardait le théâtre, ce haut mur blanc, troué de petites fenêtres carrées et surplombant la rue, comme une sorte de construction mauresque, soutenue par des voussures. Il guettait, sur les marches de l'escalier tournant, l'apparition de Mlle Vernier, et vingt fois il regardait la rampe de bois, la muraille peinte en brun, les marches un peu usées par tant de petits pieds, tout petits, rapides, furtifs, qui s'étaient posés là. Et M. Thomassière se sentait effroyablement troublé, tout surpris de se voir, à l'heure où d'habitude il sommeillait si bien à Saint-Alvère, mêlé à cette vie de Paris, devant ce théâtre, arpentant ce trottoir, contemplant cette porte d'entrée des artistes, et les cochers, dans l'ombre, avec les voitures à la file, et les restaurants ouverts, avec leurs odeurs chaudes de cuisines, et des musiques capiteuses — il y avait une noce par là — avec des apparitions de valseurs entrelacés, derrière les rideaux des fenêtres...

Il lui passait alors par l'esprit des idées bizarres, et des vertiges lui traversaient la cervelle, des bourdonnements lui montaient aux oreilles — peut-être le bruissement des battements d'ailes des papillons bleus de ses vingt ans !

IV

M. Thomassière fut, tout à coup, en se retournant devant la porte des artistes, très surpris de se heurter presque à une belle personne qui sortait du théâtre, emmitouflée dans

n manteau légèrement fourré de renard bleu. Grande,
blonde, sous son voile noir, élégante, elle tenait entre ses
doigts, qui n'étaient pas gantés, un petit portefeuille de
cuir bleuâtre en maroquin écrasé d'où une carte sortait,
comme la carte forcée qui émerge du jeu battu par le pres-
tidigitateur, et M. Thomassière, en l'apercevant, cette carte,
la reconnut tout de suite. C'était la sienne. Mlle Vernier
apportait sa réponse. Il allait enfin pouvoir faire de la
morale à Mlle Gabri !

Elle, tournant d'abord vivement la tête à droite et à
gauche, comme interrogeant les alentours, arrêta son regard
sur l'ancien notaire et l'enveloppa d'un coup d'œil rapide,
celui des commissaires-priseurs qui soupèsent, de la pru-
nelle, un objet quelconque. Puis elle s'avança. Son geste,
qui montrait la carte, signifiait, évidemment : « Est-ce
vous, monsieur, qui m'avez envoyé ceci ?... »

Le notaire s'était approché, fort ému, et, mettant d'instinct son chapeau à la main :

— Mademoiselle... j'ai l'honneur...

— Couvrez-vous donc, dit la belle fille... Monsieur...
monsieur Thomassière ?... G. Thomassière, n'est-ce pas ?

— Thomassière, oui... Thomassière père... Gaston Thomassière...

— Mais je n'ai pas le plaisir...

— C'est vrai, interrompit l'ancien notaire, c'est très
vrai ; mais je suis venu tout exprès à Paris pour vous
parler de Théodore.

Il sembla à M. Thomassière que Mlle Vernier levait légèrement la tête avec un air de chercher de quel Théodore on
voulait bien lui parler. Une contenance qu'elle se donnait,
sans doute. Elles sont si fortes, ces Parisiennes, si fortes,
si fortes !

— Enfin, mademoiselle, dit le notaire avec une certaine
fermeté, je voudrais bien pouvoir vous entretenir un instant. Vous devez comprendre que c'est grave !

La jolie fille, sous son voile, se mit à rire sans façon.

— M'entretenir ?... Vous êtes amusant, vous !... C'est
sérieux ?

Et, en effet, grossissant sa voix, il ne riait pas, M. Thomassière père.

Mlle Gabri le regarda encore un moment, hésitant évidemment et se demandant d'où sortait cet original ; puis elle laissa, comme une fusée, partir gaiement son joli rire et vivement :

— Bah ! Tout de même ! Vous avez de la chance, vous, que mon époux n'ait pas encore quitté ses terres !... Ah ! leur satanée chasse ! Et si vous voulez m'offrir une aile de perdreau, je meurs de faim ! Et nous causerons !

M. Thomassière n'en revenait pas. Voilà une connaissance bientôt faite. Tout à l'heure, la jolie fille célébrait, sur un air de pont-neuf, l'éducation laïque, et maintenant, il se trouvait là, nez à nez, avec elle dans une rue de Paris, et elle l'entraînait, lui prenant le bras, vers une de ces voitures qui stationnaient, là bas, et dont les lanternes, en ligne, brillaient comme une rangée de vers luisants. Oui, elle lui prenait le bras, et, en montant dans le coupé dont elle baissait la glace tandis que M. Thomassière restait encore planté sur le trottoir, elle lui jetait, d'un ton leste, cette interrogation :

— Café Anglais, n'est-ce pas ?

— Café Anglais, oui, balbutia le notaire, un peu ahuri.

Et, obéissant au joli geste que fit de sa petite main Mlle Gabri, il monta à côté d'elle, dans la voiture, tandis que le cocher fouettait ses chevaux qui partaient du côté du boulevard.

M. Thomassière ne savait trop s'il rêvait. Se sentir là, aux côtés d'une jolie fille, dans une voiture fermée, lui qui, quatre jours auparavant, lisait l'*Echo de Vésone* sous les arbres de son jardin du Périgord ! Il se demandait s'il était ivre, si c'était possible, et comment c'était arrivé !

De près, Mlle Vernier lui semblait plus jolie que de loin. Il la regardait de côté, n'osant parler, et ce gai profil de blonde, vaguement entrevu, lui paraissait capiteux tout à fait. Elle avait surtout une oreille et une nuque, découverte par ses cheveux relevés, oh ! une nuque adorable, blanche, grasse...

— Cela vous est égal que je baisse la glace ? demanda-t-elle. Vous n'avez pas froid ?

La tentation vint à M. Thomassière de répondre : « Au contraire ! » Mais il trouva risqué ce mot prévu. Il le remplaça par un geste.

— Moi, j'étouffe, disait Gabri en respirant l'air de la rue,
lui buvant de ses lèvres rouges et de ses narines dilatées, en
se penchant un peu.

— Et avec ça, fit-elle encore, j'ai l'estomac dans les talons !
Je n'ai pas dîné, croyez-vous ?

Pas dîné ! Thomassière éprouva une sorte d'étonnement
mêlé de pitié, comme si une tristesse quelconque eût con-
damné Mlle Gabri à la diète. Pas dîné !

— Oui, par rapport à cette dépêche qui m'est tombée tout
à coup sur la tête...

— Quelle dépêche ? demanda le notaire.

— Eh bien, mais... celle du régisseur. Je vous conterai
cela à table... Ah ! enfin ! Nous sommes arrivés ! Ce que je
vais casser une croûte !

M. Thomassière ne comprenait guère. Il ne comprenait
pas décidément. Mais un instinct contre lequel il se débattait
le poussait à s'apitoyer sur cette Gabri qui n'avait pas dîné,
la pauvre fille ! qui avait faim et qui parlait, sans feindre
aucune poésie, de « casser une croûte ». Elle était franche,
du moins, elle était franche. Et puis, elle avait une bien
jolie nuque ! Avec cela, pas l'air méchant. M. Thomassière
n'excusait point Théodore, certainement non, il ne l'excusait point, mais il le comprenait.

Le chasseur avait aidé Mlle Vernier à descendre du fiacre,
tandis que le notaire donnait au cocher le prix de la course,
et derrière les jupes qui traînaient sur le tapis du restaurant, Gaston Thomassière, notaire à Saint-Alvère, montait
l'étroit escalier du cabaret. Un peu intimidé de voir son
image reflétée, sous la clarté des petites ampoules Edison,
par les glaces brillantes, de lire sur une porte de verre :
Entrée des salons, il se demandait, tout en se heurtant aux
garnitures de cuivre du tapis, ce que penserait de lui l'ami
Langlade, si le juge de paix le voyait emboîter le pas, le pas
furtif d'une jolie fille qui, tout à l'heure, chantait devant
douze cents personnes le rondeau de l'*Education laïque*.

Bah ! il approuverait, Langlade !... Il envierait Thomassière, Langlade !... D'ailleurs, Thomassière savait pourquoi
il emmenait souper Mlle Gabri ! Pour Théodore ! C'était pour
Théodore ! Et avant une heure, certainement avant une
heure, il aurait obtenu le désistement de la donzelle. « Oui,

vous êtes jolie, vous êtes séduisante, mademoiselle, mais...
mais... mais... »

Thomassière oublia, d'ailleurs, son discours lorsque, seul,
dans le cabinet du Café Anglais, devant le garçon déférent et
narquois à la fois, il se trouva, la carte à la main, debout
devant M⁽ˡˡᵉ⁾ Vernier qui s'était laissée tomber sur un petit
divan de velours rouge en se déclarant *éreintée*.

On avait, pour arriver là, longé des corridors, et, un moment, marchant droit devant lui, Thomassière était entré
dans un vaste salon rouge, au seuil duquel le garçon lui avait
dit, d'un ton de respect :

— Pas ici, monsieur, pas ici ! Ici, c'est *le Grand Seize !*

Et, tandis que M⁽ˡˡᵉ⁾ Gabri riait, M. Thomassière avait vaguement perçu, dans l'intonation du garçon, une sorte de
vénération comme devant la porte ouverte de quelque temple.
Le Grand Seize ! Il y avait, pour le Périgourdin, une espèce
de mystérieuse harmonie dans ces trois mots... *le Grand
Seize !*... Ce garçon n'eût point parlé autrement du temple
d'Isis.

— Je vois que vous êtes un habitué ! dit, une fois assise,
M⁽ˡˡᵉ⁾ Gabri, un peu railleuse.

— Moi ?

— Oui... oui... *le Grand Seize !*... Parbleu ! Ça vous rappelle votre jeunesse ?

M. Thomassière fit la grimace et étudia le long papier que
lui avait tendu le garçon.

Le notaire était fort embarrassé, regardant les noms des
plats du jour cacographiés sur la carte : Consommé aux pro-
fitérolles, à la Bourdaloue. Ici, Bourdaloue ? Potage velours,
purée Condé, potage au lait d'amandes, et encore des noms
célèbres, tous célèbres : timbales à la Rossini, à la Talley-
rand ! Poularde à la Demidoff ? Sole à la Joinville ! Glace Nes-
selrode ! Un dictionnaire de biographie, cette carte, le cata-
logue d'un Panthéon !

— Armoricaines ou marennes ? interrogea le garçon.

— Armoricaines, commanda Thomassière, séduit par le
nom et sans savoir ce qu'il demandait. Mais, devant
M⁽ˡˡᵉ⁾ Gabri, il ne fallait pas avoir l'air provincial !

Il redressait sa haute taille et, sur sa cravate énorme,
tenait droite sa figure maigre de juge d'instruction.

Un autre garçon arrivait, gros et gras, mais très grave :
— le sommelier.

— Comme vin ?

— Le meilleur, dit Thomassière. Du reste, ajouta-t-il pour
sortir d'embarras, mademoiselle commandera ce qu'elle
voudra !

Et, soulagé, il tendit la carte à Gabri, et à mesure que
Mlle Vernier commandait, le garçon répondait : « Bisque
d'écrevisses, bouchées à la Montglas. Très bien ! Homard
américaine, bon ! Niocchi ! Turban de cailles aux laitues,
aspic de pintades, perdreaux truffés ! Bien, *madame !* Le pou-
ding anglais avec sabayon, n'est-ce pas ? Oh ! quand *madame*
aura pris cela !... »

Thomassière éprouvait une sensation inconnue et délicieuse. Il regardait tour à tour le garçon, la jolie fille, la
glace banale, où tant de noms entrelacés mêlaient leurs pa-
raphes, et, à travers les vitres de la fenêtre cintrée, le boulevard où les passants se faisaient rares, et les voitures qui
filaient avec les points lumineux de leurs lanternes... Ce qui
lui arrivait à lui, Thomassière, semblait à l'ancien notaire
un conte des *Mille et une Nuits*. Les voyages de Sindbad le
Marin n'étaient pas plus fantastiques, vraiment, et improbables que cette aventure extraordinaire ; et si Langlade pouvait se douter que l'ami Gaston soupait au Café Anglais en
tête-à-tête avec une actrice, Gabri, la célèbre Gabri !

Mais quoi ! dans sa maison périgourdine, paisiblement
endormi du sommeil lourd que donne l'air des champs,
Langlade, à cette heure, dormait profondément, sans se
douter des surprises que Paris gardait à l'ami Thomassière !

Et le notaire n'eût pas été fâché que Langlade ne dormît
point, qu'il eût été présent, regardant l'apothéose de Thomassière prêt à se dresser comme un justicier devant
Mlle Vernier domptée !

Car elle était domptée, évidemment, et Théodore allait
lui échapper. En attendant, elle mangeait. Pauvre fille ! Elle
ne mentait pas tout à l'heure : elle avait grand' faim. Ses
jolis doigts gras, très blancs, cassaient, avec des vivacités
émues, les pattes rouges des écrevisses, et parfois, gentiment, elle essuyait ses ongles roses à ses lèvres, après les

avoir portés à sa serviette. Et elle dévorait. Il y passait tout
entier, le dictionnaire de biographie culinaire.

Thomassière la regardait faire avec des frissons, une admiration, une pitié! Admiration pour la beauté, pour cette
jolie chair nacrée, caressée par la clarté des bougies ; pitié
pour la pauvre fille à laquelle, tout à l'heure, il allait porter ce coup droit : « Renoncez à Théodore! Il le faut, je le
veux! »

— Ah! dit-elle enfin, avec un long soupir soulagé, un
soupir qui gonfla délicieusement son corsage, ça va mieux!
J'avais besoin de me *radouber!* C'est fait.

— Radouber? fit Thomassière.

Gabri se mit à rire.

Terme de marine! J'ai débuté à Brest... Il m'en reste
quelque chose!... Ah! quelle vie que ce théâtre!... Si jamais
on m'avait dit que je jouerais aujourd'hui l'*Education laïque,*
j'aurais cru qu'on se moquait joliment de moi!

Thomassière parut étonné.

— Comment, ma chère demoiselle, vous ne saviez pas?

— Hier, à pareille heure, j'ignorais totalement... Si bien,
figurez-vous, que j'allais signer pour Nice avec l'agence
Robilleau!...

— L'agence Robilleau?

— Oui, rue Saint-Marc. On m'offrait un engagement sor-
table... Mais, quitter Paris! Voilà le chiendent, quitter Paris!
Aussi, je bénis Gabrielle Vernier et sa corde!... Un peu de
Saint-Marceaux, que nous buvions à la corde de Gabrielle
Vernier.

Elle tendait — au bout d'un joli bras nu très blanc — sa
coupe vide à Thomassière, qui la regardait ébahi, cherchant
à comprendre ce qu'elle disait et ce que signifiaient ce nom,
Gabrielle Vernier, et ce mot, la corde. Une corde ! quelle
corde? L'ancien notaire, précisément, se demandait si la
jeune fille ne parlait pas quelque idiome particulier,
difficilement compréhensible ; — et peut-être le français
de Paris n'était-il pas tout à fait, tout à fait celui de
Saint-Alvère.

— La corde ? répéta Thomassière, dont les yeux, le
geste, la tête tendue par-dessus la table, interrogeaient la
comédienne. Quelle corde ?

Elle éclata de rire, montrant des dents superbes, avides ;
et haussant les épaules :

— Au fait, c'est vrai ! Vous ne pouvez pas savoir !...
La corde ! C'est la cause de l'amende qui a rendu Gabrielle
si furieuse, la corde, et qui m'a fait créer, à moi, le rôle de
l'*Education laïque !*

— A vous ? Comment, à vous ? interrompit Thomassière.
Vous n'êtes donc pas mademoiselle Vernier ?

— Moi ?

— Vous !

Elle fixait sur lui des yeux bleus, très doux, très drôles
— pour le moment stupéfaits.

— Qu'est-ce que vous voulez dire ?

— Vous n'êtes pas *Gabri ?*

— Moi ?

— Mademoiselle *Gabri ?*

— Ah ça ! mon cher, dit la belle fille froidement, est-ce
que vous m'avez amenée ici pour me faire poser ?

— Non, non, fit Thomassière, cent fois non !

Il ne savait pas pourquoi, mais, instinctivement, il ne lui
déplaisait point que cette jolie blonde ne fût pas Mlle Gabri !
La pitié ! sans doute, la pitié !... Tout à l'heure il la contemplait avec un certain attendrissement. Quand il songeait
qu'il fallait, dans un moment, lui donner ce coup de
poignard, lui arracher Théodore... « Certes, vous êtes jolie,
très jolie, adorablement jolie, mademoiselle, mais mon
devoir m'oblige... » Ah ! le devoir ! oui, évidemment,
le devoir obligeait M. Thomassière à arracher des bras de
Théodore Mlle Gabri ; mais, si cette jolie fille qu'il regardait
là n'était pas Mlle Gabri, rien ne forçait M. Thomassière à
affliger une aussi belle créature. Il pouvait se contenter,
si tel était son bon plaisir, de lui dire : « Certes, vous êtes
jolie, très jolie, adorablement jolie, mademoiselle », et
libre à lui de terminer là sa harangue comme il voudrait,
sans cruauté, sans coup de poignard. Mais quel pays de
féerie que Paris ! Etait-ce bizarre ! Il invitait Mlle Vernier,
et ce n'était pas Mlle Vernier qui venait !

— Ce qui m'étonne, c'est que cette jeune femme ait,
sur le simple vu de ma carte, accepté ainsi... C'est fort
étrange !

Et M. Thomassière, plongé dans ses réflexions, contemplait maintenant la comédienne avec une certaine indulgence, n'étant plus exposé à lui faire de la morale au dessert.

— Voyons, voyons, dit-elle tout à coup en pelant une amande, il y a *maldonne* alors, mon cher ?

— *Mal*...

— Oui, vous me preniez pour Gabrielle Viernier ?

— J'avais cru... Ma carte... mon nom...

— Alors, et elle éclata encore de son beau rire clair, en montrant ses dents, je n'étais pas aimée pour moi-même ?

— Aimée... Mais, madame... mademoiselle... Je vous demande pardon... Je... Seulement... maintenant que j'ai l'honneur de vous connaître... je ne regrette pas... Au contraire...

Il hésitait, cherchait des mots, balbutiait...

— Bah ! dit la belle fille, il n'y a pas d'offense ! Tout ça, c'est la faute à Bléquinet !

— Bléquinet ?

— Le régisseur. Il a supplié la direction de ne pas faire d'annonce. Il assure qu'une annonce ça jette un froid. Alors, on s'est contenté d'une bande sur l'affiche. Vous n'aviez donc pas lu l'affiche ?

— Non, mademoiselle.

— Et bien ! si vous l'aviez lue tout au long, l'affiche, vous auriez vu mon nom imprimé sur la bande collée : « Mademoiselle Marguerite Copin débutera dans le rôle de l'*Éducation laïque*... »

— Marguerite ! dit Thomassière, vous vous appelez Marguerite ?

— Copin.

— C'est un joli nom !

— Montmorency sonne mieux, mais c'est autre chose !

— Je ne parle pas de Montmorency... Je parle de Marguerite... C'est charmant, Marguerite !

— On me l'a dit souvent. Propos d'effeuilleurs. Alors, voyons, vous croyiez avoir enlevé Gabri, vous ?

— Je croyais... Je ne regrette pas... Au contraire...

— Vous l'avez déjà dit, mon cher. Ah ! ah ! ce n'est pas moi, c'est... Eh bien ! ça lui apprendra à avoir la tête près du bonnet, Gabri...

— Ah ! dit Thomassière, elle a la tête...

— Gabri ? Une gale !

— Vous dites ?

— Une gale !

Thomassière avait bien entendu. Mais il voulait entendre encore répéter le mot. Il pensait à Théodore. Une gale ! Pauvre Théodore !

— C'est vrai, disait Marguerite Copin en trempant ses belles lèvres fraîches dans l'or du champagne, dont la mousse sautait à ses narines roses, il faut toujours qu'elle fasse du potin, celle-là ! Je ne m'en plains pas, puisque j'en ai profité ! Mais quelle poseuse ! Donc, voilà ce qui est arrivé... Ça ne vous ennuie pas de le savoir ?

— Si cela ne m'ennuie pas ? C'est-à-dire que cela m'intéresse profondément... absolument... D'abord, parce qu'il s'agit d'elle... ensuite parce qu'il s'agit de vous... Ou plutôt, dit M. Thomassière, dont le visage grave et digne se tortillait, tout souriant, d'abord parce qu'il s'agit de vous... ensuite...

— Voilà l'affaire ! interrompit Marguerite. Ça a failli empêcher la revue de passer... Et on l'attendait, la revue !... Oui, on peut dire qu'on l'attendait ! Depuis qu'on l'avait jouée aux Mirlitons, le public la réclamait au Palais-Royal... Il la voulait, le public !... Je ne me doutais pas que je jouerais dans *Ote-toi de là que je m'y mette*, et je tenais à voir la *première* avant d'aller peut-être m'enterrer à Nice... Ça a beau être un Paris d'hiver, Nice, ça ne vaut pas le boulevard... Vous êtes de cet avis-là, n'est-ce pas ?

— Je ne connais point Nice, fit, avec un soupir, Gaston Thomassière, qui commençait à s'apercevoir, à soixante ans passés, qu'il ne connaissait pas grand'chose.

— Ah ! dit Mlle Copin... Eh bien ! c'est très amusant, Nice ! Et puis, c'est près de Monte-Carlo... Il y a des ressources... C'est égal, j'aime mieux ça ! — Et elle montrait le coin du boulevard Italien, avec ses lueurs de becs de gaz sous les étoiles... — Bref, on annonçait la revue pour aujourd'hui, et, avant-hier, répétition générale... Répétition à huis clos, non pas à cause des couplets, qui le mériteraient, le huis clos, car il y en a de raides, mais à cause des reporters... Vous savez, ils racontent les *effets* et

impriment les *mots* avant la *première,* ça embête les
auteurs... Donc, on répète... D'abord, Gabrielle Vernier
arrive en retard... Toujours en retard, Gabri, du reste, c'est
connu ! Elle a un tic ! Bléquinet lui fait des observations,
nécessairement... Elle répond : « Oh ! vous savez, Bléquinet !
pas aujourd'hui ! J'ai mal aux nerfs, aujourd'hui ; si vous
faites le méchant, je vous envoie à l'ours ! »

— A l'...

— A l'ours ! Il paraît qu'elle avait, Gabrielle, des affaires
de cœur !...

Thomassière interrompit, vivement intéressé.

Des affaires de cœur ! Évidemment il s'agissait de
Théodore. Mlle Copin savait-elle ?

— Non, je ne sais pas. Je sais seulement que Gabri était
d'une humeur de chien, et qu'en s'habillant, crac ! elle
déchire son costume ! L'habilleuse m'a dit : « Elle l'a fait
exprès. Elle avait l'air d'une *Ménide !* » Elle rageait, quoi !
Des contrariétés ! Les comédiennes, ça ne devrait jamais
aimer personne ! Leur art, tout au plus !

— Alors, Mlle Gabri aime donc... ?

— Quelque imbécile probablement. Toujours est-il que
la répétition commence... Une vraie répétition... Les directeurs, les auteurs, les censeurs aux fauteuils... Les
couturières au balcon... Des journalistes un peu partout...
Mais, sauf deux cents personnes, le huis clos, le huis clos
absolu !... Ça marche bien... Le chef de claque note les
effets... On m'a conté ça, vous concevez... Gabrielle Vernier
arrive, superbe, car elle est jolie, très jolie... Mais, paf ! en
entrant en scène, elle se prend le pied dans un fil...

— Un fil ?

— Oui, un fil, dit Marguerite, et voilà l'affaire ! Au
théâtre, tout ce qui est cordage s'appelle fil... Quand on
appelle une corde, *corde,* ça porte malheur !... Mais absolument, vous savez ! C'est comme si on renversait une salière
ou si on faisait une croix avec deux couteaux... Ça porte la
guigne ! Aussi, *corde* est un mot proscrit, défendu, oh !
mais défendu, mais là !... Celui qui le dit, qui a le malheur
ou la bêtise de le dire, on le met à l'amende !

— A l'amende ?

— Raide !... Il ne faut pas plus parler de la corde au

théâtre que dans la maison d'un pendu... Alors, qu'est-ce qu'elle fait, Gabri?... Vous allez voir! Elle se prend, je vous dis, le pied dans un fil, elle trébuche, patatras! elle se rattrape heureusement à un portant; — seulement, lorsqu'elle entre en scène, elle se tourne vers les fauteuils et elle dit : « On devrait bien empêcher les machinistes de laisser traîner leurs cordes dans les coulisses! » Elle oubliait, Gabri. — Elle n'avait pas plus tôt dit le mot, que dans les coulisses voilà qu'on applaudit!... « Bravo! Bien! A l'amende, mademoiselle Vernier!... » Les machinistes vont tout de suite fabriquer, en effilochant des cordages, un bouquet de cordes entouré de papier, et Bléquinet, le régisseur, dit, gaiement, car il est toujours gai, Bléquinet : « A l'amende! A l'amende! » — D'ordinaire, mon Dieu, ce n'est pas une affaire. On crie à l'amende. On donne un louis ou deux aux machinistes, et ils vont boire à votre santé pendant que vous apportez votre bouquet de cordes. Ça arrive à tout le monde. Mais voilà, elle était à l'aigre, Gabri! Très rageuse! Elle dit son couplet... mal...; elle rentre dans la coulisse, vexée, et au moment où le chef machiniste lui apporte cérémonieusement le bouquet de cordes : « Tenez, le voilà, votre bouquet — elle dit, Gabri — et voilà comme je la payerai, votre amende! » Et elle jette la corde enveloppée de papier à la tête de Bléquinet. — « Et je m'en moque de votre *corde*, et c'est la pièce qui ne vaut pas la corde pour la pendre! » Et elle trépigne, et elle crie, et Bléquinet, voulant faire de l'autorité et parlant d'une autre amende, administrative, celle-là : « Ah! vous pourrez bien m'en donner, des amendes, Bléquinet — elle dit toujours, Gabri — je ne les payerai pas plus que celle de la corde... Ah! ça porte malheur aux pièces de parler de corde?... Eh bien, corde, corde, corde! Et qu'elle tombe, et qu'on la siffle, votre pièce! Corde, corde, corde, Et je ne jouerai pas votre rôle, et je vous rends votre *panne*, et faites chanter le rondeau de l'*Éducation laïque* par qui vous voudrez...: Corde! corde! corde! corde! corde!... » Une furie, enfin! Tout le monde était stupéfait. Les auteurs avaient l'air de fous. Le directeur disait : « Elle jouera, je l'y forcerai! » — Et les auteurs : « Non, elle ferait tomber la pièce! » — Et Gabri : « On me

donnerait dix mille francs que je ne jouerais pas! Que le
diable emporte la baraque! Corde! corde, corde! corde!»
— Enfin, un ouragan déchaîné! — Affaires de cœur, disait
Bléquinet. Ce n'est pas sa faute, Gabri a trop de cœur. —
Mais avec tout cela, rage et cœur réunis, le théâtre était
dans une jolie situation, et les auteurs avaient le bec dans
l'eau... On parlait de reculer la première ; mais l'Opéra
passe à jour fixe, il fallait passer avant l'Opéra... On cherche
qui est-ce qui pourrait bien remplacer Gabri ; il se trouve
que je lui ressemble... C'est vrai, beaucoup... Mais elle est
mieux... Bléquinet, avec qui j'ai joué du répertoire au
Casino d'Enghien, pense à moi, dit que je jouerai ça au
pied levé, et que le costume de Draner m'ira comme un
gant... Il tombe chez moi comme une bombe : « Margot
— c'est mon petit nom— une chance! Veux-tu créer l'*Éducation laïque* ? — Mon vieux, j'allais signer pour Nice! — Ne
signe pas et viens chez nous! » — Cela tombait à pic. Je
suis toute seule à Paris, mon époux... Je vous disais qu'il
était à la chasse, il a pris le train de Buenos-Ayres, me
laissant en tête-à-tête avec des factures variées... Je devais
prendre un grand parti. Au lieu de me refaire à Monte-Carlo,
pourquoi ne me referais-je pas à Paris! Vive l'*Éducation
laïque*! J'ai appris le rondeau en un clin d'œil, on m'a donné
un raccord dans la journée, et j'ai joué ce soir... Oh! ce
raccord! il fallait voir les auteurs : « Elle nous sauve!...
Vous nous sauvez, mademoiselle! Quelle voix! Et ce
physique! Plus jolie que Mlle Vernier, plus jolie!... » Dame!
ils avaient besoin de moi. Et à mesure que l'heure arrivait,
le *trac* me prenait, moi. Je n'ai pas dîné, pas pu dîner... Et,
ma foi, quand vous m'êtes apparu, inconnu, mais sympa-
tique, baste! j'ai accepté ce que je n'aurais jamais accepté
il y a quinze jours, et me voilà, non pas Gabri, mais
Marguerite Copin, et enchantée d'avoir été applaudie,
applaudie!... — Oh! je vous avais vu, bien vu, claquant
entre tous, plus que tous, et quand on m'a montré votre
carte, je me suis dit : C'est le vieux monsieur! — Thomassière fit la grimace — c'est ce vieux monsieur qui applaudit
si bien! — Thomassière eut un sourire — et c'est pourquoi
je suis venue. Voilà!

L'ancien notaire perdait un peu pied dans ce récit de la

comédienne. L'histoire de la corde, gaiement contée dans une langue acidulée de l'argot de coulisses, lui faisait l'effet de quelque récit fantastique. Cette substitution d'une *École laïque* à une autre, et l'intervention du régisseur, et le raccord, et la petite bande collée sur l'affiche, tout lui paraissait étourdissant, improbable, irrationnel, et c'était pourtant la vérité vraie, et, au lieu de Mlle Gabri, c'était Marguerite Copin qu'il avait là devant les yeux, ce bon Thomassière; et il ne s'agissait plus pour lui d'arracher son fils à une coquine. Elle ne connaissait pas Théodore, Marguerite Copin, elle ne voulait pas épouser Théodore! Brave fille!

Et jolie... jolie... Les auteurs de cette revue satirique avaient raison... plus jolie certainement que Mlle Vernier. Comment Gabri eût-elle fait pour avoir cette splendeur de carnation, cette masse profonde de cheveux, frisons ou nappes fauves, dans lesquels M. Thomassière avait des tentations d'enfoncer ses doigts, prurit d'avare attiré par le jaune de l'or?

M. Thomassière, le visage rougi, planté sur sa cravate haute, souriait involontairement à cette belle créature, qui regardait, un peu surprise, ce grand maigre clergyman, soudain attendri et la contemplant d'un air bienveillant... Quand on pense que si le hasard ne l'avait pas favorisée, si Mlle Vernier avait joué son rôle, Mlle Copin allait signer un engagement pour Nice! Et Paris perdait une actrice aussi blonde, et M. Thomassière n'avait pas la surprise de se trouver, dans un cabaret mondain, en tête-à-tête avec une adorable fille à laquelle il n'avait rien à reprocher, rien, littéralement rien... A quoi tient la vie?

Et il était enchanté de ce hasard, Gaston Thomassière. Il se disait que c'était charmant et divertissant, cet imprévu qui lui jetait, dans sa soixantaine, une aventure à portée de la main. Ce diantre de Paris, tout de même! On y trouvait de l'inattendu, de la poésie et du roman! Que de temps passé sans roman à Saint-Alvère, depuis la mort de Stéphanie, qui avait été l'Histoire dans toute sa sécheresse et sa prose! Ainsi on pouvait donc rencontrer encore, loin du pays où vivent les bouvières, des créatures aussi exquises qu'une Marguerite Copin! Et Thomassière, comme au

temps où il lorgnait, cité Bergère, la belle Mme Chardonnet,
retrouvait en lui des verdeurs, des vivacités de folies
amoureuses !

Marguerite, elle, ayant achevé l'histoire de la corde,
attaquait maintenant le dessert, petits fours glacés fourrés
de crème, fruits frappés... Elle avait bon appétit — et des
dents si blanches !

— Vous ne mangez pas, vous ! disait-elle.

Non, Thomassière ne mangeait pas. Il la dévorait des
yeux. Il lui passait des fantaisies par la cervelle. Toute sa
jeunesse disparue lui revenait, du fond des années, sautillante, fredonnante, sur quelque refrain de Désaugiers. Il
oubliait Théodore ; il ne songeait même pas à demander à
Mlle Copin quelles « affaires de cœur » avaient mis en
fureur Gabrielle Vernier. Non, non, il oubliait tout,
l'ancien notaire, et pourquoi il était parti du pays, laissant
seule, dans sa cuisine, la vieille Marion, abandonnant l'ami
Langlade, et pourquoi il débarquait à Paris, pourquoi il
venait s'y dresser, devant Théodore, comme la vivante
statue du Remords : « As-tu, malheureux, mesuré la
profondeur...? » Ah ! que c'était vague déjà, tout cela, et
lointain, et effacé! Il n'y avait plus pour Gaston Thomassière
qu'une belle fille blonde que le sort faisait asseoir là, devant
lui, et qui, toute gaie, le teint rose, lui souriait de bonne
humeur en grignotant un morceau d'orange glacée.

V

M. Thomassière, en s'éveillant, le lendemain, dans sa
chambre d'hôtel — très tard — se demanda s'il avait rêvé.
Il revoyait bien, comme à travers une fumée, un cabinet de
restaurant, tout échauffé de gaz, et, devant lui, une femme
blonde... Mais comment se retrouvait-il là, cité Bergère, seul,
et de quelle façon le rêve avait-il fini?

Ah ! maintenant, il s'en souvenait !... Très prosaïquement,
le songe avait eu pour conclusion une course de nuit, on

fiacre, à travers des rues désertes, et M. Thomassière avait
reconduit Mlle Copin jusqu'à son logis, rue Pigalle ;
et là, devant une porte cochère, elle lui avait tendu le
front, comme à un père, et l'avait assuré qu'elle pouvait
remonter seule son escalier, ne redoutant plus rien...
Seulement, comme le notaire laissait échapper un gros
soupir, triste et déçu, elle l'avait autorisé à venir la revoir,
le lendemain : elle l'en avait même prié... Et, après un
dernier serrement de mains, la porte, lourdement, s'était
refermée, séparant Marguerite de M. Thomassière... Et,
remontant seul dans le fiacre, encore embaumé d'un parfum
de femme, M. Thomassière avait jeté l'adresse de l'hôtel de
la rue Bergère, et il était rentré, ruminant cet inattendu
roman d'amour...

D'amour? Etait-ce possible? Pouvait-il donc aimer encore,
M. Thomassière, après tant d'années, tant d'années de morne
solitude à Saint-Alvère? Eh ! toutes desséchées et pou-
dreuses, elles refleurissent sous quelques gouttes d'eau, les
roses de Jéricho, pareilles cependant à des racines jaunies !
Ne pouvait-il pas se rouvrir, le cœur fermé et racorni du
vieux notaire? Les clairs sourires des belles filles ont été
faits pour produire ces miracles.

Le certain, c'est que M. Thomassière se leva fort troublé
et s'habilla tout fiévreux. Il essayait bien, en faisant sa
toilette, de se rappeler son programme, le but de voyage
de moraliste et de justicier ; ce programme sévère, il
l'oubliait, comme on oublie les programmes politiques...

— Voyons, voyons... Je n'ai pas fini ma tâche... L'ai-je
seulement commencée, ma tâche?... Il s'agit de s'avoir si
Théodore commettrait la bêtise .. la folie... le... Ah ! quand
on aime, on est capable de bien des sottises !... Il faut que je
le voie, Théodore... Et que je voie aussi cette Gabri... Car
je ne l'ai pas vue, Gabri... Je ne la connais pas... Je n'ai
vu que Mlle Copin... Marguerite Copin...

Et il s'arrêtait complaisamment devant ce nom :
Marguerite.

— Je ne connais que Marguerite... l'autre *Education
laïque*... la vraie... La vraie, puisqu'elle a créé le rôle...
Mlle Vernier, maintenant, ce ne serait jamais que sa
doublure... Elle est bien jolie...

Il la revoyait toujours, à travers la lumière rosée de la rampe, dans son costume noir faisant ressortir la blancheur des chairs. Puis après, dans le tête-à-tête inquiétant du Café Anglais.

Et alors, chassant la vision, essayant de redevenir le moniteur de vertu qu'il était en quittant Saint-Alvère :

— Laissons Marguerite... Laissons Marguerite... C'est Mlle Vernier qui m'inquiète. Il s'agit d'arracher Théodore à Mlle Gabri. Et si elle ressemble à Marguerite, Mlle Gabri, oui, pour peu qu'elle soit à moitié aussi jolie que Marguerite, ce ne sera pas facile... pas du tout facile !

Raison de plus pour agir vite maintenant. Il irait, après déjeuner, rue Fontaine-Saint-Georges, surprendre Théodore. Ce déjeuner, d'ailleurs, M. Thomassière le prit pour la forme, par habitude. Il se sentait la tête un peu lourde, l'estomac las. Le souper ! Un souper qu'il n'avait pas pris cependant. Il trempa un peu de pain dans un œuf à la coque et goûta quelques raisins. Au café, le garçon de l'hôtel lui apporta les journaux du matin. M. Thomassière les déplia machinalement, puis, tout à coup intéressé, les lut l'un après l'autre, y cherchant le compte rendu de l'œuvre nouvelle, *Ote-toi de là que je m'y mette*. Partout, dans tous les articles, il y avait un mot sur Mlle Copin, un mot aimable. L'un disait que le public n'avait rien perdu à voir Mlle Copin, jouer « au pied levé un rôle destiné d'abord à une comédienne qui avait levé le pied » — attrape, Mlle Gabri ! — l'autre comparait Marguerite Copin à un Rubens, un beau Rubens... Tous étaient galants.

— On calomnie la critique, pensa Thomassière. Il y a de la justice chez ces aristarques. Et du goût. Beaucoup de goût !

Un autre, dans une *Soirée parisienne*, racontait allègrement l'histoire de la *Corde*, la rupture de l'engagement de Mlle Gabri — mais, au gré de Thomassière, avec moins de verve et d'esprit que, la veille, l'avait fait Marguerite Copin dans ce cabinet de restaurant.

« Qu'importe aux heureux directeurs, ajoutait le journaliste, que Mlle Vernier ait coupé la corde ! Mlle Copin leur a porté bonheur comme si elle eût apporté de la corde de pendu ! »

— Ils ont de l'esprit ! dit gaiement Thomassière.

Et, continuant à lire, il devint fiévreux, anxieux, en rencontrant encore, dans la *Soirée parisienne*, le nom de Mlle Vernier : « Quant à Mlle Vernier, on suppose que, brusquement quittée par un jeune fils de famille, le comte Théodore de T..., qui devait l'épouser, elle a brusquement brisé sa carrière théâtrale parisienne pour aller, de désespoir, suivre la tournée Silbermann, qui part dans quatre jours pour Buenos-Ayres. Elle quitterait notre république athénienne pour une république plus *argentine !* »

L'ancien notaire eut des éblouissements. Gabri quittait Paris ! Et elle le quittait parce qu'elle était — pour parler comme le journal — quittée elle-même par un fils de famille ! « Le comte Théodore de T... » Il se trompait, ce journaliste ; M. Théodore n'était point comte. Mais ce Théodore de T..., c'était Théodore ! Et Théodore avait laissé là Gabri ! Et le désespoir de Gabri avait poussé la comédienne à envoyer au diable le directeur et les auteurs et le rôle de l'*Éducation laïque !*

Et qu'avait-il à faire maintenant à Paris, Gaston Thomassière, oui, maintenant que Théodore avait rompu avec Mlle Gabri ?

— Ce Théodore ! Il a du caractère, tenez ! se disait le père.

Cependant M. Thomassière s'apprêtait à aller rue Fontaine-Saint-Georges. Il ne gronderait plus Théodore, il le féliciterait, voilà tout. Il se fit indiquer le chemin et monta la colline. En chemin, il songeait à Rubens. Un grand peintre, ce Rubens ! Il y avait un Rubens au musée de Périgueux. Et c'est vrai, c'est très vrai, Marguerite Copin ressemblait à un Rubens !

— Ces journalistes ont le mot juste, tout de même. Et une science ! Rubens ! Ils connaissent tout !

Rue Fontaine, M. Thomassière s'arrêta devant la maison haute où logeait Théodore. Il demanda Théodore à un brave homme — moustache grise d'ancien soldat — qui faisait reluire avec une peau la boule de cuivre de l'escalier, et qui était le portier.

— M. Théodore Thomassière ?... dit ce portier. Il n'est plus à Paris, M. Théodore !

— Ah bah ! Et où est-il donc ?

— A Saint-Alvère !

— Chez son père ?

— Précisément. Vous savez donc que Saint-Alvère... ?

— Son père, c'est moi ! repartit l'ancien notaire. Et comment donc Théodore ne m'a-t-il pas averti ?

— Ah ! monsieur, ce n'est pas étonnant ! fit le concierge. Cela s'est fait si brusquement, si brusquement .. Le matin, il ne pensait pas plus à retourner en Périgord qu'à aller aux Grandes-Indes — je vous demande pardon — et le soir, il jetait ses malles dans un fiacre, et vite à la gare ! C'est un grand bonheur !

— Pourquoi ?... demanda Gaston Thomassière.

Le portier prit un air finaud.

— Dame ! monsieur, à cause de la demoiselle !

— Très bien, je sais : Mlle Gabri.

— Voilà. Il en avait assez, de Mlle Gabri. Il ne savait comment en finir. Il avait mesuré la profondeur de l'abîme.

— Vous dites ? fit brusquement l'ancien notaire stupéfait.

Le portier répéta dans sa gravité militaire :

— Il avait mesuré la profondeur de l'abîme où il s'enfonçait.

M. Thomassière, involontairement, s'appuya sur la rampe pour ne point tomber.

Ainsi, il quittait Saint-Alvère, il traversait la France, il venait à Paris pour demander avec l'air sévère d'un père cornélien, à Théodore, s'il avait mesuré la profondeur de l'abîme... et, au même moment, Théodore la mesurait, la sondait, cette profondeur, et reculait devant l'abîme en partant pour Saint-Alvère !

Il devait y avoir, là-bas, porté par un piéton, un bout de papier bleu venant du télégraphe et signé *Théodore,* un télégramme annonçant au notaire l'arrivée du Parisien ! Qui l'aurait reçu, ce papier bleu ? La vieille Marion, toute tremblante évidemment et inquiète de la santé de *notre monsieur !* Ou peut-être l'aurait-elle porté au juge de paix, *Moussu Langlade !*

L'ancien notaire sentait la tête lui tourner un peu, et il avait besoin de toute la force de sa raison pour bien comprendre. Alors, Théodore n'était plus à Paris ? Non, depuis hier. Et Mlle Vernier ? Le portier répondait qu'elle était

partie l'avant-veille, furieuse, pour sa répétition, et qu'elle
avait déclaré, en plein escalier, qu'elle irait plutôt au Congo,
oui, au Congo, que de revenir, chez M. Thomassière !

— Mais ça ne voulait rien dire, cela, monsieur, et ce
n'était pas la première fois qu'elle menaçait de ne plus
revenir et qu'elle revenait toujours... Aussi M. Théodore
a-t-il bien fait de saisir la balle au bond et de courir au
chemin de fer. — Je vous le répète : il en avait assez,
M. Théodore, il en avait trop !

— Oui, oui, répondit Thomassière, il avait mesuré la
profondeur...

— Et pris le train, ce qui était plus sûr !

Prendre le train ! M. Thomassière se demanda — ce fut
sa première pensée — s'il n'allait point le prendre aussi.
Puisque Théodore n'était plus à Paris, qu'avait-il maintenant à faire, lui, le père ? Rien. Repartir, revoir Saint-Alvère,
embrasser Théodore et lui dire : « Garçon, ah ! comme tu
as bien fait de mesurer, même sans moi, la profondeur
de...! »

— Oui, je vais partir. Pourquoi ne partirais-je pas ?
Qu'est-ce qui me retient à Paris ? Théodore est sauvé.
Théodore a mesuré...

Et, tout en marchant, après avoir remercié ce brave
homme de portier — par hasard, s'étant trompé de chemin
peut-être — M. Thomassière se retrouva, inconsciemment,
devant une petite porte au seuil de laquelle, quelques heures
auparavant, sous les étoiles, il avait vu là, debout, une
grande belle fille : — apparition évanouie, sorte de fée aux
blonds cheveux à laquelle, doucement, paternellement, en
serrant la petite main grasse et froide de la vision, il avait
donné, sur le front — sur le front de l'*Éducation laïque* —
un baiser dont il ressentait encore la caresse sur ses
lèvres...

Machinalement, M. Thomassière s'arrêta. C'était ici, oui,
rue Pigalle, dans cette maison de la rue Pigalle, que
demeurait Marguerite Copin... le vrai Rubens dont parlait
la gazette... Ah ! la belle créature ! Et si bonne fille ! Et si
drôle ! Et contant si bien cette fantastique histoire de la
Corde! Elle n'avait pas voulu qu'il la suivît — mais elle
permettait qu'il reparût — et cette porte, brutalement fermée

sur lui, cette nuit, elle était ouverte maintenant — plus hostile, non, hospitalière — devant Thomassière.

— Si j'allais la revoir ?... Ou plutôt si j'allais lui dire adieu ? Car si je pars — et je pars — il faut que je la revoie, Marguerite, ne fût-ce que par politesse !

— Oui, un adieu ! un adieu ! songeait-il en montant lentement les escaliers du logis. Et je disparaîtrai ensuite, emportant, au fond de mon vieux Périgord, le souvenir de cette fugitive vision d'une Parisienne ! je ferai provision de vision blonde... pour mes vieux jours !

Il était bien ému, en sonnant, aussi ému que lorsqu'il avait eu ce duel, autrefois, avec le petit officier du 3ᵉ léger pour la libraire du cabinet de lecture...

La sonnette retentit...

Une jolie fille vint ouvrir, brune, râblée, rieuse, coquette...

— Mˡˡᵉ Copin est-elle visible ?

— Qui annoncerai-je ? demanda la brunette.

— M. Thomassière !

— Comment donc ! fit la jolie fille en riant. Donnez-vous donc la peine d'entrer... monsieur Gaston ?... Madame vous attendait !

VI

Monsieur Léo Langlade,
juge de paix,
                                à Saint-Alvère
                                    (Dordogne).

« Je ne t'ai pas, mon vieil ami, écrit depuis bien longtemps, parce que je ne savais trop comment te dire ce qui s'est passé en moi et autour de moi depuis les douze semaines que je suis à Paris. Quelle aventure, mon bon Langlade, et comme on a bien raison de dire que tout arrive, tout, même l'impossible !

« Dieu sait si je croyais ma vie terminée, bornée, finie, lorsque, dans nos bonnes causeries de Saint-Alvère, nous buvions le vin de Costo-Rasto, en souvenir du passé! Tu me parlais de ton neveu Gustave, moi de mon fils Théodore, et nous faisions, sur l'avenir de ces garçons, un tas de projets ambitieux!... De nous, vieilles bêtes, nous ne causions plus guère. Est-ce qu'on existe, passé la soixantaine? Et je ne songeais plus, en toute bonne foi, qu'à plier, un matin ou l'autre, mes paquets pour le grand voyage! C'est vrai, Langlade, j'y pensais souvent, assez souvent... Et j'avais tort. On n'est jamais fini, mon camarade, tant qu'on a le pied ferme, la dent saine encore et l'estomac solide.

« Je l'ai bien vu lorsque je me suis retrouvé dans ce Paris, si périlleux à la jeunesse et qui grisait comme un vin nouveau ce pauvre et brave Théodore... Mon cher, il m'a semblé, c'est assez drôle, mais c'est vrai, il m'a semblé qu'en arrivant là je me retrouvais dans mon élément. Tu sais bien, ces arbres qui, parfois, quand on les croit morts, poussent leur sève et montrent des feuilles? C'est un peu moi! J'ai eu vraiment comme un bouillonnement de sève. Et tu aurais ressenti la même flambée, Langlade, mon ami, si tu avais rencontré, approché, apprécié celle dont je vais faire ma femme. Car voilà la grande nouvelle, que je te prierai plus tard — pas encore! — de faire connaître à Théodore, doucement, habilement — car elle l'étonnera, la nouvelle. — Je me marie, mon bon Langlade. Oui, j'épouse une femme dont on ne contestera ni la beauté ni le talent — je t'enverrai un paquet des journaux qui parlent d'elle — et qui, en dépit d'une existence, en apparence indépendante, a toujours fidèlement pratiqué les plus rares vertus du dévouement et du cœur.

« C'est une comédienne; pourquoi te le cacherais-je plus longtemps? Mais une comédienne d'une valeur rare et que les circonstances seules ont empêchée d'arriver au premier rang dans son art. En toutes choses, il ne suffit pas d'être laborieux, il faut avoir de la chance. Mlle Copin — c'est son nom — a été laborieuse, et la chance ne l'a favorisée qu'à demi, voilà tout. Fille de parents pauvres, mais honnêtes, elle aurait pu passer par le Conservatoire si sa famille eût possédé les moyens de lui assurer ces années d'études. N'étant pas favorisée de la fortune, Mlle Copin, bravement, préféra se lancer dans la mêlée, et ce fut avec un courage admirable qu'elle débuta à la Scala — non pas à Milan, à Paris. — Elle chantait, la pauvre fille, et elle chantait des chansons d'une fantaisie excessive qui répugnaient à son goût, instinctivement très pur. Mais, comme je me dis, Rachel, oui, la grande Rachel, avait bien commencé par chanter dans les cours... Je dis les cours des maisons, mon cher Langlade, dans les cours, dans les rues. Pourquoi Mlle Copin n'eût-elle pas débuté par la chansonnette? Si tu lui avais entendu raconter, comme à moi — je parle de Mlle Copin — les tristesses de ces années d'épreuves, l'affection te serait entrée au cœur comme l'amour est entrée en moi, par la pitié! Amour tout paternel, d'abord, en dépit de la beauté de Mlle Copin — tu verras, par les gazettes, qu'elle est belle comme un Rubens ; mais les gazettes pourraient ajouter : un Rubens qui aurait une âme — puis, peu à peu, cette paternité qui s'éveillait en moi prenait une autre tournure, un autre nom, à mesure que les confidences de l'artiste me la montraient s'élevant, peu à peu, par le travail le plus acharné, du café-concert à la scène des Folies-Dramatiques et même à celle de la Montansier, le théâtre fameux de Mlle Montansier, où je devais l'apercevoir pour la première fois ; et lorsque j'ai avoué à Marguerite — elle s'appelle Marguerite — les sentiments qu'elle avait développés en moi, j'aurais voulu, Langlade, que tu pusses voir le trouble, l'effarement, la timidité de cette personne, aguerrie cependant à tout l'imprévu de la vie parisienne...

« Elle m'ordonna d'abord de ne plus la revoir; ensuite elle voulut fuir. Enfin, par bonté, et voyant combien elle désobligeait un homme bien décidé à lui consacrer son existence — je lui disais « son reste d'existence », mais c'était fausse modestie — elle consentit à m'écouter ; et moi, découvrant chaque jour en elle une grâce nouvelle, un esprit, une séduction, un charme inattendus, je me sentais non pas rajeunir, mon bon Langlade, mais réellement vivre et vivre, pour la première fois !

« Ne dis pas cela à Théodore. Ne lui dis pas que je vis
seulement depuis quelques mois. Je veux qu'il vénère
toujours sa mère. Mais que Stéphanie, quand j'y songe, a
été sèche et souvent dure avec moi ! Combien de fois
m'a-t-elle rappelé fièrement et fait sentir qu'elle était une
Des Prunières ! Tu crois que Mᵐᵉ Copin a l'orgueil insolent
de l'artiste ? On a tant de fois parlé de la vanité des
comédiennes ! Sais-tu comment Mᵐᵉ Copin appelle son
théâtre ? *La Boîte.* Tout uniment, sans vanité, sans
phrases. Elle est la plus familière, la plus simple, la
moins poseuse des femmes. C'est moi qui la contrains à
rester au théâtre. Elle voudrait le quitter. J'estime, si elle
doit avoir, par la suite, des succès considérables, j'estime,
dis-je, que je n'ai pas le droit de briser sa carrière. Et puis,
il me plaît qu'elle garde, à mes propres yeux, cette auréole
que donne la lumière de la rampe ! Si elle quittait le théâtre
pour moi, il me semble que je décapiterais une gloire, que
je faucherais en fleur une espérance artistique. Et il y a si peu
de talents à Paris, si tu savais !

« Bref, mon vieil ami, je l'épouse. Elle a hésité ; elle a
reculé ; elle a presque ri, un moment — ce qui, m'a-t-elle
dit, est, pour elle, une façon de pleurer. — Mais elle a con-
senti. Je suis au comble de la joie. Moi, pense donc, moi, le
mari d'une comédienne, d'une comédienne admirée, adulée,
adorée ! Epouser un Rubens, un Rubens délicat, je ne
peux pas mieux te définir Marguerite ! Je t'aurais bien
demandé de venir me servir de témoin ; mais le voyage est
long, fatigant. Je me contenterai de quelques amis de date
plus récente, un jeune reporter de bonnes manières, très
lettré, que m'a présenté Marguerite, et un des commandi-
taires du théâtre, le baron Debieille, ancien préfet.

« Ce qui m'ennuie dans tout cela, je te l'avoue, c'est
Théodore. Il va peut-être trouver que je rajeunis un peu
beaucoup, Théodore. Il me serait désagréable qu'il vînt à
Paris me faire quelques observations. Puisqu'il a eu le
bon sens de quitter la ville où il glissait sur la pente pour
s'aller reposer en Périgord, qu'il reste au logis de famille.
Tâche de l'y retenir. Dis-lui, ce qui est vrai, que l'agricul-
ture est une belle chose et une noble occupation, pour un
homme jeune et vraiment attaché au sol natal. Je le verrais,

avec plaisir, devenir agronome. La campagne ne manque
pas seulement de bras, elle manque de têtes. J'espère qu'il
ne songe plus à Mlle Gabri. Il a bien raison. Mlle Gabri
est en Amérique. Elle joue l'opérette là-bas. Mlle Copin
m'a affirmé, sans parti pris, que Mlle Vernier n'avait
aucun succès à Buenos Ayres, aucun, aucun. On l'avait
surfaite, paraît-il, très surfaite.

« Théodore n'a aucunement à s'inquiéter de ses intérêts
matériels. Ils seront sauvegardés. Mlle Copin a posé la
question dès le principe. De moi — faut-il te le dire?... et
pourquoi pas, puisque tu sais, mon cher Langlade, que
je ne pèche point par excès de fatuité ? — de moi, elle ne veut
rien que moi. Elle me l'a dit, et d'un ton qui ne saurait
tromper. La chère enfant n'a pas conclu une affaire : elle
va vivre un roman à deux.

« Au total, mon vieil ami, je suis l'homme le plus heureux
du monde. Je cours les magasins avec ma fiancée ! Ma
fiancée ! Le mot m'attendrit jusqu'aux larmes. Nous nous
meublons un petit hôtel, rue Viète, dans l'avenue de Villiers,
un quartier du Paris nouveau, un joli Paris que tu ne
connais pas. Je resterai là l'hiver, et l'été, quand viendra
la *fermeture*, nous irons peut-être passer quelques jours à
Saint-Alvère, quand nous n'irons pas à Trouville. Me
vois-tu, Langlade, arrivant chez toi, avec mon Rubens au
bras !

« Mais ne le dis pas... Ne le dis pas surtout à Théodore...
Nous nous marions dans trois jours... Les bans sont publiés...
C'est l'hôtel de la rue Viète qui ne se meuble pas vite !
Marguerite a bien raison : Quelles *tortues !* quelles *tortues*,
que ces tapissiers !... »

« *Post-Scriptum.*

« C'est fait, mon bon Langlade. J'avais interrompu ma
lettre... Je l'achève pour te dire que je suis au comble de
mes vœux. Marguerite Copin est ma femme ! Et quelle
femme !...

« Elle entre en ménage gaiement. Comme, après le congé
que lui avait accordé son directeur pour la célébration de
notre union, je la conduisais au théâtre, où elle reprenait

son rôle dans la pièce nouvelle, elle m'a montré gravement au concierge en disant :

« — Chevandier, vous voyez bien monsieur ? Eh bien ! quand monsieur viendra, ne le laissez pas monter jusqu'à ma loge : c'est mon mari ! »

« Et de rire, et de rire, et de rire ! Délicieuse espiègle !

« Elle a de la sorte des mots charmants, d'une naïveté piquante, et qui serait agressive si elle n'était point caressante.

« Hier, en me nouant gentiment mon nœud de cravate, elle m'a regardé, d'une façon adorable, de ces beaux yeux bleus, profond comme la Vézère ; — et me rappelant le hasard qui a fait qu'un beau soir elle a remplacé Mlle Vernier au pied levé — je te ferai connaître bientôt cette histoire — :

« — Hein, m'a-t-elle, dit, la *Corde?*... La fameuse corde qui a fait mettre Gabri à l'amende et moi sur l'affiche ?...

« Et me serrant ma cravate autour du cou :

« — Eh bien ! la corde, la vraie corde, la voilà, la corde, mon vieux Gaston ! »

« Elle était adorable, adorable... Un Rubens mutin... Je l'ai embrassée...

« Et je te raconterai l'histoire de la corde. Mais à une condition, Langlade : c'est que tu ne la rediras jamais, jamais, entends-tu ? à Théodore...

« Ce pauvre Théodore !

             « Ton vieil ami,
                      « Gaston THOMASSIÈRE. »

BOUDDHA

Sur le balcon du Cercle des Armées de terre et de mer, en achevant le café, ils causaient, se retrouvant là après des mois et des mois, des mois d'exil, de maladie, de batailles, de blessures.

En tête-à-tête, dans le délicieux bavardage du premier cigare, après le café, les deux camarades souriaient, évoquant les années enfuies, les souvenirs de l'École, les promenades militaires, les jours de sortie, d'examen ou d'escapade, et la première épaulette, et la dernière revue, la revue d'hier, à Longchamps, devant les tribunes, ce défilé des *Tonkinois* sous les acclamations d'une foule, les sourires des mères, les bravos des anciens, les larmes des femmes.

Tous les deux décorés de la Légion d'honneur, l'un des deux amis, la-taille fine et serrée dans la redingote bourgeoise, regardait, sur la tunique bleu de ciel des officiers de turcos que portait son ami, la médaille d'argent qui pendait au bout du large ruban semé de vert clair et de jaune, avec ses noms barbares représentant deux ans de sacrifices, deux ans d'héroïsme : Son-Tay, Bac-Ninh, Fou-Tcheou, Formose, Tuyen-Quan, Pescadores ; — et tout en fumant, il se disait qu'il en avait fallu du sang de braves gens, Africains, Alsaciens, Bretons, Berrichons, petits troupiers, fantassins, fusiliers marins, chasseurs à cheval, soldats du train, et tant d'autres, tant d'autres pour écrire là, sur une médaille d'argent, ces deux dates : 1883-1885, et les quarante-huit lettres de ces six noms de victoires !

L'officier de turcos — vingt-huit ou trente ans, blond, gai, souriant, la joue bronzée à peine par le hâle de la mer et du vent d'Asie — regardait devant lui, le coude appuyé sur la balustrade du balcon en fer forgé. Il regardait devant lui et se sentait heureux et vivre, humant l'air plus frais de ce soir d'août après une journée chaude.

Un brouhaha de fiacres, d'omnibus, un vague murmure de voix montaient de l'avenue de l'Opéra, comme un lointain bruit de houle, et là sous les yeux, comme un décor, se découpait sur le ciel tout bleu la masse blanche de l'Opéra éclairée fantastiquement par la lumière électrique, l'Opéra, illuminé, avec des silhouettes noires allant et venant sur les marches, et les deux groupes sculptés se détachant avec de vagues reflets d'or tandis que l'Apollon énorme se perdait plus haut, comme une ombre géante.

C'était une féerie pour l'exilé, retour d'Asie, de respirer cette atmosphère de Paris, cet air, ce bruit, cette poussière de Paris ; et se détournant, pour regarder, après l'Opéra, la double file de lumières de l'avenue aboutissant, là-bas, à une autre masse lumineuse dont les traînées de gaz flambaient au loin : la Comédie-Française. Tout Paris dans un coin de Paris ! Le boulevard à deux pas, là, sous son regard, et des passants, et des voitures, dont les lanternes filaient comme des lucioles, et des femmes en toilettes claires, et la griserie d'un soir d'été, avec la caresse molle d'une chaleur qui tombe et le sourd murmure indistinct de de la foule, ce murmure fait de causeries, de rires, de propos envolés, perdus comme cette fumée de cigare...

... Et pendant un moment, il restait là, appuyant sa tête au dossier de la chaise cannée, comme se laissant aller sur un rocking-chair ; et il n'écoutait rien, n'entendait rien, ni le bruit mêlé des voix des camarades qui arrivait jusqu'au balcon par les fenêtres ouvertes du Cercle, ni les causeries des voisins, attablés près d'eux sur le balcon et prenant le kummel.

— Alors, dit brusquement le jeune homme en habit bourgeois, il te plaît toujours ce diable de Paris?

— S'il me plaît ?

Et le turco leva la main avec une sorte de respect passionné, un geste de vénération ardente, comme s'il se fût agi d'une femme.

— C'est-à-dire que je le trouve plus adorable que jamais ! Je ne sais pas, vrai, je ne sais pas comment on peut vivre loin de lui ! Je me demande comment j'ai pu passer sans mourir d'ennui mes années de campagne. Et quand je pense que je l'ai quitté, ce Paris, pour Alger et le Tonkin, avec une joie de collégien échappant au *bahut !* Parisien jusqu'aux moelles, moi, et promenant mes os un peu partout, quitte pourtant à les laisser un jour quelque part ! Mais, parole d'honneur, il n'y a que Paris au monde ! Tiens, il n'y a pas de paysage d'Asie, de nuit d'Algérie, rien qui vaille cette carte d'échantillon que nous voyons d'ici !... Oui, là, ces affiches !

Il montrait du doigt, à l'étalage de l'Agence des Théâtres, les affiches jaunes, bleues, saumon ou roses, qui donnaient les titres des pièces qu'on jouait le soir, et les placards enluminés de coloriage, les programmes illustrés de l'Hippodrome ou de l'Éden.

— Ce coin de paysage-là, mon cher Roger, ça vaut tous les autres !... Ah ! les théâtres ! Quand on a été voir jouer sur le théâtre d'Alger la *Favorite* ou la *Mascotte*, par de vénérables personnes à qui on pourrait distribuer la Guanhumara des *Burgraves*, et qu'on a essayé d'avaler les drames chinois que les acteurs de Hué dévident pendant des jours et des jours, comme un rouleau sans fin — les drames en trois soirées du père Dumas sont des levers de rideau à côté de ça ; — quand on a été sevré des acteurs de Paris, si tu savais ce que ces bouts d'affiches contiennent de promesses et d'allèchements !...

L'officier s'arrêta, laissant un moment sa pensée se fondre comme son londrès ; puis tout à coup il se redressa brusquement sur sa chaise. Par-dessus le bourdonnement des chars et le bruit de houle des passants, un air sautillant et vif, un air d'opérette enlevé gaiement sur un piano venait à lui, comme une bouffée de vent par quelque fenêtre ouverte.

— Tiens ! dit-il, l'air de *Bouddha !*...

— Bouddha ?

— Oui, dans l'opérette des Nouveautés, *La Petite Mousmée*, tu sais bien...

— Non.

— L'air que chantait Antonia Boulard.

— Ah! ah! Antonia! Encore ?

— Toujours, fit le turco en essayant de sourire. Quoique...
si tu savais, mon cher!

Il s'arrêta encore, écoutant toujours l'air pétillant qui
montait vers lui comme une mousse de champagne au haut
du verre, et instinctivement, ses doigts battant la mesure
sur la table de marbre, il se laissait aller à murmurer le
fredon d'autrefois, le couplet de la petite mousmée d'Yokohama, amoureuse de Bouddha :

> Ah! Bouddha, Bouddha,
> Mon petit Bouddha,
> Que tu me m'as fait de la peine !
> Bouddha me bouda,
> Le cruel Bouddha !
> Je l'implore à perdre haleine !
> Ah! Bouddha,
> Cher Bouddha,
> Doux Bouddha...

Et pendant qu'il murmurait, dans sa moustache blonde,
le couplet de l'opérette oubliée — de ce succès parisien d'il
y avait trois hivers — le joli garçon rieur devenait sérieux ;
lentement une ride se creusait entre ses sourcils, et son œil
bleu, son œil franc, clair et bon, s'emplissait comme d'un
voile de brume.

> Bouddha me bouda,
> Le cruel Bouddha...

— Est-ce drôle, dit-il tout à coup en s'interrompant, il
m'énerve maintenant ce refrain-là ! Et je l'ai tant chanté et
rechanté là-bas!... Bouddha! Je ne t'ai pas dit l'histoire du
Bouddha d'Antonia?... Non?... Comique et triste, cette
histoire-là, mon cher!... Antonia!... Ah! la jolie fille!... Et
bonne fille! Grande, blonde, gaie, des dents de mangeuse,
des lèvres de joyeuse, tout cela appétissant, sain et solide!...

Nous avions commencé par nous détester, je ne sais pas pourquoi. Un souper, au Cercle, après une revue de fin d'année, où elle avait figuré je ne sais quoi... le *Nouveau Timbre-Poste* ou le *Détective dans l'embarras*... Placée à côté de moi... J'avais voulu faire de l'esprit, elle ne m'avait pas trouvé drôle et me l'avait dit. Six mois après, nous nous adorions. Quant je dis nous... moi je l'adorais. Elle ne me détestait probablement pas. Bonne créature, Antonia ! Et campée !... Du reste, tu la connais.

— Par les photographes.

— Ça suffit. J'étais détaché au ministère de la guerre. Beaucoup de temps à moi. J'ai vu quatre-vingts fois de suite la *Petite Mousmée*, l'opérette japonaise à laquelle avait collaboré Yamato, le chargé d'affaires du Japon. Très gentille dans la *Petite Mousmée*, Antonia ! Sa robe de soie bleu ciel à fleurs jetées lui collait comme à la peau et la moulait comme ces voiles mouillés que les sculpteurs jettent sur leur terre fraîche. C'était, mon cher, sous cette caresse de satin, la femme même, la femme attirante, vivante, avec sa beauté impérieuse et saine que le public avait sous les yeux. Les marchands de lorgnettes ont dû faire leurs frais. Et, de cette robe bleue, une nuque blanche sortait, un cou élégant mis à nu par les cheveux relevés en bloc, et retenus, au haut de la tête, par une grosse épingle d'or. Les oreilles charnues, les joues à fossettes, les lèvres, le rire d'Antonia ont été pour cinquante pour cent dans le succès de la *Petite Mousmée*. Quant à Lafertrille, qui jouait Bouddha, jamais il n'avait été plus drôle. A propos, de quoi est-il mort, Lafertrille ?

— De la maladie moderne : l'ataxie locomotrice ! Trop de petites mousmées. Quand il est mort, les chroniqueurs ont dit : « Encore un qu'on ne remplacera pas !... » Et maintenant Galivet a repris les rôles de Lafertrille, et qui parle de Lafertrille maintenant qu'on a Galivet ? Galivet est gras, Lafertrille était maigre. Voilà toute la différence, le public s'en moque ! Il se moque de tout, le public !

— Je ne connais pas Galivet, mais j'ai vu Lafertrille jouer *Bouddha* de la première à la dernière. Le tour de *Bouddha* en quatre-vingts soirs ! Et quand c'était fini, *Bouddha*, avec quelle joie j'emportais « ma mousmée » à

moi; fouette, cocher, au grand galop, vers son petit hôtel de
l'avenue Kléber!.. Le coupé traversait la place de la
Concorde presque déserte, remontait les Champs-Élysées,
où d'autres coupés à deux passaient, emportés aussi, et le
temps me paraissait si long, si long, quoique j'eusse près
moi, la tête sur mon épaule — ou moi la serrant de mon
bras passé son manteau — la jolie blonde que toute une
salle lorgnait tout à l'heure, et qui me fredonnait très bas,
pour moi seul, comme un petit murmure caressant, le
couplet bissé par les boulevardiers :

> Mon petit Bouddha,
> Que tu m'as fait de la peine !

Je trouvais la route longue, et, arrivé, je regrettais
presque cette sensation délicieuse d'un tête-à-tête au fond
d'une voiture avec une créature que tout Paris enviait, et
que quelqu'un, à la lueur du gaz, pouvait presque reconnaître du fond d'un de ces coupés qui nous croisaient. C'est
étonnant ce qu'il y a de grains de vanité au fond de
l'amour !... Et pourtant, vrai, j'aimais Antonia pour tout de
bon.

Elle était folle de japonaiseries. Elle prenait son opérette
au sérieux. Elle voulait qu'autour d'elle, bibelots et soieries,
tout fût du *temps*, du *temps* de Bouddha Ier. Je dévalisais
les boutiques de vendeurs de *netzskés* pour peupler de
drôleries ses étagères, et je me rappelle sa joie, sa joie
d'enfant, lorsque j'arrivai, un soir, précédant un commissionnaire qui portait sur ses bras, comme une nourrice son
nourrisson, un gros Bouddha doré que j'avais découvert au
fond d'un magasin de bric-à-brac, rue des Martyrs ! Ah ! le
beau Bouddha ! Presque grandeur nature, mon cher,
accroupi, les mains jointes, tout doré, mais d'un or rouge à
reflets sanglants, d'un ton tout particulier qui rappelait le
cuir de Cordoue et les faïences mezzo-arabes, un Bouddha
au crâne rose, les yeux mi-clos et dont le sourire indulgent
et las, illuminait la bonne figure paterne, une face luisante
avec une paire d'oreilles longues d'ici à demain !...

Quand elle l'aperçut, tout luisant d'or rouge, entre les
mains du commissionnaire ; quand elle le vit apparaître
sous la portière de soie de Chine soulevée, Antonia salua le

Bouddha d'un grand cri d'enfant joyeuse suivi d'un long éclat
de rire :

— Ah! Bouddha! Voilà Bouddha!... Vive Bouddha!
Et elle frappait dans ses mains, me sautait au cou.

— Mon petit Edmond! Oh! comme tu es gentil... Un
Bouddha!... Ça me manquait! Il ne ressemble pas du tout à
Lafortrille, du tout, du tout!... Il est joliment mieux!... Où
le mettrons-nous?... Parbleu! là, sur la cheminée... Je
ferai faire une planchette... Ah! le beau Bouddha!

Puis, avec des airs respectueux, elle s'avançait vers le
Bouddha que nous avions posé sur la table, et prenant les
poses de la petite mousmée :

> Ah! Bouddha,
> Cher Bouddha,
> Doux Bouddha!

Elle chantait de sa voix de théâtre, s'interrompant tout
à coup parce que je riais, pour me dire :

— Au fait, tu sais, Edmond, c'est peut-être le vrai
Dieu!

Elle vida son porte-monnaie dans les mains du commissionnaire et nous dînâmes, ce soir-là, en tiers avec ce brave
Bouddha doré, posé sur la table et qui nous contemplait de
son air calme, gravement. Au dessert, Antonia voulut lui
faire boire du champagne. Bouddha conserva sa dignité et
nous allâmes aux Nouveautés en riant beaucoup de notre
invité en or rouge. Jamais Antonia ne chanta mieux que
ce soir-là les couplets de la *Petite Mousmée*.

II

— Et dès lors, Bouddha, mon Bouddha de la rue des Martyrs, devint le dieu de cette jolie bonbonnière de l'avenue
Kléber que ma petite bouddhiste voulait rendre japonaise,
avec deux vieux griffons de bronze à l'entrée, salle à manger
japonaise, tendue de rouleaux peints par un décorateur du
Mikado, chambre japonaise, salle de bain japonaise... Tout

au Japon ! Et dans ce délicieux paradis japonais, une déesse bien vivante, emplissant tout l'hôtel — prononce *au, au, autel*, si tu veux — de son rire, de son parfum de femme, de sa jeunesse et de sa gaieté — et un Dieu silencieux et bonhomme bénissant nos amours sans rien dire !

Ah ! le bon Bouddha, le *doux Bouddha*, comme disait la chanson !... Il trônait au milieu du salon, sur la cheminée, comme dans une pagode. On avait drapé son socle, encadré la glace, et Bouddha rayonnait là, rouge et or, comme un soleil d'automne. Je le saluais avec amitié. J'en étais arrivé à le considérer comme un hôte du logis, un habitué, un vieux parent. Antonia lui donnait de petites tapes câlines sur ses joues cuivrées. Bouddha veillait sur nous, toujours digne. Un soir, ah ! le diable soit des femmes, même les meilleures !... Antonia était nerveuse... Elle s'était, pour parler comme elle, *attrapée* à la répétition avec Lafertrille... Aimé des femmes, mais mal élevé, Lafertrille ! Il avait traité Antonia du nom de l'oiseau qui plaisait si peu à Ibycus. Antonia avait répliqué qu'on fait de *grues* la grande Stella pouvait compter pour deux... Cette grande Stella, qui donnait en ce temps-là à Lafertrille l'illusion de l'amour, était alors survenue. Tapage, duo de *Madame Angot*, un régisseur affolé, Lafertrille embarrassé, le directeur agacé. Bref, Antonia était revenue d'une humeur massacrante.

— Cet imbécile de Lafertrille ! Cette intrigante de Stella ! Et cet autre *empoté*, qui ne disait rien !

L'*empoté*, c'était le régisseur.

— Ah ! il est propre, Bouddha ! Avec ça qu'il le joue bien, Lafertrille ! Il n'est pas plus Bouddha que toi !

C'était à moi qu'elle parlait, Antonia, et en présence du Bouddha doré, « qui était peut-être le vrai Dieu ! »

— Lafertrille est, en tout cas, moins Bouddha que celui-ci !... dis-je en essayant de rire.

Je n'aimais pas beaucoup ce Lafertrille. Un instinct. Si Antonia en voulait à la grande Stella, Lafertrille, bourreau des cœurs, y était peut-être bien pour quelque chose. Je ne l'ai jamais su. Passons. Toujours est-il que lorsque j'eus comparé à Lafertrille le pauvre et bon Bouddha de la rue des Martyrs, Antonia se mit aussitôt dans une colère, une colère ! Et comme si le Bouddha des Nouveautés eût été là, et le régisseur, et la grande Stella, et les petites camarades, elle s'avança vers mon Bouddha à moi et, lui mettant le poing sous le nez :

— Oh ! toi, tu sais, tu es aussi bête que l'autre !

Pauvre Bouddha, va !

Je ne sais pas pourquoi, mais l'injure me parut injuste, imméritée, et, moitié sérieux, moitié riant, je me mis à plaider la cause de Bouddha, le vrai Bouddha ! Voyons, était-ce sa faute, à ce Bouddha, si Lafertille était un insolent, et si la grande Stella se montrait si mal embouchée — quoiqu'elle eût une jolie bouche, Stella...

— Une jolie bouche ? Et où as-tu vu ça ? Grande comme un four, sa bouche ! On y passerait sa tête ! Ah ça ! mais, tu vas la défendre aussi, toi, Edmond ?

— Moi ?... Pas le moins du monde !

— Si, tu la défends ! Si, tu la défends ! Une jolie bouche ; et de jolis cheveux aussi, n'est-ce pas ? Elle en a quatre, un de plus que Cadet Roussel, quatre qu'elle teint avec du henné, et le reste elle se le fournit chez Loisel !... Une jolie bouche, Stella ? Non, vous autres hommes, vous êtes tous des imbéciles, tenez, vous vous laissez prendre à la première grue venue... Oui, j'ai dit grue... Je te croyais moins bête que les autres... Tu es aussi bête que Lafertille... Une jolie bouche ? Stella ?... Un four, je te le dis, un four !

— Voyons, Antonia, ma petite Antonia...

J'essayais de la calmer. Je tâchais de rire.

— Tiens, Antonia, j'en atteste Bouddha !...

— Bouddha ?

Elle allait et venait par le salon, les bras croisés, les doigts de sa main droite battant sur son coude gauche une marche rageuse, et, de temps à autre, elle secouait, pour chasser les mèches blondes qui lui fouettaient le visage, ses beaux cheveux lourds mal attachés... Ah ! mon ami Roger, qu'elle était jolie !

Elle vint se planter toute droite devant la cheminée, regarda le malheureux Bouddha, impassible dans sa pose hiératique, et avec un accent de mépris si drôle que je ne pus retenir cette fois un éclat de rire :

— Un Bouddha ? fit-elle. Ce poussah-là ? Il est, comme toi, aussi bête que Lafertille !

Je te dis que je riais. Je riais trop probablement. Antonia en devint furieuse. Bonne fille, Antonia, mais le sang aux yeux avec une facilité ! Elle n'admettait pas que je pusse rire. Elle n'admettait pas que mon Bouddha, salué d'acclamations joyeuses lorsqu'il avait apparu, étincelant entre les bras du commissionnaire auvergnat, ne fût point odieux à regarder et stupide à manger du foin.

Et je défendais, toujours riant, le Bouddha paisible et doux ! Oh ! ce que mon rire exaspérait Antonia ! Mon cher, elle bondit tout à coup comme une panthère vers la cheminée, allongea la main pour gifler — cette fois furieusement — le bon Bouddha, et... — Ah ! mon pauvre ami, comme elle fut calmée d'un seul coup — et... patatras, Bouddha insulté, Bouddha souffleté... — « Tiens, ton Bouddha ! tiens, ton Bouddha ! tiens ! tiens ! tiens ! » Bouddha chancela sur le socle drapé et, le chef en avant, pauvre dieu croulant sous l'injure, de tomber là, droit entre elle et moi, Bouddha, cassé en deux, la tête d'un côté, sur le tapis, et les genoux sur le devant de marbre blanc de la cheminée...

Brisé, Bouddha ! Décapité, Bouddha !

Et, sur le tapis de Perse, la tête coupée, roulant aux pieds d'Antonia, regardait encore, regardait toujours la jolie fille, la regardait de ses yeux clos à demi, entre ses oreilles énormes, dont l'une pendait, fendue comme celle d'un cheval au rancart, avec son rictus impassible dans sa face à reflets d'or.

— Pauvre Bouddha !

Toute la colère d'Antonia tomba devant l'aspect lamentable de ce Bouddha guillotiné.

— Ah ! dit-elle.

Elle ne dit même que : *Ah !* Mais il y avait de tout dans ce *Ah !* Du chagrin, de l'étonnement, du remords. Elle joignait ses jolies mains ; elle contemplait, baissée à demi, là, par terre, le Bouddha sans tête, la tête sans corps !

— Ah !

Et je ne riais plus. Je l'aimais, ce Bouddha. C'était, je te l'ai dit, un ami. Il me semblait que je venais de perdre un être cher, que ce corps souffrait. Je ramassai le cadavre. Ecaillé, l'or, çà et là, tombant par squames ; et la tête avec

n trou au front et le nez cassé! Méconnaissable, mon
pauvre Bouddha. Affreux, écrasé! Plus laid encore que
Lafertrille!

— Ah! disait toujours Antonia.

Elle murmura doucement, timide, un moment après :

— On pourra le recoller peut-être!

Puis, repentante, et me prenant des mains la tête de
Bouddha, qu'elle posa sur la cheminée avec cette précaution
qu'on a toujours lorsqu'un malheur est arrivé :

— Oh! vois-tu, j'en pleurerais!

Et elle allait pleurer, elle pleurait. Il y avait deux
grosses larmes dans ses yeux. J'essayais de la consoler,
tout en ramassant les débris de Bouddha, mais je n'y avais
pas le cœur. Le massacre de cet innocent me navrait. Je
cherchais des plaisanteries, je n'en trouvais pas.

— Qu'est-ce que tu veux, Antonia? Il n'est point qu'un
Bouddha au monde, je t'en déterrerai un autre!

— Ce ne sera pas celui-là, dit-elle.

Jamais elle n'avait eu autant de justesse d'esprit, Antonia.
C'était un peu tard, mais c'était fort juste : « Ce ne sera
pas celui-là! »

Et *celui-là* faisait si bien sur la cheminée! L'or rouge
s'harmonisait avec les soieries des Kakémonos. La taille de
Bouddha était proportionnée avec les figurines japonaises
qui grimaçaient drôlement, çà et là, sur les étagères et les
meubles. Il était vraiment le centre, le président de ce
congrès de dieux et de demi-dieux du pays bleu. Antonia,
calmée, désolée, muette, restait comme abêtie devant sa
victime. Elle était, comme la petite mousmée de l'opérette,
veuve de ce Bouddha qu'elle avait exterminé!

III

— Mon cher, nous passâmes des journées entières à
essayer de pâtes fantastiques et de colles brevetées sans
garantie du gouvernement, pour arriver à raccommoder le
Bouddha coupé en deux. Toutes les pâtes furent inutiles.

Et, d'ailleurs, essorillé d'un côté et le nez écrasé au milieu de la face, Bouddha dont le revêtement d'or s'écaillait comme une peau malade, Bouddha lépreux, Bouddha devenu horrible, ne pouvait plus figurer jamais, *never, never more*, sur la cheminée de la jolie fille. Quant à en acheter un autre, à donner sur-le-champ un successeur au Bouddha de la rue des Martyrs, non, non, non... Antonia se vantait d'être fidèle à ce qu'elle aimait.

— Fidèle?

Et je souriais, l'exaspérant par mon doute.

— Oui, fidèle! Oui, fidèle! La preuve, c'est que si tu m'apportais un nouveau Bouddha, oui, tu entends, un nouveau, je le jetterais par la fenêtre!

Et sur le nez épaté du Bouddha décapité elle posait ses bonnes lèvres fraîches et baisait l'idole avec une passion éperdue. Les femmes n'adorent peut-être, mon pauvre ami, que ce qu'elles ont cassé.

Du reste, le repentir et l'adoration ne durèrent pas long-temps. A bien considérer son salon japonais, Antonia s'aperçut peu à peu qu'il fallait décidément un ornement sur la cheminée. Le salon manquait, disait-elle, de « point milieu ». Elle avait dû, assez belle pour avoir fait un modèle, accrocher cette expression-là chez quelque peintre.

Pendant ce temps, les affaires s'embrouillaient vers l'Extrême-Orient, et je commençais à me lasser un peu de tenir la plume au ministère et de ne pas faire, au grand air, quelque exercice de sabre. La fringale me prit d'aller quelque part, au Tonkin, écouter, après les fredons de *Bouddha*, le *pchttement* des balles. Un soir, en arrivant chez Antonia, je lui dis, en essayant d'être gai, et il m'en coûtait de me séparer de la jolie fille :

— Ma petite Antonia, j'ai une nouvelle à t'annoncer! Si tu veux un Bouddha *point milieu*, tu n'as qu'à le dire. Je m'en vais au pays où ils poussent tout seuls, comme des champignons.

— Tu dis?

— Je pars pour le Tonkin. Embarquement à Toulon. Si tu as envie de voir la Méditerranée...

Ah! bonne fille! Elle avait deux grosses larmes pour

Bouddha décollé comme saint Jean-Baptiste. Elle en eut
bien quatre pour moi, et aussi grosses, certainement.

— Edmond !... Comment ! tu pars, Edmond ? Tu me
quittes ? Tu ne m'aimes donc pas ?

Je te passe la scène des larmes. Celle-là fut flatteuse
pour mon amour-propre, et il fallait tout mon appétit de
nouveauté et tout mon amour de la bataille et des Bouddhas
authentiques pour laisser là le boulevard, les Nouveautés,
Antonia et la petite chambre japonaise de l'avenue Kléber...
Mais si je te disais — chose curieuse — que cette grande et
belle fille était si enfant, si enfant, que l'idée que je lui
rapporterais de là-bas un Bouddha nouveau, un Bouddha
tout neuf, la consolait un peu de me voir partir. Ça l'amusait, l'idée de me voir revenir tout bronzé en tenant entre
mes bras, comme le commissionnaire auvergnat, un
Bouddha doré !...

Elle avait eu la folle envie de m'accompagner jusqu'à
Toulon. Voir la mer, manger de la bouillabaisse en Pro-
vence et ne me quitter que dans le canot ou sur le passe-
relle. Ça valait bien une partie à Bougival ou à Saint-
Cloud ! Mais voilà : le jour de mon départ, il y avait aux
Nouveautés lecture de la *Pipe cassée*, et on collationnait les
rôles le lendemain.

— Allons, c'est dit ! tu partiras sans moi, mon petit
Edmond. Tu comprends, si je n'étais pas là, les auteurs, qui
ne pensent qu'à eux, donneraient le rôle de Vadé à Stella...
Vadé !... un travesti ! je n'ai jamais joué de travestis ! Tu
penses si j'y tiens !

— Comment donc !

Et je partis seul pour Toulon, mon vieux Roger. Mais
avant de partir, dans un petit cabinet des environs de la
gare, nous trinquâmes une dernière fois, Antonia et moi,
des lèvres et des verres, à la santé du futur Tonkinois, à
l'arrivée du Bouddha nouveau et à la centième de la *Pipe
cassée !*... Je crois même, soit dit entre nous, que, pleurant
ou riant, Antonia parla beaucoup plus de son rôle de Vadé
que de la guerre de Chine. Il y avait un personnage qui la
taquinait, celui de Manon Giroux ! La grande Stella y avait
un *effet*, mais un *effet !*... C'était elle qui cassait à coups de
pommes la pipe dans la bouche de Vadé... Un *clou !*

Et puis, peu à peu, comme l'heure du train approchait, elle oubliait tout, Antonia, et Vadé, et Manon Giroux, et la *collation* du lendemain, et, se remémorant nos parties de plaisir, les bois de Viroflay, les auberges de Barbizon, les frileux retours du théâtre par les Champs-Elysées à demi déserts, et les soupers dans la salle à manger japonaise, et nos rires de l'avenue Kléber, doucement, doucement, dans l'oreille, elle me disait :

— Tu sais, si tu veux, la *Pipe cassée*, les Nouveautés, les auteurs, j'envoie tout promener, tout, et je t'accompagne à Toulon... au Tonkin !... où tu voudras...

Et elle se serait envolée, ce soir-là, quitte à me reprocher le lendemain de lui avoir fait *rater* le rôle de Vadé ! Et cela me flattait, ce mensonge de la jolie fille se montant à elle-même sincèrement ! Tout à coup un regard jeté sur la pendule... « Ah ! mon train ! Garçon, l'addition ! Et ma valise. Et mes livres !... Allons, ma petite Antonia !... »

Elle se pendait à mon bras, en allant du restaurant à la gare. Elle voulait se promener encore dans la grande salle d'attente pleine de pas et de bruissement... « Tu as encore cinq minutes... deux minutes... une minute !... » Et au seuil de la salle ouverte sur le quai, le dernier baiser, le long baiser sans bruit, amer et inoubliable avec son goût de larmes ! « Vite, vite, Edmond, tu ne trouverais plus de coin ! »

Puis, doucement, tendrement :

— Mon Bouddha surtout ! mon Bouddha !

> Ah ! Bouddha, Bouddha,
> Que tu m'as fait de la peine...

Elle voulut chanter, s'arrêta court, comme si elle étouffait, portant son mouchoir mouillé à ses lèvres, et je courus vers le train, dont la vapeur sifflait — écoutant, entendant toujours le refrain, le cher refrain de l'opérette tant de fois répété :

> Bouddha me bouda,
> Je l'implore à perdre haleine !

Et toute la nuit, toute la nuit, dans une sorte d'hallucination entre sommeil et fièvre, je revis les pauvres yeux d'Antonia gonflés comme son cœur, et le rictus placide du Bouddha brisé et les pommes crues de Manon Giroux ; et, au-dessus du tic tac du train et du halètement de la machine, l'air de *Bouddha* passait, sautillant, railleur, attendri, coupé par le sifflement de la vapeur ou des balles, au-devant desquelles j'allais... Combien de fois j'allais le fredonner, jusqu'au retour, l'air de *Bouddha* !

Le lendemain, d'instinct, avant de m'embarquer, j'allai, poste restante, demander si quelque télégramme à mon adresse... Il y en avait un télégramme! Daté de minuit. Antonia l'avait envoyé du Grand-Hôtel, en sortant des Nouveautés. C'est bête, mon cher, mais si je te disais que, là-bas, je l'ai relu cent fois, comme un prêtre lit son bréviaire, ce papier bleu aux lettres drôlement imprimées, aux mots défigurés par les télégraphistes :

« EDMOND DE LAURIÈRE

« Toulon. — Poste restante.

« Pense à Bouddha, mais pense à toi. Sois brave, mais « pas imprudent. On pavanera — pour *pavoisera* — avenue « Kléber, à ton retour. Emporte les meilleures tendresses « de mon cœur. — ANTONIA VADÉ. »

Vadé ! Elle avait signé du nom de son rôle nouveau ! Vadé de la *Pipe cassée* ! Elle pensait, en saluant l'ami d'hier, au *clou* de demain ! Pauvre petite ! Mais je ne voyais qu'une chose : elle songeait à moi ; — et lorsque Toulon disparut au loin, au bout de la mer bleue, je relus ma dépêche, je l'épelai lettre à lettre, et pendant que des paysans bretons chantonnaient sur le pont je ne sais quelle complainte religieuse du Finistère ou du Morbihan, je portai le cher papier à mes lèvres, et je murmurai la chanson de *Bouddha* — en pensant à celle qui ne pensait déjà plus à *Bouddha* et s'occupait de Vadé, rôle travesti, costume de Grévin !

IV

— Je ne te raconterai pas mes impressions du Tonkin. Ah ! nous en avons vu ! Il y a eu, là-bas, mon cher, jour par jour, des héroïsmes et des faits d'armes qui donnent de l'espoir au cœur. Et tout ça si loin, sans nouvelles, sous la pluie, dans la boue, avec la fièvre, le choléra, les rhumatismes, tout le tonnerre de chien de l'hôpital! La bataille, ce n'est rien; on se sent vivre quand on se moque de mourir. Mais la maladie bête, la dysenterie qui vous tord les entrailles, l'anémie qui vous mine, l'eau putride, plus meurtrière que le canon... et la boue, mon cher, la boue, les défilés dans les rizières, les ciels bas et gris, la terre où l'on enfonce comme dans du beurre et qui vous retient comme du sable mouvant... Et, avec cela, étapes sur étapes, marches et contremarches, des pièces d'artillerie embourbées et portées à dos d'hommes par des chemins étroits comme des rubans... Puis, quelquefois, des forêts à traverser, sans éclaireurs et sans cartes, des sentiers à se tracer, à travers bois, à coups de hache... Je te passe tout ça; c'est ennuyeux à subir, ces journées et ces nuits d'alerte et de fatigue, mais c'est amusant à évoquer... J'ai souvent regretté ce mauvais temps, en fumant mon cigare! Atroce, la guerre, mais quelle gymnastique morale! Toutes les facultés de l'homme en éveil, et les meilleures : le courage, le dévouement, la décision, l'amour du prochain et l'amour du drapeau!

Pour en revenir à Bouddha, je l'avais depuis longtemps oublié, le Bouddha d'Antonia Boulard, et je me réservais — comme je l'avais dit — d'en déterrer un, au moment du retour, chez quelque brocanteur d'Hanoï... J'en avais tant vu, de mes camarades, qui faisaient provision de bibelots par avance, et qu'une balle couchait en chemin... On expédiait, dans quelques caisses, à la famille, leur pantalon rouge, leur portefeuille et les rouleaux de papier de Chine achetés çà et là; et achats et défroque, tout parta.., roulé en un paquet, pour France. L'idée de me fournir par avance d'un Bouddha que je pourrais abandonner en route avec ma carcasse, ne me souriait pas beaucoup... Oui, au retour, au retour!

Et, en attendant le retour, nous nous enfoncions chaque jour plus avant du côté de la frontière de Chine, allant vers Lang-Son, qu'il fallait emporter et que nous aurions occupé depuis des mois sans le guet-apens que tu sais. Lang-Son enlevé, nous pouvions nous y croire en grande halte, lorsque, au milieu de février, le général reçoit de Tuyen-Quan des nouvelles dures... Les Chinois tenaient, là-bas, comme à la gorge, la petite garnison du commandant Dominé, et, pied à pied, attaquaient la citadelle. Toute une armée, en réalité, celle de Yun-Nam, autour d'une poignée d'hommes ! Impossible de laisser écraser la garnison, qui se défend là-bas depuis décembre ! De décembre à mars, compte les jours d'héroïsme, mon cher !

Bribre de l'Isle laisse donc Négrier à Lang-Son, et, le 13 février, sans pouvoir prendre un repos crânement gagné, en route pour Tuyen-Quan, toute la brigade Giovaninelli ! Infanterie de marine, artilleurs, tirailleurs tonkinois et deux bataillons de nos bons turcos. Nous étions éreintés ! oh ! éreintés ! Mais on avait dit la veille au soldat : « Il faut un effort pour prendre Lang-Son. » Le soldat avait fait un effort. On lui disait, le lendemain : « Il faut un effort pour débloquer Tuyen-Quan. » Le petit soldat faisait un effort. Et gaîment.

Pauvres enfants ! ces soldats, troupeau de moutons héroïques allant à la boucherie comme à une promenade ! Et quelle promenade ! Par la route mandarine, un brouillard à couper au couteau ; presque du verglas pour avancer ; partout des arroyos... En quatre heures de marche, on traverse l'eau sept fois... la nuit vient... il pleut... on attend le jour en grelottant... A l'aurore — brr ! quelle aurore ! — «Bono, disent les turcos », et en route.

En avant, les fantassins nous taillent des escaliers dans les pentes raides... On nous dit qu'il y a des tigres, çà et là, dans les montagnes de marbre... Voir des tigres, ça nous distrairait !... Et nous marchons, nous marchons, nous marchons. Il nous semble entendre dans le lointain les cris d'appel de la petite garnison qui se défend, avec la brèche ouverte, et qu'on égorge. Et quand la fatigue se fait sentir chez nos hommes, un mot, comme un coup d'éperon, les ranime :

— Vous savez, les camarades nous attendent !

Et ces pauvres diables de turcos, donnant leur peau pour les Français, que leurs pères ont combattus, disent alors avec un entrain touchant, montrant en riant leurs dents blanches :

— Oui, oui, camarades ! Là-bas ! En avant !

Et l'on marche.

Comme c'est drôle, la nature humaine ! Une nuit, tous ces malheureux, harassés, n'en pouvaient plus et se traînaient — l'emplacement du bivouac était loin encore... — Pas un mot... Les hanhans avachis des soldats, alourdis comme des bêtes de somme... le clic-clac monotone des sabres sur les quarts de fer-blanc... Tout à coup la lune se lève, montre sa lueur rose à travers les nuages, et, soudain, de cette longue file d'hommes en marche, une voix s'élève, que j'entends encore, avec un accent toulousain, une voix bien timbrée et qui salue ce lever de lune de la vieille chanson du pays :

> Au clair de la lune,
> Mon ami Pierrot...

Et crac ! mon cher, à cette vieille chanson du berceau, à ce refrain de mère-grand', les fronts se redressent, les jarrets se raffermissent — en avant ! au clair de la lune, mon ami Pierrot — et, cette nuit-là, si on l'eût voulu, en chantant, on eût doublé l'étape !

Moi aussi, j'avais ma chanson, mon coup d'éperon ! Je ne demandais pas à l'ami Pierrot une plume pour écrire un mot; mais j'évoquais Bouddha, le doux Bouddha, le Bouddha qui bouda la petite mousmée, et je fredonnais le refrain d'Antonia, qui me faisait l'effet d'un clairon invisible. Et pas un moment de fatigue avec la diane et les airs de marche sonnés par cette musique du boulevard ! De quoi est fait l'héroïsme, Roger ! Si j'avais donné, pendant cette campagne, l'exemple d'une belle mort, tu sais, là, à la Plutarque, l'histoire aurait toujours ignoré que je puisais cet héroïsme-là dans un petit refrain d'opérette !

> Ah ! Bouddha, Bouddha,
> Ah ! Bouddha, Bouddha,
> Que tu m'as fait de la peine !.

Au clair de lune ou autrement, la colonne avançait toujours. Fin février, nous n'étions plus qu'à huit kilomètres de Tuyen-Quan. Fichu pays : la flottille, qui nous accompagnait par la rivière Claire, était forcée, tant il y avait d'échouages, de traîner parfois ses canonnières à bras. Nous, dans les hautes herbes, nous nous coupions les mol-

lets aux bambous taillés en oiseaux qu'y avaient spirituellement cachés les Chinois. Et pas un ennemi visible. On le
sentait, on le devinait partout, aux fossés creusés, à la terre
remuée, à ces bambous affilés comme des rasoirs; on ne le
voyait nulle part. Tout à coup, le 2 mars, des auxiliaires
tonkinois, entrés dans les herbes jusqu'à mi-corps, reçoi-
vent une grêle de balles et voient, comme des chats-tigres,
les Pavillons-Noirs bondir sur les blessés pour leur couper
la tête...

Nous sommes à Yuoc, en face des positions vraiment for-
midables, mon cher, établies par le vieux Liuh-Vinh-Phuoc.
Entre nous et Tuyen-Quan, entre nos troupiers et les « camarades », l'armée du Yun-Nam, bons soldats dont quelques-uns, ayant juré de mourir plutôt que de reculer,
s'étaient fait marquer, tatouer, au front, d'une croix rouge.
Ce sont ces fanatiques et ces combattants de toutes les aventures qu'il faut bousculer, enfoncer, crever, avant d'arriver
à la garnison que commande Dominé !

— Allons ! mes enfants, encore un effort !

Un effort ! Toujours un effort ! Taran, taran ! Tarataratata,
taraturatata ! La charge sonne. Ran, ran, ran, ran ! Et moi
je fredonne *Bouddha !*

Ah ! Bouddha ! Bouddha !

En avant ! en avant ! Deux fois l'infanterie de marine,
bataillon Mahias, attaque les Chinois. Deux fois les Chinois
la repoussent. On est à deux cents mètres de l'ennemi
quand la nuit vient. Deux cents mètres ! Et la pluie tombe !
Les hommes râlent dans les herbes. On allume, pour ramasser les blessés, des allumettes mouillées... Quelle nuit, mon
vieux ! Ce brouillard humide, cette douche glacée, qui
délaye le sang dans la boue piétinée, ces ennemis qui sont
là et qui tirent. Le bruit des balles qui sifflent et de l'eau
qui dégoutte.

Ça ne s'oublie jamais, ces impressions-là.

Je m'étais avancé assez près des lignes chinoises, entendant les Pavillons-Noirs parler de leurs voix gutturales.
Tout à coup, au milieu d'une décharge de fusils, je reçois
sur les pieds une masse qui roule. Je me penche, croyant à
un projectile... C'était une tête, une tête coupée de petit

paysan de France, que les Chinois nous envoyaient, à travers les herbes, comme une menace et un défi.

Ah! je ne le chantais même plus le refrain d'Antonia! J'attendais le petit jour avec une rage sourde, un appétit sauvage de vengeance et de mort. Et, le jour arrivé, ce jour gris de mars, qui allait éclairer tant de cadavres! Vive Dieu! comme nous enlevâmes nos turcos!

— En avant, les Algériens! En avant! Les amis attendent!

Et à l'assaut! A l'assaut des retranchements chinois! A l'assaut! Il s'agissait d'arracher aux ongles des hommes jaunes les assiégés qui haletaient, attendant nos troupiers comme le Messie. A l'assaut! Elles couraient lestement, les vestes bleu de ciel de mes enfants d'Afrique! Les redoutes, les tuyaux de bambous, les feux croisés, les obusiers, les fusils de rempart, rien ne les arrêtait. Rien. Ils sautaient dans le feu, bondissaient dans l'enfer. Une mine éclate. La terre tremble. Nous avons les poils roussis et les vêtements brûlés. Quarante turcos de ma seule compagnie disparaissent comme dans un cratère de volcan. En avant! en avant! On n'entend pas les cris de mort, tant nos chacals poussent des cris de rage. Les balles sifflent, les boulets ronflent, les fougasses éclatent. En avant! Les turcos sont déjà dans les retranchements, clouant aux fascines de bambous les volontaires au front croisé de rouge, étranglant les Chinois, mordant au sang, comme des loups, ces Pavillons-Noirs, qui se défendent comme des lions... Je n'ai jamais vu motte de terre pétrie de tant de sang!

Et, les retranchements emportés, mes tirailleurs sautent hors des trenchées, poursuivant les Célestes et leur arrachant leurs pavillons à têtes de morts... J'avais, comme eux, la fièvre, la furia de cette chasse à l'homme. Tout en avant de mes hommes, revolver au poing, je poussais devant moi la cohue des soldats en déroute, et qui jetaient leurs armes après s'être retournés pour tirer. Au loin, Tuyen-Quan, encore debout, montrait sa silhouette déchiquetée... A mi-chemin, mon cher, une poignée de Pavillons-Noirs s'arrêta, net, dans une sorte de pagode abandonnée, et, me voyant maintenant suivi de quelques hommes seulement, ouvrit vivement le feu pour nous couper la mar-

che. Mes turcos étaient enragés. Nous nous lançons dans la
cour gazonnée qui précède toute pagode, puis, en trois
bonds, dans la pagode elle-même, d'où les balles sortaient;
et nous voulons en déloger ces vaincus qui n'entendent pas
fuir.

Pas de porte à la pagode; du seuil, nous apercevons seulement un trou noir, rayé de coups de feu. Nous entrons.
Une fusillade abat à mes côtés trois de mes hommes, et je
pénètre presque seul dans cette bauge laquée et dorée, au
fond de laquelle, comme des sangliers forcés, les Pavillons-
Noirs nous attendent. Je verrai toujours ce spectacle, je te
dis: des cadavres sur les dallages, les colonnes avec leurs
inscriptions dorées, enveloppées de fumée, des silhouettes
bizarres et mêlées de dieux et d'êtres vivants, tous grima-
çants, depuis ce dieu tout vert, que nos troupiers appelaient
le diable, jusqu'à des réguliers chinois, armés et faisant feu;
— et, au fond, au milieu de ces idoles laquées, peinturlu-
rées, et de ces Pavillons-Noirs, adossés aux parois rouges
de la pagode, une statue de Bouddha, un Bouddha de la
taille d'un enfant de dix ans, et qui flambait, tout entier d'or
rouge, sous un rayon de jour, entrant par le toit crevassé
par quelque obus.

Du grouillement des Chinois qui nous tiraient dessus, de
ces ennemis tapis derrière et nous envoyant leurs coups de
fusil presque à bout portant, je ne regardais rien; je ne
regardais, hypnotisé, que ce Bouddha, là-bas dressé, superbe
et m'apparaissant comme dans une gloire. Et — on dit que
les gens qui se noient revoient, en quelques secondes, toute
leur vie passée, brusquement, en avalant leur dernière gor-
gée — la vision du petit hôtel de l'avenue Kléber me traversa la pensée comme un éclair, et l'or rouge du Bouddha
évoqua subitement les tresses, teintes au henné, de la chevelure d'Antonia... Oh! pas longue, du reste, la vision!
Une balle emporta mon casque blanc, mon *tropical helmet,*
et les cinq hommes que nous étions, entrés dans la pagode,
nous fûmes *contraints de reculer, comme écrasés,* encerclés
par les Chinois, qui sortaient de partout, de derrière ces
idoles d'or, et nous enserraient et cassaient la tête devant
nous à un de mes turcos en faisant siffler leur coupe-coupe...

Repoussés, mon cher!... Et cette damnée pagode vomissant littéralement des Chinois qui nous tiraient dessus, les trois hommes qui me restaient et moi, nous nous jetâmes derrière un terrassement abandonné, et — moi à coups de révolver, mes turcos à coups de fusil — nous tînmes un moment ces gaillards-là à distance. Au surplus, traqués dans la pagode, ils se donnaient tout simplement du champ pour fuir. Ils nous avaient crus tout d'abord plus nombreux, et, acculés, ils voulaient mourir en tuant... Nous ayant repoussés, ils continuèrent leur retraite, ralliant les vaincus, vers les rapides du Fleuve-Rouge.

Je les voyais fuir; mais, avec ces renards-là, il y a toujours un piège à attendre. L'idée me tenait qu'il en restait encore dans la pagode, à l'affût, pour sauter sur nous.

— Attendons un moment! dis-je à mes turcos, qui sortaient déjà de l'abri de terre.

Et l'idée du Bouddha me revenant, le Bouddha qui avait assisté, paisible, à la tuerie de tout à l'heure :

— Pourvu qu'ils n'aient pas emporté le Bouddha !

Je n'avais pas dit cela machinalement tout haut, qu'un petit éclat de rire clair, un rire d'enfant, partait à mes côtés comme une fusée, et qu'un de mes Algériens — vingt-cinq ans, mon cher, et beau comme un bronze antique — se dressant sur la crête du terrassement, me criait :

— Tu veux le Bouddha, mon capitaine?... Tu vas l'avoir!

Et moi lui répétant : « Mohammed! Mohammed! je te le défends... » il n'en courait pas moins, bondissait comme un chat vers la pagode, s'enfonçait dans le trou noir, et je le suivais, l'appelant toujours, tandis que les deux autres Africains arrivaient au pas de course sur mes talons...

Pauvre fou de Mohammed-ben-Saïda! Il y a à Alger, une vieille femme, un aïeul et de jeunes frères qui l'avaient accompagné lorsqu'il s'était embarqué et qui l'attendront toujours!

J'avais raison de croire que la pagode n'était pas vide. Autour du Bouddha doré, quatre ou cinq démons, des volontaires du Yun-Nam, à la croix rouge, de ceux qui avaient juré de donner leur peau, se tenaient dressés, comme des dogues à qui l'on veut arracher leur proie. Un piédestal humain, hérissé, farouche, et, au-dessus, le Bouddha, accroupi et impassible. Mohammed avait couru sur eux. Son

fusil déchargé, il le faisait tournoyer, ce fusil, au-dessus de
sa tête rasée, et la crosse lourdement s'en abattait sur les
crânes. — « Attends-nous ! attends-moi ! » Tout à coup, pendant qu'un Chinois tombé le mordait aux jambes, un autre,
d'un coup de côté, dans la gorge, le frappait d'un coupe-
coupe, et je vis l'Algérien chanceler.

J'arrivai sur les Chinois comme Mohammed tombait, et
j'entends encore de sa gorge crevée sortir le flot de sang rendant le son d'un tuyau qui se vide... Puis je ne vis plus
rien... Je déchargeai mon revolver devant moi, au hasard...
Mes turcos enfonçaient leurs baïonnettes dans les poitrines
jaunes... J'étais fou de colère... Il me semblait que c'était
moi, moi, qui venais d'assassiner Mohammed-ben-Saïda.

Ce ne fut pas long, ce dernier coup de collier. Les Chinois, assommés ou traversés, râlaient déjà sur les dalles de
la pagode. Les turcos, en sueur, essuyaient sur les tuniques
des Chinois leur baïonnettes qui fumaient. Et Bouddha, le
grand Bouddha doré, souriait à ces flaques de sang et contemplait ces morts avec son rictus impénétrable figé sur ses
lèvres pour l'éternité.

Et à deux pas, le cou coupé, la tête à demi renversée dans
une pose presque comiquement lugubre, Mohammed était
étendu, les yeux agrandis, la bouche crispée, ses pauvres
mains encore tendues vers ce Bouddha qu'il voulait saisir —
pour moi — lorsque le coupe-coupe l'avait à demi décapité.
Alors, par une navrante association d'idées, ce cadavre du
pauvre enfant d'Afrique, cette tête presque tranchée, me
rappelaient le Bouddha cassé, tombé sur le tapis du salon
japonais, le Bouddha guillotiné par la colère d'Antonia...
La grande Stella ! Lafertrille ! Que c'était loin, loin !... Il me
semblait que j'évoquais des fantômes devant des cadavres.

Tout à coup, mon cher, il se passa une chose effroyable,
hideuse et héroïque. De ce tas de morts chinois, un être se
leva, un Céleste tout jeune, à demi nu, la poitrine à l'air,
avec un trou de baïonnette dans cette chair de cuivre, un
petit Chinois maigre, avec des yeux embrasés et des lèvres
qui tremblotaient, toutes blêmes... Il se dressa, saignant,
s'accrochant de la main droite au piédestal de Bouddha et,
sa main gauche crispée, nous menaçant encore d'un long
couteau recourbé taché de rouge...

Cette espèce de spectre embrassa, avec une ferveur
effrayante, la grande image d'or qui rayonnait, comme ironique, au-dessus du carnage et, au moment où un de mes
turcos s'approchait pour le repousser, le petit Chinois, poussant un cri aigu, suppliant et menaçant à la fois, se jeta
entre Bouddha et le turco; un effroi indigné passa sur sa
face au jaune blême et le sang de sa blessure éclaboussant
l'or rouge de la statue accroupie, il leva encore, de son bras
grêle, sur le crâne du turco, le coupe-coupe qui avait peut-
être décapité Mohammed-ben-Saïda.

Mais, cette fois, l'Algérien, baïonnette en avant, clouait
d'un mouvement le petit Chinois au socle de la statue, et la
tête du Céleste se renversa, avec un rauquement court, sur
les jambes accroupies de l'idole.

Il me sembla — j'ai dû me tromper — que le petit Chinois, en tombant, en mourant, râlait le nom adoré qui for-
mait le premiers vers de la chanson de l'opérette : Bouddha!

Ah! Bouddha! Bouddha!

Hallucination de l'ouïe, évidemment! Mais le regard
mourant du petit Céleste était plein d'une clarté étrange. Il
mourait heureux et croyant, aux pieds mêmes de son adoration, et, ne pouvant arracher aux barbares d'Europe le dieu
qu'il avait prié, il lui donnait sa vie. Sa face s'abattit sur le
socle, et ses lèvres, ses lèvres ferventes, cherchaient pour
s'y coller, dans un dernier soupir, les pieds de Bouddha
accroupi.

V

Il était payé cher, le Bouddha, et comme redoré deux fois
par le sang du pauvre Africain et du petit Céleste. Je vivrais
cent ans que je verrais toujours ces deux gorges coupées,
ces deux têtes pendantes, l'une glabre et crispée, l'autre
noire, convulsée, farouche. Un fils d'Afrique, un enfant
d'Asie, et, au-dessus, la statue d'or souriant, immobile, à
cette tuerie!

Je fis emporter le Bouddha comme un trophée et on l'emballa précieusement après l'avoir passé à l'éponge mouillée, car sur son or rouge il y avait des éclaboussures de sang. Il demeura longtemps en douane ; puis, lorsque je reçus l'ordre de rapatriement, quand on dit à mes turcos : « Vous allez retourner à Alger en passant par Paris », je surveillai l'embarquement de la caisse de mon Bouddha, le Bouddha qui avait vu mourir Mohammed et le petit Chinois, et je fis monter devant moi le colis portant au coin, sur le bois blanc, l'étiquette : *Fragile*. Et pendant toute la route, durant le voyage du retour, je pensais à la joie, au bon rire, aux battements de mains d'Antonia lorsqu'elle verrait arriver, majestueux et grave, dans la bonbonnière de l'avenue Kléber, le Bouddha pour lequel tant de pauvres gens s'étaient fait égorger.

Aussi, dès mon arrivée à Paris, ah ! mon bon Roger, « Cocher, avenue Kléber ! » Et le Bouddha sorti de la caisse, déballé mais empaqueté, sur le fiacre ! Il allait lentement, lentement, ce maudit fiacre !... Moi, je regardais Paris par la portière. Il pleuvait ; la pluie fine me paraissait adorable, saine, pittoresque... parisienne, c'est tout dire. Finies, finies, les pluies cholériques du Tonkin ! Enfin, j'arrive rue Kléber. Je sonne à la petite porte. Un domestique vient m'ouvrir. Tiens, ce n'est plus Jean ! Jean était souriant et accueillant, celui-ci a la gravité d'un notaire.

— Madame est chez elle ?

— Je ne sais pas, monsieur, je vais voir

— Annoncez M. Edmond de Laurière !

— M. de Laurière, bien !

Eh ! non, ce n'est plus Jean ! Jean, volontiers, m'eût appelé « monsieur Edmond ». Et ce n'est pas Mariette, non plus. Cette bonne Mariette ! J'aperçois, à travers le hall, un autre profil de femme de chambre. Au-dessus de ma tête, j'entends des pas lents et ordonnés : c'est le notaire qui va m'annoncer à Antonia.

— Mais elle ne se précipite pas bien vite pour me sauter au cou, Antonia...

Et, pour occuper le temps, là, dans le salon d'attente, je dépaquette le Bouddha, je le déficelle, j'enlève le papier qui le couvre et je le vois apparaître triomphant, doré comme un soleil, avec sa bonne figure paterne un peu narquoise — même pour un Bouddha qui a vu tant de sang autour de lui. Mon cher, je m'apercevais même qu'il lui en restait une petite tache, rouge là-bas et devenue noire, je l'effaçais avec mon doigt mouillé, lorsque la porte s'ouvre... Ah! mon Dieu, ah! mon battement de cœur... C'est Antonia!...

Antonia! Je laisse le Bouddha, je m'avance vers elle.

C'est Antonia! Oui! c'est Antonia et ce n'est pas Antonia! Oh! mon cher, grave, imposante, jolie — de plus en plus jolie — mais dans une toilette janséniste, ma parole... Une dame de charité, une quakeresse, tout ce que tu voudras et sans les cheveux blonds et le bon sourire, j'aurais hésité!...

— Antonia! ma petite Antonia!

J'allais l'embrasser, moi, à la bonne franquette. Elle me montre une chaise, ne dit rien et me reçoit comme une marquise de Marivaux pourrait recevoir Dorante... Je croyais, ma parole, quelqu'un nous épiait et que la petite mousmée jouait un rôle... Non, non, Roger; transformée, Antonia!... Elle avait pris l'opérette en grippe et recevait des leçons de Mᵐᵉ Plessy pour passer une audition chez Molière. Et quant à nos amours — oh! enfoncés nos amours! Pft! plus rien!

— Aussi, pourquoi s'en aller au Tonkin, mon pauvre vieux, je te le demande?

Il me semblait qu'allant rendre visite à Rose Pompon, j'étais reçu par Mᵐᵉ Schwetchine.

— Alors, dis-je à Antonia, je... je suis remplacé?

— Remplacé?

Elle n'avait pas l'air de comprendre.

Mais machinalement sa main feuilletait un petit journal de théâtres traînant sur la table, et, à la première page de ce *Paris-Artiste*, une photographie s'étalait : celle de Galivet. — Je l'ai vu depuis, Galivet, le comique des Nouveautés, le successeur de Lafertrille. Il paraît que la photographie était bonne, car Antonia, visiblement, la regardait avec indulgence.

Et si tu savais comme je me sentais gauche, et bête, et comme j'aurais voulu m'enfoncer sous terre par une trappe! Mais ça n'arrive qu'au théâtre, les enfoncements dans les trappes! Je me sentais mieux à Yuoc, sous la pluie et sous les balles.

Alors, l'idée me vint de prendre le Bouddha entre mes bras et de le montrer à Antonia.

— Eh ! mon Dieu ! qu'est-ce que c'est que ça ?

— Ça ? Mais c'est Bouddha ! le Bouddha que je t... que je vous ai promis... Le Bouddha qui doit remplacer celui de la rue des Martyrs... le guillotiné !...

Et je montrais, sur le marbre de la cheminée, la place même où le Bouddha avait roulé — comme la tête de Mohammed.

Antonia me regarda d'un air indulgent, mais désolant :

— Oh ! mon cher, Bouddha ?... C'est si loin, le Japonais ! Fini, le Japonais ! Démodés, la Japonaiserie, le Japonisme ! Vous n'avez donc pas remarqué...

En effet, je n'avais pas remarqué ! Son geste me montrait le salon tout neuf, meublé de meubles blancs Louis XVI, tendu de vieille soie à fleurs jetées, comme une robe à paniers de nos grand'mères !

— Tout du Louis XVI, maintenant, mon cher ! Chaises et tentures copiées sur les appartements de Marie-Antoinette à Trianon ! C'est Achenbach qui l'a voulu !

— Achenbach ?

— De la maison Achenbach, Moser, Lévy et Cᵉ !... Il a été tellement étrillé à la Bourse lors de l'affaire de Lang-Son, Dang-Son, Mang-Son, je m'embrouille avec ces noms du Tonkin, qu'il aurait volontiers cassé ou déchiré toutes mes chinoiseries, ce pauvre Achenbach !... Quand je dis pauvre !

— Et c'est lui qui...

— Qui m'a fait envoyer tout mon Japon à l'hôtel Drouot, et qui m'a meublé l'hôtel style Louis XVI ? Oui... Il prétendait que mon Japonisme porte *raille* et que le Louis XVI est bien plus dans ses opinions. J'aime mieux ça aussi, moi ! C'est plus convenable.

Elle se mit à rire.

— Pur Versailles ! faubourg Saint-Germain !

Puis, frappant sur la joue du malheureux Bouddha exilé :

— Remporte ça, va ! C'est de l'histoire ancienne !

Et me tendant les lèvres :

— Allons, je t'ai bien aimé! Ne te plains pas! Et quand tu voudras me revoir... en ami...

— Non, merci!

— Non?

— L'amitié, c'est de l'amour en contrefaçon!

Elle haussa les épaules.

— Comme tu voudras! Mais je ne te croyais pas si bête!

Puis, tout à coup regardant en face le Bouddha que j'allais remettre en fiacre et qui me paraissait si piteux, elle se mit à fredonner l'air d'autrefois, l'air si souvent chanté, l'air qui, pour moi, voltigeait comme un chant d'oiseau au-dessus des balles chinoises :

> Ah! Bouddha! Bouddha!
> Que tu m'as fait de la peine!
> Bouddha me... me...

Mais, brusquement s'interrompant et me regardant là, dans les yeux, très franche, sincère peut-être :

— Oh! Est-ce drôle, je ne me rappelle même plus les paroles!... *Ah! Bouddha! Bouddha!*... C'est vrai, je ne sais plus!... *Ah! Bouddha! Bouddha!* Non, envolé!... Est-ce drôle! Est-ce drôle!

— Pas si drôle que ça, lui dis-je, mais tout naturel. Oh! très naturel! Adieu, Antonia!

— Adieu!

J'avais déjà mon Bouddha entre les bras, je sortais! Elle vint à moi, et se penchant jusqu'à mes lèvres, avec le Bouddha entre nous deux :

— Mais embrasse-moi donc, grosse bête!... Ça te va bien, Edmond, le hâle tonkinois... Tu es bronzé!... Tu reviendras, dis?...

— Oh! oh! Il y a entre nous deux, maintenant, ma chère...

— Bouddha?

— Non, Achenbach!

— Ah! Tonkinois, va! Tonkinois!

Et cette fois, elle me tendit la main, de bonne amitié.

Si tu viens chez moi, hôtel de Suez, mon bon Roger, tu verras, sur ma cheminée, le pauvre Bouddha, que je vais emporter, je ne sais où, çà et là, dans ma vie de garnison...

Si tu le veux, tu sais? Il a toujours sa tache de sang à l'oreille, sang du petit turco ou du petit Chinois! Et après tout, des bibelots ou des Bouddhas tachés de sang, c'est peut-être tout ce que nous aurons rapporté de la terre de Chine! Allons! viens-tu à l'Hippodrome?

Le turco s'était levé, regardant toujours le boulevard du haut du balcon du Cercle.

— Allons à l'Hippodrome, dit l'officier d'artillerie.

Puis sérieusement:

— Mon cher, tu n'as peut-être rapporté de là-bas qu'un bibelot de bric-à-brac, mais quand je vous regardais, l'autre jour, à Longchamps, défilant devant tous ces hommes, toutes ces femmes, ce Paris dont le cœur battait; quand je voyais les cols bleus des marins et les vestes bleu clair de tes turcos passer sur l'herbe verte; quand les tambours battaient aux champs pour saluer la croix d'honneur qu'un officier supérieur attachait à la poitrine d'un autre officier — encore un bibelot et taché de sang, cette croix des braves, mon cher — quand je voyais ça, je me disais que c'est peu de chose un jour de triomphe pour tant de jours de sacrifices, mais qu'après tout ça vaut bien les périls bravés, et les maladies, et la marche, et le tremblement, cette vibration d'une foule, cette acclamation des tribunes, cette sorte de baiser bruyant de tout un peuple à son armée!...

— Tu as raison, fit l'autre, il ne peut y avoir rien de perdu, il n'y a rien de perdu en ce monde, surtout l'héroïsme et le dévouement, ces exemples!

Derrière les rideaux de guipure des fenêtres, des silhouettes apparaissaient, se dessinaient, puis s'effaçaient. Jeunes gens, vieux généraux, causant, contant les campagnes passées, les espoirs futurs.

Les deux amis rentrèrent.

Edmond de Laurière chercha, du regard, un journal qu'il avait, tout à l'heure, posé sur une table, et ses yeux allèrent d'une panoplie d'armes — sabres en rosaces entrelacées de pistolets, crosses et lames étincelant sous la lumière d'un lustre — à une grande carte de France, qui tapissait presque tout un petit salon.

Et, sur cette carte géante, montrant du doigt vers l'Est, une large plaque de deuil, comme la plaie d'une chair arrachée :

— Tout ça, c'est très bien, dit l'officier de tureos ; mais ça ne bouche pas ce trou-là.

Et il descendit vers l'avenue de l'Opéra, fredonnant encore machinalement, tout en allumant un nouveau cigare :

> Ah ! Bouddha, Bouddha,
> Mon petit Bouddha,
> Que tu m'as fait de la peine !

UN MARIAGE MANQUÉ

Gontran, après avoir hoché la tête et levé les bras, avec
un gros soupir, encore effrayé, mais déjà soulagé, nous dit
— du ton d'un homme qui vient d'échapper à un grand
danger :

— C'est moi. Regardez-moi bien. Vous avez failli ne pas
me revoir. Encore un peu, j'étais cloîtré, cadenassé, confis-
qué, supprimé... J'étais marié ! Oh ! l'accident m'a frôlé de
près ! J'ai cru que j'y passais... C'est très effrayant quand j'y
songe ! Non pas que ma fiancée fût laide ou sotte, ou désagréable... Charmante ! Dix-huit ans, blonde comme un épis,
avec de grands yeux bleus, qui brillaient, très drôles, vous
regardant bien en face et vous interloquant un peu, beaucoup, étonnamment, quoiqu'on ait fait ses preuves un peu
partout, dans le monde ou dans les coulisses !
  Comment je l'avais connue ? Très simplement. Comme
ces choses arrivent quand on veut se marier. Je m'étais
éveillé maussade, l'estomac navré du souper de la veille, la
tête lourde, le cœur vide... Avec cela un temps gris, froid-
triste ! Un vague ennui dès le matin. A midi, un ennui
noir. Rien à faire, rien à lire, rien à aimer. « Tiens, m'étais,
je dis, c'est le moment de se marier ! Si je fondais une

famille? Ça m'occuperait! » Je me jette dans mon coupé, je cours chez mon notaire, un vieil ami de mes parents... Je lui soumets mon cas, il feuillette ses dossiers, me demande si je veux une femme blonde ou brune.

— Je la préférerais blonde!

— Pourquoi?

— Parce que Toupinette était brune! La loi des contrastes!

L'observation lui paraît juste. Il me propose Mlle Berthe Brivard... « Jolie? — Très jolie! — A qui ressemble-t-elle? — A personne... à elle-même! — Voyons, cherchez bien, mon cher notaire; il n'y a pas, dans le corps de ballet quelque visage qui rappelle le sien?... Je ne parle pas de la jambe, je suis moral! — Dans le corps de ballet! Quelle question! — Je ne vous demande qu'une réponse approximative! » — Mon notaire réfléchit : « Dans le corps de ballet?... Le corps de ballet!... Je ne vois personne! Mais, aux Bouffes, il y a la petite Angèle! — Angèle! Ravissante!... Comment, elle ressemble à Angèle, votre jeune fille?... Je l'épouse tout de suite! Quand me présenterez-vous? »

Je vous passe les détails préliminaires. D'abord la présentation! On devait se voir à l'Hôtel Continental. Un bal de charité, au bénéfice des demoiselles de magasin qui désirent devenir aquarellistes. Un quadrille, une valse. Deux doigts de flirtation. Après quoi, nous nous connaîtrions assez pour entrer en pourparlers officiels. L'américanisme! On va très vite en affaires. Mais voilà le bal contremandé. On le remplace par l'Opéra-Comique. Le notaire m'ouvre la porte de la loge. Salut au père, salut à la mère, coup d'œil à la jeune fille! Oh! adorable, la jeune fille! — Un pastel. Un petit nez fripon, de jolies lèvres, les yeux grands, grands, et tout à côté des plus mignonnes oreilles roses, des frisons qui semblaient, dans la lumière, de la fumée d'un blond d'or... Plus jolie qu'Angèle!

— Eh bien! c'est dit! A quand la noce?

La noce! Avant ce réalisme, il y a d'abord toute la poésie des fiançailles. J'étais enchanté de me marier. M. Brivard, très aimable homme, sans autre occupation que celle de

détacher ses coupons, m'avait invité, dès le premier jour.
Je revois encore ce tableau de famille, boulevard Malesherbes, dans le grand salon blanc et or, meublé de toutes
les somptuosités banales des tapissiers à la mode. Meuble
de Beauvais, richement atroce... Bronzes trop dorés, écrans
trop criards, peluche trop tapageuse, tableaux trop neufs...
Un luxe né d'hier, du goût garanti sur facture! Et — exquise, il faut tout dire — jolie à croquer, sa tête blonde in-
clinée sous la lampe, M⁽⁾ Berthe coupant, avec un couteau
japonais, le dernier numéro de la *Revue des Deux-Mondes :*
un Greuze lisant Feuillet! C'était un peu arrangé, un peu
factice, ça jouait la note familiale, sentimentale, mais
c'était gentil!

Gentil à damner un saint. Je ne suis pas un saint. Parole
d'honneur, j'aurais épousé sur-le-champ M⁽⁾ Berthe Brivard.
Les parents n'auraient probablement pas voulu. Ils auraient
eu tort, puisqu'ils tenaient à marier leur fille.

Après tout, le temps des fiançailles est délicieux à passer.
C'est le prologue, la préface, l'avant-propos, le printemps du
mariage. Une préface, c'est alléchant, c'est plein de promesses! On se dit, en la lisant : « Ah! le joli livre! Quel
roman! Quel poème! Divin!... Délicieux! » Oui. Le malheur est qu'on tourne les pages... et alors... Mais, je vous
le répète, je ne demandais qu'à les tourner, ces pages, et
vite, vite... d'autant plus que la jeune fille, c'est la page
blanche sans un trait de crayon, tandis que j'en avais rencontré tant et tant de ces jolies filles qui ressemblent à ces
glaces de restaurant que tant de gens ont rayées de leurs
noms et de leurs inscriptions d'un soir.

Ah! la jeune fille! Cet être ignorant, naïf, timide, exquis
et blanc, tout blanc comme de la neige vierge, je l'avais
enfin trouvé, cet idéal! Comme je serais heureux d'avoir à
moi la pensée de ce regard clair, le sourire de cette bouche,
le frisson de cette peau si douce, si douce... J'étais décidé...
J'épouserais M⁽⁾ Brivard. Et, dès lors, chaque soir, faisant
ma cour, je venais dîner boulevard Malesherbes... je me
retrouvais dans le salon blanc et or... avec les mêmes
bronzes, les mêmes écrans, dans le même fauteuil de Beauvais... Seulement M⁽⁾ Berthe ne coupait plus la *Revue des
Deux-Mondes.* Elle lisait de petits journaux plus drôles,

avec de petits dessins représentant des petites femmes gentilles, très gentilles, et qui lui ressemblaient...

Tous les jours, j'apportais un bouquet. Un bouquet de roses ou de lilas blanc. J'entrais à la même heure, dans le même magasin, et, en me voyant arriver, tout naturellement la même fleuriste étendait sa main vers le même endroit et, d'un même mouvement, me présentait les mêmes lilas et les mêmes roses... Je devenais un habitué. D'ailleurs, ne regardant personne. Très pressé, quoique ce soit très agréable à contempler, ces touffes de fleurs, amas de violettes, roses toutes fraîches... Des arbustes, des orangers, des camélias, des pétales qui ont le satiné d'une chair de femme, et dans cette verdure, des femmes jeunes, souriantes, qui ont le teint rose de fleurs vivantes...

Ne vous moquez pas de moi. Je deviens idyllique. C'est un souvenir!

Je n'avais même pas remarqué — moi, barbare! — la grâce affinée et le joli visage triste de la petite fleuriste qui me servait. Je ne pensais qu'à Berthe, je ne voyais que Berthe, et ses frisons d'or me dansant devant les yeux, je me disais qu'elle serait cent fois plus jolie que la petite Angèle, si elle portait le costume de paysanne morlaque de la chanteuse d'opérette...

Angèle! Justement un soir, dans le grand salon, nous feuilletions l'album de famille... Très mêlé, l'album! Des militaires, des négociants, des volontaires d'un an, des tantes en parchemin, des oncles apoplectiques, un colonel d'artillerie, un ministre... Mais aujourd'hui presque tout le monde a un ministre dans son album de famille... C'est comme autrefois l'inévitable portrait d'un grand-père coiffé du bonnet à poil de la garde nationale...

En fermant l'album, Berthe me dit : « J'en ai un plus drôle! » Elle va le chercher. Elle court. Ah! quelle taille! Elle l'apporte. Plein d'actrices, celui-là. Des chanteuses, des danseuses. Toutes les épaules de l'Opéra et tous les maillots de la danse. Et là, entre Théo et Judic, souriante, friponne, décolletée... la petite Angèle des Bouffes. « N'est-ce pas qu'elle ressemble? » me dit vivement Mlle Berthe. Comme cela, les yeux dans les yeux, à brûle-pourpoint, on devrait dire à brûle-cœur, car ces regards-là, diable! électriques,

étincelants, volcaniques! On se sent flamber quand on les
subit.

— Tout le monde me dit que je lui ressemble.

Et, prenant les attitudes de la petite Angèle, minaudant,
clignant de l'œil, son petit doigt mordillé par ses dents de
petit chien, elle se mit à fredonner, en *imitant* la chanteuse
d'opérette, les couplets du *Remontoir* :

> Une poupée,
> Une poupée,
> Une poupée à remontoir!
> Messieurs, trouvez mon remontoir.

Misère de moi! Elle savait le répertoire des Bouffes,
Mlle Brivard, fille de M. Brivard, notable commerçant et ancien président du tribunal du commerce!... Je sortis, un peu
suffoqué, ce soir-là, du salon blanc et or du boulevard Malesherbes. La petite Angèle et la petite Berthe se mêlaient
étrangement devant moi et sautillaient gentiment comme
deux poupées revêtues du même costume et, ma foi, plus
j'avançais et moins je savais si j'allais voir débuter, passage
Choiseul, Mlle Brivard, ou épouser devant une écharpe tri-
colore la blonde petite Angèle des Bouffes !

Tout justement, je repassais devant le magasin de fleurs
où j'entrais, chaque soir, régulièrement. On allait fermer ;
mais entre les touffes d'azalées, par dessus les énormes bouquets en montre, les corbeilles dorées, parmi les grandes
feuilles vertes des caoutchoucs qui luisaient comme vernies
par la pluie, j'aperçus, achevant un bouquet, et jolie dans
sa petite robe noire, avec un col plat qui faisait ressortir la
pâleur de sa tête brune, la petite fleuriste qui, tous les jours
depuis deux semaines, me tendait le même bouquet, avec
le même sourire, un sourire poli, tendre, un peu triste, que
je ne voyais pas...

Et je restai là, regardant. Elle était adorable, mon amie
la fleuriste. Ses cheveux noirs, plaqués sur son front, lui
donnaient, avec son profil droit, l'air d'une médaille antique. Il y a de ces têtes à Arles. Mais, suis-je niais ! il y en
a à Paris aussi, car c'était une Parisienne, et fine, et élégante, et douce, avec du piquant, du montant... Sous le bec
de gaz où elle travaillait, ses doigts tournaient et retour-

naient un bouquet de roses qu'elle composait comme on doit composer un sonnet. Je ne voyais que sa main blanche. Ah! la jolie main! Et aristocratique, je vous prie! Et je contemplais cette main, moi, moi qui, boulevard Malesherbes, là-bas, dans le salon blanc et or, m'apprêtais à en demander une autre!...

Le lendemain — je vous passe le compte rendu de mes rêves et de mon insomnie, une insomnie où je voyais des fleuristes qui avaient l'air de vierges et des jeunes filles qui dansaient ces ballets d'opéra, en costumes mollaques, sur l'air du *Remontoir* — le lendemain nous devions aller dîner, Berthe, Mlle Berthe, ses parents et moi, chez ce satané notaire qui me disait : — « Eh bien, Gontran! eh bien! il me semble que vous vous refroidissez! »

J'avais promis à Mlle Berthe un bouquet de corsage. Je l'apporterais. Elle le piquerait là, à son côté, et nous partirions ensemble pour la salle à manger de Mme Bergeot!

J'entre chez ma fleuriste. La même main se tend vers un bouquet de lilas identique à tous les bouquets passés que j'avais acheté là...

— Non, mademoiselle, non, aujourd'hui il me faut un bouquet de corsage!

— Ah!

Elle me regarda en souriant de ses beaux yeux noirs très honnêtes, alla me chercher un autre bouquet et me dit : — « Voici, monsieur! »

— Alors, mademoiselle, cela suffira?... N'est-ce pas un peu gros?... Voyons... s'il vous plaît...

Peu m'importait le volume du bouquet, mais je ne sais quel besoin me prenait maintenant de ne point sortir aussi vite que la veille de ce grand magasin de fleurs. Un paradis! Du vert, du blanc, du rose! et cette jolie jeune fille, tout naturellement, en mettant à son corsage le frais bouquet de roses thé :

— Vous voyez, monsieur, ce sera fort bien!

Si bien, ah! oui, si bien, que j'avais envie de lui répondre :

— Laissez-le là, ce bouquet de roses, et gardez-le pour vous, mademoiselle! Il est fait pour vous! C'est l'honnête

bouquet d'une honnête fille comme vous, jolie comme on
n'est pas jolie, et si charmante avec votre petit air triste et
bon!...

Mais elle aurait trouvé bizarre ma profession de foi. Je
pris le bouquet et l'emportai. Quand j'arrivai, je vis que
Mⁱˡᵉ Berthe en avait un autre au corsage. Énorme, celui-là.
« Ah! me dit-elle, je ne comptais plus sur le vôtre! » Elle
laissa là celui que j'apportais. Tant mieux. J'en détachai
une rose. Je devenais bête comme un chou. Mais cette rose-
là, je la gardai et elle me donnait chaud sur la poitrine, durant tout le dîner chez Mᵐᵉ Bergeot, pendant que, riant à
tout propos, Mⁱˡᵉ Berthe faisait des mots, répétait des plaisanteries courantes, cherchait des *combles*, et demandait à un
monsieur qui, depuis 1854, chauffait sa candidature à
l'Institut, l'étymologie du mot *pornographe*.

Ah! ce dîner! Il me parut long, long comme une opérette
qui ne marche pas. Il me semblait que, ce soir-là, la petite
Angèle — des Bouffes — avait un rôle qui ne lui portait point.
Un rôle de fiancée mal venu, et toujours, et encore, et inévi-
tablement, je revoyais le profil doux, l'air sérieux de la jolie
fleuriste en robe noire. C'était elle, la fiancée!... La *fiancée!*
Si les mots avaient des couleurs, celui-là serait tout blanc,
tout blanc ou tout rose!... C'était elle, la jeune fille! Pourquoi les auteurs ne lui avaient-ils pas distribué — à elle —
ce rôle-là?

Les auteurs! Eh! imbécile! Le seul auteur de tout cela
c'était toi!... Mais vous voyez le dénouement... Il approche,
le dénouement! A mesure que je retournais dans le salon
blanc et or, la petite Berthe me faisait peur. La jolie mal-
tresse!... Oui, mais l'effrayante petite femme! Et à mesure
aussi que je revenais chez ma fleuriste, je me disais que
c'était là la véritable compagne, l'associée de bonheur et de
peine, l'amie!... Ah! la charmante fille! Je me disais qu'elle
était pauvre, orpheline sans doute, vivant toute seule, des-
tinée à épouser quelque commis marchand, quelque employé
de chemin de fer, ou à tourner comme tournent au vent les
créatures qui n'ont pas d'appui. Comme se serait bon et
beau, tout de même, d'arracher cette enfant à ce hasard, de
la tirer de sa condition... de... D'en faire sa maîtresse?
« Allons donc, Gontran, tu n'y penses pas! » Non! vrai, je

n'y pensais pas! Alors, d'en faire sa femme? Ah! parbleu,
si l'on osait!

Et, tout en n'osant pas, lentement, doucement, poliment,
je me détachais de ma petite Berthe Brivard — des Bouffes.
— Je la laissais à son père, à son salon blanc et or et à son
Remontoir. Je cherchais des atermoiements, des retards...
des prétextes... — « Enfin, me dit un soir M⁰ Bergeot, nous
ne pouvons pas laisser mon ami Brivard le bec dans l'eau! »
— Naturalistes, ces notaires! — « Est-ce oui? est-ce non? »
Moi, ah! ma foi, cette fois, je répondis : — « Eh bien! non!
c'est non! Je ne suis pas fait pour être marié! »

Je ne remis plus les pieds chez les Brivard et je courus le
lendemain à mon magasin de fleurs. Au lieu de ma fleuriste
brune... à la même place, il y avait une fleuriste rousse, très
jolie, très polie. Mais c'était l'autre que je cherchais. On
m'apprit qu'elle était partie. Elle avait des parents en Bour-
gogne. On l'y rappelait pour la marier. A quel tonneau? A
quel fût? A quel misérable vigneron? Je n'en sais rien, je ne
le saurai jamais. De ma petite fleuriste brune, j'ignore tout :
son nom, son âge, sa vie. Je ne sais rien, sinon qu'elle était
jolie à ravir, l'air honnête, les yeux profonds, et qu'elle me
tendait mes bouquets de lilas et de roses blanches au bout
d'une main fine, fine, que je l'aurais suppliée de me donner, ma parole, et qui, dans tous les cas, m'a empêché d'en
prendre une autre — une de ces mains, celle-là, qui vous
étranglent doucement, une main d'usurière d'amour — tandis que les mains pareilles à celles de ma fleuriste sont des
mains d'amoureuses et de sœurs de charité!

∴ Voilà mon aventure! Elle est simple. Eh bien! je n'en ai
jamais eu de plus agréable dans toute ma vie. Il me semble
que j'ai cueilli, dans notre vie de serre chaude, une fleur
des champs et que j'en ai encore le parfum au doigt, la sen-
teur douce aux narines... Ah! je deviens élégiaque, ma
parole, mais qu'elle soit bénie, partout où elle se trouve,
la petite fleuriste inconnue qui, comparée à ma cocodette
du boulevard Malesherbes, ressemblait à un bouquet avec
sa tige verte, tandis que l'autre me rappelait les bouquets
montés sur fil de fer... Et que c'est donc gai, et bon, et doux,

et amusant, un mariage manqué et un *oui* qu'on allait dire bêtement et qu'on ne dit pas!

A propos, vous savez?... Mlle Brivard épouse demain un jeune financier très adroit, qui a trouvé le moyen de se tailler une fortune dans le *krach* qui a ruiné les autres. Mlle Berthe doit appeler ça vivre sur le cadavre. Ils seront très heureux. Moi, je pars ce soir pour Monaco! J'ai perdu ma petite fleuriste au col plat, je gagnerai peut-être quelques louis à la roulette. *Malheureux en amour...* Dans tous les cas, j'aurai toujours été heureux dans le jeu du mariage, cette loterie qui ressemble à toutes les loteries, et où l'on est seulement certain de trouver un gain... quand on ne prend aucun billet!

COLLABORATEURS

I

Elle allait venir !

Léon Dornoy avait tout préparé pour la recevoir. Des roses au joli vase de Gallé où, dans le verre irisé, jouaient les libellules au corselet bleu ; un en-cas ; du Moscatel ; un peu de vin de Capri. Et des fleurs ! — partout des fleurs. Il avait la coquetterie du cadre dont il entourait ses amours.

D'ailleurs, heureux de vivre, jeune, applaudi, déjà célèbre, aimé du public et adoré — Dornoy n'était point fat, mais la preuve était là — adoré de cette Jeanne, la chère blonde, mariée en secondes noces à Pierre Mauduit, à ce Pierre Mauduit dont le nom, sur les affiches, s'unissait au nom plus jeune de Dornoy.

Ironie des destins ! Il n'y avait pas quinze jours, cette simple phrase dite par un comédien parlant au public : « *Messieurs, la pièce que nous avons eu l'honneur de représenter devant vous est de MM. Pierre Mauduit et Léon Dornoy* », cette phrase sacramentelle, dont les premiers mots font sauter le cœur de l'auteur qui écoute anxieusement, là-bas, dans la coulisse, cette phrase avait été soulignée de bravos, saluée d'acclamations, et Léon Dornoy, dans son

petit hôtel de l'avenue Frochot, attendait la femme de Mauduit — son compagnon d'affiche — il attendait Jeanne, la
chère Jeanne, sans remords sans inquiétude, avec impatience.

La situation même lui semblait curieuse. Il ne l'analysait
pas, il la trouvait originale, simplement. Mauduit, au reste,
avait quinze ans de plus que lui et vingt ans de plus qu'elle.
Il devait bien avoir passé la cinquantaine, Mauduit. Robuste,
sans doute, élégant encore, faisant figure, le soir, aux lumières ; mais chauve, un peu las, avec cette barbe poivre et
sel qui rend la vie miel et vinaigre. Tandis que lui, Dornoy !
Lui ?... Trente-cinq ans, blond, l'œil vif, la lèvre rouge, de
jolies dents dans l'or fauve de la moustache, de la verve, de
la gaieté — et du talent ! Oui, il eût volontiers ajouté « et du
talent ! » en se regardant dans sa glace.

Il se regardait précisément, comme on se passe en revue
avant un duel, lorsque le timbre sonna. *C'était elle !*

Léon avait renvoyé son valet de chambre. Il envoyait toujours son valet de chambre prendre des nouvelles d'une
grand'tante, à Passy, lorsque Mᵐᵉ Mauduit devait venir. Il
courut à la porte, empressé, esquissant d'avance un sourire.

— Chère Jeanne !

Ce n'était pas la chère Jeanne. C'était un commissionnaire, un gros Auvergnat, courtaud, pataud, rougeaud, une
lettre à la main. Léon en reconnut bien vite l'écriture ; une
des écritures de Mᵐᵉ Mauduit qui, prudemment, en avait
deux.

— Elle ne vient pas !

Quelque obstacle. Un ennui, l'arrivée d'un parent de province. Un empêchement ou un prétexte. Oh ! ce n'était pas
la première fois qu'elle écrivait ainsi. Mais, cette fois, la déception était plus vive.

— Merci, mon garçon ! Merci !

Il devinait qu'elle ne viendrait point, mais il ne devinait
point pourquoi elle ne viendrait pas. La lettre lue, il éprouva
un moment de colère noire. « Impossible, aujourd'hui, impossible, écrivait Jeanne. *Il va chez toi, il tient à te voir, il
veut te voir. Je n'ai pu le retenir. Je t'expliquerai tout. Au
revoir, chère âme !* »

— « *Il* va chez toi ! »

Cet imprévu rendit brusquement Dornoy très nerveux. Le mari ! c'était le mari qu'il allait recevoir au lieu de la femme ! Mauduit au lieu de Jeanne ! Le collaborateur au lieu de la collaboratrice !

— « *Il* va chez toi ! *Il* tient à te voir ! *Il* veut te voir ! »

Et pourquoi Mauduit voulait-il le voir? Ils avaient pris rendez-vous chez Mauduit lui-même pour un des jours de la semaine prochaine. Lundi, oui, lundi prochain. D'ici là, chacun devait avoir cherché les détails d'une comédie gaie, très gaie, dont ils avaient, en commun, achevé le plan. Dornoy se chargeait des mots. Il piochait les mots. Mauduit lui répétait souvent : « Je centralise les situations, trouvez les situations, trouvez les paillettes ! » Etait-ce de ces paillettes que Pierre Mauduit tenait à parler à Léon, comme cela, tout de suite, aujourd'hui même?

Le diable soit de ses paillettes !

Jamais Jeanne, avec sa beauté blonde, ses tendresses de chatte, ses larmes versées — peut-être pour effacer ses remords — ne lui avait paru aussi désirable. Journée finie ! Rendez-vous perdu ! Et comment retrouver, dans la fièvre de ce Paris, dans cette vie éperonnée et cursive, le calme doux, tendre, certain, de l'après-midi qu'on lui volait?...

— Car il me le vole, mon temps ! Il me le vole !...

Et Dornoy s'arrêtait brusquement devant cette pensée : le voleur, c'était le mari ! Mais que ne lui volait-il pas, lui, à cet homme, à ce très brave homme, dont le nom se trouvait associé au sien, devant la porte d'un théâtre? « 16ᵉ représentation, *Le High life*, comédie en trois actes, de MM. Pierre Mauduit et Léon Dornoy. »

— N'analysons pas, n'analysons pas, se disait Dornoy. Subissons la situation !

Il subissait. Et puisque Mauduit allait venir et non pas elle, il arrachait du vase de Gallé les roses thé qu'elle eût portées à ses narines, à ses lèvres... Il enlevait le petit encas qu'elle eût grignoté de ses jolies dents, assise, là, dans le fauteuil bas qu'elle affectionnait. Il voulait oublier que cette journée lui avait été promise par elle depuis longtemps, si longtemps ! Il avait brûlé le billet que ce butor de commissionnaire venait de lui tendre, et il s'était placé

devant sa table de travail, la rangeant machinalement, mettant de l'ordre dans les feuillets épars, les couteaux à papiers, le petit poignard de Zuloaga, en acier damasquiné
d'or, les bronzes de Barye, les boîtes à timbres. L'esprit ailleurs, du reste, l'esprit bien loin de l'avenue Frochot; —
l'esprit, là-bas, et le cœur près de Jeanne, la maîtresse
blonde, qui ne viendrait pas, qu'il ne verrait pas...

II

Le timbre sonna tout à coup. Évidemment c'était *lui*, puisqu'*elle* venait d'écrire qu'*il* viendrait. Dornoy eut un moment la tentation de ne pas ouvrir, de le laisser partir, de
ne pas plus le voir qu'il ne la verrait. Puis une curiosité
instinctive le prit: que pouvait bien vouloir lui dire ainsi
Mauduit? Lui parler de la pièce gaie? Ah! il s'en moquait
bien, pour le moment, Dornoy, de la pièce gaie!

Le timbre sonnait de nouveau. Léon alla ouvrir. Il aperçut, dans l'encadrement de la porte, la haute taille de Mauduit, et la voix très brève et très rude de son collaborateur,
dit: « Bonjour ! »

Après quoi, Mauduit entra brusquement, le chapeau sur la
tête, traversant vite l'antichambre, pour aller droit au cabinet de travail de Léon.

Pierre Mauduit n'avait, d'ordinaire, ni cette voix maussade ni ces allures rapides.

— Tiens, tiens, pensa Dornoy, il ne vient certainement
pas me parler de la pièce gaie !

Il avait suivi son collaborateur qu'il trouva debout, le dos
à la cheminée, où voltigeaient encore, dans les cendres,
comme de légers papillons noirs, les débris brûlés du billet
de Jeanne...

Mauduit, le chapeau sur les yeux et mordant sa moustache, regardait Dornoy d'un air que Léon trouva bizarre.
Avec sa barbe en pointe et ses sourcils froncés, le mari lui

et l'effet de quelque liqueur méditant une Saint-Barthélemy.

— Vous ne vous asseyez pas? dit le jeune homme.

— Non, fit Mauduit, j'ai la fièvre, je ne puis rester en place !

La voix était toujours rauque, laissant deviner des grondements sourds, comme certains roulements indistincts, avant l'orage.

— Qu'est-ce qu'il y a? songeait Dornoy, intrigué.

Il ne pouvait y avoir rien de grave; puisque Jeanne avait pu écrire; Jeanne eût averti, en cas de danger. Aucun péril à craindre; mais évidemment quelque résolution inattendue. Pierre Mauduit passait pour avoir mauvais caractère. Jadis bretteur, ami des querelles, prompt aux coups d'épée. Au surplus, le cœur sur la main.

— Eh bien ! mon cher Mauduit, puisque vous ne pouvez rester assis, causons debout !

Dornoy, qui avait mis dans l'invitation toute la cordialité possible, crut s'apercevoir ou s'imagina que le mari avait laissé échapper un petit mouvement nerveux à ces mots très simples, presque caressants: « Mon cher Mauduit... »

Dornoy devenait plus qu'intrigué.

— Venez-vous, me demanda-t-il, me parler de la pièce gaie? le pendant du *High life?*... Entre parenthèses, il a fait six mille deux, hier, le *High life*. Eh bien ! j'ai trouvé, je crois...

Mais Mauduit l'interrompit brusquement :

— Ah ! la pièce gaie ! Il s'agit bien de la pièce gaie ! J'en ai trouvé une autre, moi, une pièce ! Mais pas gaie, non, pas gaie ! Dramatique ! Une pièce dramatique, pour qu'on ne continue pas à me reprocher de pasticher Marivaux. Une pièce très dramatique ! Et c'est sur elle que je viens vous consulter.

— Ah ! il s'agit d'une nouvelle collaboration?

— Parfaitement. Et si le sujet vous plaît, nous le traiterons ensemble.

— Voyons le sujet, dit Dormoy, souriant.

Il se sentait soulagé, délivré d'une inquiétude vague.

— Mon cher, fit Pierre Mauduit, en regardant Dornoy en

face, mais d'un air singulier — ce qui m'importe, avant
tout, c'est le dénouement; bien net, on travaille plus vite
et l'on travaille mieux. Quand Dumas père eut trouvé le
« *Elle me résistait, je l'ai assassinée!* » il avait trouvé
Antony, tout *Antony*. Le drame en question donc, je l'ai, je
l'ai bien, je le tiens; ce qui me manque, c'est le dénouement, ou plutôt la forme du dénouement, et c'est là-dessus
que j'appelle votre attention.

— Je vous écoute, dit Dornoy.

— Vous m'écoutez bien?

— Très bien!

— Ah! c'est que, cette fois, c'est grave! Jugez-en : Mon
drame, je vous le passe. J'ai toutes les données; je vous les
dirai par le menu, si vous voulez; mais je laisse cela de
côté. Où je veux en venir, voilà : C'est toujours l'adultère,
mon drame! Banal, comme la vie; l'éternel trio de la
femme, du mari et de l'amant! Tantôt le mari pardonne,
c'est Sganarelle coiffant le turban d'Otello. Dans mon idée,
le mari tue, et il tue bien. C'est un brave homme, un très
brave homme, qui s'aperçoit un jour que son ami le plus
intime l'a trahi. Vous entendez? Bassement trahi. Il pourrait faire grâce au misérable, mais il en fait justice, précisément parce que c'est un ami, doublement ignoble, par con-
séquent. Et il ne tue pas la femme, qu'il aime et qu'il veut
garder, mon mari; pas si bête; non, il tue l'amant, et il le
tue — voilà la question et la difficulté — il le tue d'une
façon telle que ni le monde, ni même la femme, ne puisse
soupçonner qu'il l'a tué par vengeance ou par jalousie. Com-
prenez-vous?

Tandis que Mauduit parlait, Dornoy ne détachait pas ses
yeux de cette face un peu pâle, à barbe grise, longue, et il
trouvait — il ne s'en était pas aperçu jusqu'alors — que son
collaborateur avait la figure froidement résolue des maris
justiciers des drames de l'Ambigu.

Il n'était plus seulement intrigué, comme tout à l'heure,
il devenait inquiet. Il sentait quelque ironie, quelque péril,
une menace, derrière l'impassibilité de ce masque froid.

Essayant d'ailleurs de sourire, assis à sa table qui le
séparait de Mauduit, toujours debout devant la cheminée,
Dornoy balbutiait des observations vagues.

— Ah ! alors vous voulez ?... Voilà l'idée de votre pièce...
de la nouvelle pièce ?... Une vengeance ?

— Sterling, oui !

— Un gros drame, alors ? Un gros drame ?

— Saignant !... Un mélodrame même, si vous voulez.

— Et, demanda timidement Dornoy, vous ne croyez pas
qu'un dénouement gai aurait plus de chance ?...

— Un dénouement gai ? Quel dénouement gai ? Je vous
dis que je cherche un dénouement terrible. Une tragédie.
Cherchons ensemble. Vous y êtes, dit Mauduit d'un ton qui
parut à Léon plus que bizarre, oui, vous y êtes ,aussi
intéressé que moi !

— Vous tenez au drame, alors, vous tenez absolument
au drame ?

— Absolument. Ah ça ! mais, vous qui êtes jeune, vous
ne suivez donc pas le mouvement ? Vous ne voyez donc pas
que la gaieté est abolie ? Ecrire une pièce gaie, c'est faire
fausse route ! Le *High life* est un hasard. Pièce trop parisienne, ça ne tiendra pas. Hors des fortifications, on ne
comprend plus. Il faut étaler sur les planches tout le pessi-
misme de la vie moderne. Soyons nouveaux ! Soyons navrants !

Et, d'un geste impératif, Pierre Mauduit répéta d'une
voix ardente :

— Soyons navrants !

— Soit, dit Léon en baissant la tête, soyons navrants.

— Le mari donc, reprit Mauduit, est un honnête homme
qui a eu trop de confiance dans son ami.

— Quel âge, le mari ? interrogea Dornoy.

— Le mien, je suppose.

— Et alors... l'ami ?

— Plus jeune, beaucoup plus jeune.

Il semblait à Dornoy que le regard du mari lui demandait : « Votre acte de naissance ? »

Mais Mauduit haussa les épaules.

— La jeunesse n'est pas une excuse. Au contraire. Quand
on est encore jeune, on doit respecter le bonheur des gri-
sons. Toute ma pièce, toute notre pièce est là : un ami qui
trompe son ami est un larron et la dupe a sur lui le droit
qu'on a sur un voleur de coffre-forts !

III

Le pauvre Dornoy cherchait à deviner dans les paroles du mari ce qu'il pouvait y avoir de personnel ou de littéraire, et il ne démêlait pas très bien les intentions de son collaborateur. Mauduit choisissait-il ce prétexte d'un drame à venir pour le souffleter de cette épithète de larron et lui reprocher son infamie ? Y avait-il, dans ce dénouement qu'il fallait chercher, une plaisanterie funèbre ? Cet homme était-il un mari outragé qui savait tout, ou un littérateur agacé qui poursuivait nerveusement une fin de cinquième acte ?

Il était bien troublé, Dornoy, fort mal à l'aise, semblable à un homme perdu dans une tourbière et qui ne sait trop où poser le pied. Si c'était une plaisanterie, il la trouvait macabre ; si c'était un hasard, il le trouvait ironique.

— Peut-être, dit-il doucement, peut-être votre amant... je veux dire l'amant que vous voulez tuer...

— Oh ! tuer d'une façon extraordinaire !

— Oui, c'est convenu... Peut-être... avant de la mériter, cette mort extraordinaire, a-t-il une excuse.

— Qui ?

— Lui... l'amant.

— Et quelle excuse ?

— Je n'en sais rien... La passion...

— On la dompte !

— La coquetterie de la femme...

— Il fallait mettre la coquette à la raison. D'ailleurs, la femme en question n'a pas été coquette. C'est, dans ma pensée — Mauduit semblait appuyer étrangement sur ces mots : *dans ma pensée* — une très honnête femme qui a lutté, prié, souffert.

— Croyez-vous ? fit naïvement Dornoy.

— Dans ma pensée, répéta le mari, dans ma pensée ! Bref ! je cherche, je vous le répète, comment le mari se vengera. Il pourrait, je suppose, faire murer l'ami déloyal dans son appartement...

— Renouvelé de Balzac. C'est bien usé, ce moyen-là, c'est romantique !

— Mais, dit vivement Mauduit en redressant sa tête grise de ligueur, je suis un vieux romantique, moi, et j'en suis fier. D'ailleurs, trouvez-vous le revolver plus naturaliste ?

— Il est plus moderne, dit Léon, conciliant.

— Prenons le revolver. Avez-vous un revolver ici ?

— Moi ?... Non... Et pourquoi un revolver ? balbutia Dornoy, tout blême.

— Pour essayer de mettre la chose en scène, tout simplement. Je mime souvent mon théâtre avant de l'écrire... Pas de revolver, c'est dommage !

Et tout à coup, regardant autour de lui, en quête d'un accessoire tragique, Mauduit eut dans les yeux un éclair de joie.

— Ah ! dit-il, voilà ! Bien !

Et il étendit la main vers le poignard de Zuloaga, qui brillait sur la table de Dornoy, parmi les papiers et les bronzes.

Léon ne doutait plus maintenant, en voyant entre les doigts osseux du mari cette arme exquise, niellée d'or et d'argent, et que Mauduit regardait curieusement comme un bijou.

Le mari avait tiré la lame courte, aiguë, du fourreau d'acier.

— Tiens, dit-il, une inscription... une devise... *Hasta la muerte...*

— C'est de l'espagnol, soupira Dornoy, résigné. Cela veut dire : *Jusqu'à la mort.*

— Cela pourrait servir de titre à la pièce... Oui, je rêve un drame à la Calderon, à la Lope de Vega. Un *Médecin de son honneur,* mais moderne, très moderne.

— Un médecin de son honneur homéopathe, fit Dornoy, pour dire quelque chose.

Mauduit se mit à rire ; mais ce rire parut strident, *voulu,* au jeune homme, et le mari continuait à examiner le petit poignard de Zuloaga avec une attention redoutable.

Dornoy fit encore un effort.

— Voyons, dit-il, êtes-vous bien résolu à finir par un dénouement triste ? Je ne vous demande pas que le mari pardonne... Non... Mais... s'il ignorait... si tout finissait gaiement...

— Vous y tenez, à votre gaieté, vous? Impossible! Le mari ne peut pas ignorer, puisqu'il sait! Je vous dis qu'il veut se venger. Une vengeance féroce, shakspearienne!

— Ah! soupira Dornoy... Molière avait pourtant du bon!... Et Labiche!... Vous oubliez trop Labiche!

— Je n'oublie rien, fit le mari. Rien ni personne. Mais je veux un dénouement qui fasse trembler et courir Paris!

— Courir Paris? Où, courir?...

Et Dornoy, par une sorte de prescience hypnotique, lisait déjà, voyait clairement là, imprimés dans un de ces journaux chiffonnés sur sa table, ces mots inquiétants et tragiques : *L'Affaire de l'avenue Frochot. — Une vengeance de mari!* « Quel drame!... Voilà un drame! »

— Je suppose, dit froidement Mauduit, qu'on trouve, un beau matin, chez lui, l'amant avec un poignard pareil à celui-ci, planté dans le cœur...

— Comme du temps des francs-juges?

— Comme du temps des francs-juges. L'amant avait, au troisième acte, dit à la femme : « *Jusqu'à la mort...* » Au cinquième, le mari répond par : « *Hasta la... hasta...* » Enfin l'inscription espagnole... Qu'est-ce que vous en dites?

— C'est gentil, répond Dornoy, qui voyait la petite arme brunie luire dans la main du mari comme une vipère noire. C'est très gentil. Ce n'est pas précisément folâtre... folâtre...

— Eh bien! conclut brusquement Mauduit, qu'est-ce que vous décidez?

— Moi?

— Oui, quel dénouement choisissez-vous?...

— Il faut réfléchir, dit Léon un peu égaré. Je vous avoue que dans tout cela, je ne vois rien de bien tentant, de bien particulièrement attirant...

— Ah ça! fit Mauduit en s'avançant vers lui, qu'est-ce que vous avez donc?

Il tenait toujours son arme.

— Je n'ai rien, cher ami. Qu'est-ce que vous voulez que j'aie?

— Vous êtes pâle comme un mort.

— Pâle, moi?

— Regardez-vous.

— J'ai mal dormi cette nuit... L'insomnie... les nerfs...

— Vous n'aviez donc pas de chloral ! Je vous enverrai du chloral !

— Non, non, dit vivement Dornoy, ne m'envoyez rien !... je ne prendrai rien !...

Il le prévoyait, ce chloral, ce chloral envoyé par Othello avec adjonction d'acide prussique ! Un dénouement dont Pierre Mauduit n'avait point parlé tout à l'heure.

— En attendant, fit le mari, avalez un cordial quelconque ! Je vous assure que vous n'êtes pas bien. Avez-vous du malaga, ici ?

— Moi ?... Non. Mais, dit Dornoy en montrant la crédence... du xérès, là.

Mauduit avait ouvert le meuble.

— Ah ! dit-il en riant. Du xérès, du moscatel, des biscuits, des fruits glacés !... Je m'explique votre pâleur !... Vous n'êtes pas en veine de collaboration !... Je me trompe, je devrais dire...

Il s'interrompit discrètement, regardant Dornoy d'un air très gai.

Le ligueur, tout à coup, devenait gaulois.

— Eh bien ! cher ami, je reviendrai un autre jour !... Je vous laisse... Non, non, vous n'êtes pas en veine... Je vais piocher seul ce dénouement... Il est difficile... Ce que j'ai trouvé jusqu'ici est assez banal... mais j'en viendrai à bout.

— Ne trouvez pas autre chose, interrompit Dornoy, très vite. Ne cherchez pas, ne cherchez pas !

Pierre Mauduit lui tendait la main.

— Au revoir, Léon !

Cette main, Dornoy hésitait à la prendre. Il la saisit pourtant, et Mauduit la tint, un moment, regardant le jeune homme bien en face, d'un air de compassion douce :

— Je vous assure, Léon, vous avez la fièvre ! Ne collaborez pas trop !

Et il allait partir en riant, lorsqu'il revint, jetant sur la table le petit poignard de Zuloaga.

— J'allais emporter ça, tenez !... *Hasta la muerte !* C'est vrai, vous avez peut-être raison ! C'est trop romantique. Usé, Calderon ! Je vais chercher dans le moderne.

Il disparut, laissant Dornoy presque hagard, la tête un peu perdue. Toute l'émotion contenue se traduisit, éclata, creva comme un ballon trop tendu, dans un *auf!* de délivrance.

— Il ne sait rien!... Il ne sait rien! Il ne sait rien!... Mais quelle séance!

Et le jeune homme se versa et but lentement — ordonnance du mari — un verre de xérès de la Frontera, le xérès préparé pour les chères lèvres de la femme...

IV

Mais, ce même jour, deux lettres différentes partaient de l'avenue Frochot : l'une pour le collaborateur, l'autre pour la collaboratrice.

— Ne comptez plus sur moi, disait Dornoy au mari. Je vous expliquerai ma résolution. J'ai tourné, retourné nos projets. Je renonce au théâtre. Je vais faire du roman !

Et à la femme :

— Je vous dirai tout plus tard, je pars pour l'Italie. Une recherche de documents. Je renonce au roman. Je vais faire de l'histoire.

— Tu ne sais pas, dit Mme Mauduit qui comprit, à Pierre Mauduit qui ne comprenait point une résolution si prompte... je parie que Dornoy va se marier.

— L'imbécile !

Mme Mauduit le regarda :

— Tu es poli, toi !

— Je te demande pardon, dit Mauduit, mais je l'aime, ce Dornoy, et le mariage, vois-tu, Jeanne, le mariage, on l'a dit assez souvent; le mariage, c'est une loterie. Tout le monde ne gagne pas le lot de diamants et le collier de perles, comme moi !

Et il l'embrassa sur le front.

MARGOT

I

Elle ont parfois le regret de leur vie, l'appétit du bonheur vrai, de l'amour honnête, ces amoureuses du luxe qui sont bien souvent les condamnées à la misère. La Courtisane amoureuse ! Eternelle idylle ! Eternel poème trempé de larmes ! Et elle aussi, la plus célèbre des créatures de l'Empire, elle aussi, Margot, comme on l'appelait, eut son heure de souvenir de jeunesse et de repentir, l'heure où l'on retrouve la couronne de communiante de Marie sous la fausse tresse de Marion...

C'était, il y a bien des années, aux heures où il fut de mode pour ces filles folles dont la tête tourne à tous les coups de vent, à tous les coups de cœur, d'aller, aux jours de fêtes, à la Mi-Carême ou au 15 août, visiter les bals en plein vent, ou danser dans les bals de barrières, en costumes de grisette, bonnet de linge et jupon de quatre sous. Margot alors devenait Mimi Pinson pour une soirée et oubliait le clicquot du Moulin Rouge pour le bol de vin chaud de la Boule Noire.

Et précisément, la Marguerite de l'Histoire, de l'Histoire

byzantine de Procope, prise comme les autres de cette nos-
talgie du passé, de cette odeur de la bourbe d'autrefois, que
Mme de Maintenon regrettait en contemplant les carpes dé-
solées de son vivier, Marguerite, accompagnée d'une amie,
se trouvait, un soir de fête carillonnée, attablée devant un
saladier populaire, aux grisantes vapeurs de vin bleu, dans
un bal des boulevards extérieurs, la *Reine Blanche*, en face
de deux beaux garçons, ouvriers endimanchés, qui payaient
une tournée aux deux jolies filles.

La curiosité avait amené la belle blonde et son amie, brunette aujourd'hui disparue dans l'enlizement de la gangue
parisienne. Le duo féminin avait rencontré ces deux camarades, qui leur semblaient plus galants et plus « distingués »
que d'autres, et l'on s'était assis à la même table de bois,
ouvriers et fausses grisettes, et l'on devisait de l'air du
temps.

L'un des deux ouvriers, celui que Margot trouvait le
mieux bâti, garçon de vingt-cinq ans, brun, hâlé, aux mains
assez fines, avec de grands yeux doux à la fois et ardents, ne
quittait point du regard Marguerite, et quand il lui parlait,
lui adressant des questions banales pourtant : « Où travail-
lez-vous ? Vous avez les mains joliment blanches, vous devez
être couturière ! Non ? Fleuriste, alors ? Modiste ? » sa voix,
très mâle, tremblait un peu.

Quand il fallut se séparer, l'ouvrier eut comme un mouvement de vrai chagrin. Quoi ! se quitter ! Était-ce possible ?
Si tôt ? Comme cela ! Et pourquoi ça ?

— Parce que je ne suis pas libre, dit Margot. Je demeure
chez mes parents. Il faut que je rentre. Seulement, dites-
moi où vous demeurez : j'irai vous voir !

Le beau garçon donna son adresse. C'était tout près de la
Reine Blanche, à Montmartre. Une haute maison d'ouvriers
donnant sur la Butte. Et là, sous les toits, Jacques Redon —
c'était à peu près son nom — gravait des dessins sur bois
pour le *Magasin pittoresque* ou l'*Illustration*. Artisan plutôt
qu'artiste. Très pauvre.

La première fois que Marguerite, en costume d'ouvrière,
frappa à la porte, une bonne vieille femme, à l'air souriant,
vint lui ouvrir.

C'était la mère. Elle n'habitait pas avec son fils, vivait à Pierrefitte, en paysanne, chez des parents maraîchers qui prenaient aussi des enfants en sevrage. Le sourire doux de la vieille femme veuve troubla étrangement Marguerite.

La mère lui avait dit, un peu bavarde :

— Est-ce que vous venez réclamer de l'ouvrage de la part de quelqu'un ? C'est que Jacques n'a pas beaucoup travaillé. Il est tout drôle, nerveux, agacé, un peu malade. Tout ça depuis l'autre jour.

L'autre jour, c'était peut-être le jour de fête où le brave garçon avait rencontré la blonde Margot dans un bal du boulevard de Clichy !

II

Jacques parut fou de joie en la revoyant. Oui, c'est en pensant à elle qu'il se sentait ennuyé, préoccupé et tout chose. Ces yeux brillants et bizarres de la belle fille lui trouaient la peau. Il revoyait encore ces lèvres rieuses qui se trempaient, toutes rouges, dans le vin fumant. Il leur restait après comme une auréole ; elle semblait avoir bu du sang ! Et les cheveux blonds, ces masses d'or fauve qui luisaient, là-bas, aux clartés du gaz !

— Comment, c'est vous ?... Ah ! que c'est gentil ! Que vous êtes bonne !

Ils se revirent. Elle venait, furtive, heureuse de s'arracher à la vie de Paris, vers cet humble logis de Montmartre, et elle montait, avec des vivacités de chèvre échappée, au haut de la maison, d'où, par la fenêtre du graveur, à travers les capucines grimpantes et les pots de réséda, on voyait le moulin et l'herbe pelée de la Butte.

Margot, redevenue Marguerite, logea là-haut son idylle pendant deux longs mois. Parfois, on s'éloignait pourtant : Jacques avait des appétits de campagne ; il lui plaisait de se

promener, par les bois, ayant au bras la jolie fille. Elle choi-
sissait les endroits populaires, ceux où, sans danger, elle
pouvait paraître, passer inconnue : on allait à Robinson, on
montait dans l'arbre, on dînait dans les branches, on prenait
un âne et l'on allait du côté de la Vallée aux Loups ou d'Antony, en chantant des chansons au trot de la bête.

Cela l'amusait, Margot. Elle aimait un *peu, beaucoup,
tendrement* — en attendant le *pas du tout* des marguerites
— ce beau gars qui se donnait tout à elle et l'enlaçait de
ses bras puissants.

Un soir, comme elle arrivait chez lui, rue Lepic, elle
le trouva très fiévreux, un peu inquiet, gai aussi.

— Tu ne sais pas ? dit-il. Je t'aime de tout mon cœur, tu es
la vraie femme qu'il me faut. S'il me fallait te quitter, je
crois que je ne me consolerais jamais. Réponds-moi franchement, Marguerite. Veux-tu m'épouser, dis ?

— T'épouser ?

Elle devint toute blanche, et regarda Jacques Redon pour
voir s'il plaisantait.

— Tu m'épouserais ? demanda-t-elle enfin. A quoi penses-
tu ?... Eh bien ! et ta mère ?

— Oh ! j'ai tout dit à maman. Elle sait ce que tu gagnes
par jour avec ton état de brunisseuse. Je lui ai conté ce que
tu m'as confié. Elle consent. La pauvre femme ne veut que
mon bonheur, tu comprends bien !

— T'épouser ? répétait Margot.

Elle n'osait refuser, briser là, déchirer ce roman qui lui
plaisait. Elle balbutia quelque raison banale : elle ne disait
pas non ; certes, être la femme d'un bon garçon comme Jacques, c'était son rêve, mais voilà : il fallait écrire en Normandie, avoir le consentement de ses parents à elle, et faire
venir de là-bas ses papiers.

— Eh bien ! écris tout de suite et fais-les venir ! Ah ! que
je t'aime, va ! Et comme nous serons heureux ! Tu verras !

III

Marguerite sortit de là la tête en feu. Le pauvre garçon ! Si confiant, si aimant ! Jamais elle n'avait rencontré une affection pareille, et comment s'y prendrait-elle pour le détromper ? Bah ! elle laisserait faire le temps ! Elle verrait. En attendant, elle se jetait à lui avec plus de passion encore et de joie.

Lui, se sachant aimé, attendait patiemment. Mais, vrai, le consentement des parents de Normandie n'arrivait pas vite !

Après ça, ils ne le connaissaient point, lui. Ils prenaient des renseignements, peut-être ; ils avaient raison, ces gens.

Un soir, Jacques Redon alla seul à l'Ambigu pour tuer le temps. On jouait *les Beaux Messieurs de Bois-Doré*. Le graveur voulait voir Bocage. Du haut des galeries, dans un entr'acte, il aperçoit un grand mouvement dans la salle. « Qu'est-ce que c'est donc ? » Et Jacques se trouve tout juste placé pour voir un homme qu'on salue et qu'on regarde. Assis, l'air fatigué et l'œil doux, ce nouveau venu contemple la scène attentivement, comme s'il rêvait. Il parle quelquefois à des gens décorés qui l'entourent dans son avant-scène et se penchent alors vers lui, respectueux. Il passe parfois ses doigts sur les bouts de sa moustache, d'un blond gris. Puis, regardant au-dessous de lui l'orchestre, le parterre, une fois il prend une énorme lorgnette et la tient un moment fixée sur la baigno.e d'avant-scène qui se trouve précisément en face de lui et que Jacques Redon, de là-haut, ne voit pas.

Seulement, autour de lui, le graveur entendait dire :

— Tiens ! il lorgne Margot qui est en bas ! Et il n'a même pas l'air très content qu'elle soit là !

— Margot ? demanda Jacques.

— Oui, parbleu! Margot... La favorite, à ce qu'on prétend!... Marguerite!

Pendant un entr'acte, Jacques Redon descendit au parterre, voulant voir plus près l'homme de l'avant-scène qui, l'air triste et las, ne lui faisait pas du tout le mauvais effet qu'il aurait cru, lui républicain, votant pour Pelletan ou Picard — voulant voir aussi peut-être cette Margot dont les bien renseignés parlaient, là-haut, aux galeries!

Le graveur s'approcha de la baignoire; les écrans sont levés. Il ne distingue personne, mais il entend — et le cœur lui saute dans la poitrine — il entend une voix de femme qui, rieuse, jeune, très fraîche, ressemble affreusement à la voix de Marguerite, à la voix qui fredonnait l'autre jour, sur le chemin de Sceaux:

> En allant à Robinson,
> Tous deux gais comme pinson,
> Nous dansâmes!
> Nous chantâmes!

— Drôle de chose, tout de même! Est-ce que c'est possible? Marguerite!... Mais est-ce que le voisin, là-haut, n'a pas dit aussi Marguerite!

Et Jacques Redon, avec plus d'âpreté maintenant, voulait voir. Derrière les écrans soulevés, il n'apercevait rien, ne reconnaissait rien. Alors, il oublia la présence de celui qui était dans la salle et les aventures du vieux marquis de Bois-Doré et du petit Mario qui se déroulaient sur la scène. Il se planta dans les couloirs et il attendit.

Quand la pièce fut finie, la porte de la baignoire, par où l'ouvreuse venait d'apporter sur son bras des tas de voiles de dentelles et de mantelets brodés, s'ouvrit encore brusquement; et, superbe, enveloppée de ses vêtements de satin noir, blonde, pâle, impérieuse, Marguerite parut, oui, oui, Marguerite, la Marguerite de la Reine Blanche, la Marguerite du bol de vin chaud, la Marguerite de la petite mansarde de la rue Lepic.

Jacques Redon fit instinctivement un mouvement pour s'élancer vers elle; mais elle l'aperçut sans doute, et, se retournant brusquement, elle prit, d'un geste bref, le bras d'un grand monsieur à moustaches grises, l'air d'un militaire avec des élégances de chambellan, et, la tête haute, riant toujours, elle passa droite devant l'ouvrier, en lui plantant ses yeux sur les yeux, si franchement que Jacques se recula d'instinct et s'effaça contre la muraille pour laisser passer cet homme et cette femme, se demandant même maintenant : « Est-ce que c'est *elle*? Est-ce que je ne me suis pas trompé? »

— Allons donc! Je l'ai bien reconnue pourtant! Et sa voix, et ses cheveux, et ce regard!... Si, c'est elle!... Tout mon sang me le crie, que c'est elle!

Quand il s'élança pour la retrouver, arrivant enfin dans la foule jusqu'au péristyle du théâtre, Marguerite n'était plus là! Un coupé l'emportait bien loin, Jacques Redon ne savait où.

IV

C'était bien sur sa propre audace que Marguerite avait compté. En le regardant bien en face, elle était certaine que Jacques hésiterait, ne croirait jamais que la brunisseuse Marguerite et Margot, l'espèce de patricienne de l'Ambigu, fussent la même femme. Elle en aurait, du reste, dès demain, le cœur net. Et, le lendemain, quelqu'un frappait à la porte de Jacques Redon.

Le graveur alla ouvrir. C'était, sous son bonnet blanc d'ouvrière et sa jupe d'indienne, la blonde belle fille qu'il avait appelée sa *fiancée*.

Il devint un peu pâle; mais il essaya de sourire.

— Ah! c'est toi? dit-il lentement.

— C'est moi!

— Elle défaisait les brides de son bonnet et le jetait gaiement sur le *bois* que Jacques était en train de graver. Elle n'avait jamais été plus jolie, plus rieuse et plus enviable.

Jacques prit le bonnet et le garda à la main.

Puis, venant à Margot :

— Regarde-moi, dit-il, en lui posant une main sur l'épaule. Est-ce que tu sais, toi qui es une honnête petite ouvrière, gagnant son pain à passer son agate sur des bijoux que d'autres porteront, oui, est-ce que tu sais, réponds-moi, ce que c'est qu'une fille?

— Une fille ?

— Une femme qui ment, qui trompe, qui se vend; une femme qui porte un faux nom et peut-être de faux cheveux, qui ruine les uns et qui tue les autres; est-ce que tu sais ce que c'est que ça? Est-ce que tu en connais, toi, de ces femmes-là?

— Moi ?... Non... Je ne connais pas... Je...

— Ah! tu n'en connais pas? dit le graveur, en prenant dans ses doigts cette belle chevelure d'or qu'il aimait à dénouer et en poussant brusquement Marguerite devant un miroir où elle se vit, effarée et pâle, avec le visage livide de Jacques derrière le sien. — Ah! tu n'en connais pas? Tu ne connais pas de filles de joie?... Eh bien! regarde-toi : en voilà une!

Et, douloureux, blessé au cœur, irrité, implacable, la repoussant vers la porte, lui jetant son bonnet blanc sur l'escalier :

— Et maintenant, cria-t-il, va-t-en! Et adieu, tu entends!... Pour toujours!

Marguerite rentra chez elle, bouleversée et navrée. Elle l'avait aimé, ce Jacques! Elle l'aimait encore! Un beau garçon et un crâne garçon! Elle y pensa, sans le revoir, quelques jours encore; — puis, comme un flot succède au flot, les événements se confondirent dans sa vie; le temps emporte tout, comme la mer emporte l'épave. Elle croyait avoir fait quelque rêve, un voyage cythéréen dans la banlieue.

Pourtant, un beau matin, Margot fut triste. Parmi le tas de lettres, aux enveloppes armoriées, que lui apportait son courrier, elle trouva une humble lettre de faire-part, lithographiée chez une *Association de graveurs*, passage du Caire, et elle lut :

« *Madame veuve Redon a l'honneur de vous faire part du*
« *mariage de Monsieur Jacques Redon, son fils, avec Made-*
« *moiselle Jeanne Gudin.*

« *Et vous prie d'assister à la bénédiction nuptiale qui leur*
« *sera donnée, le samedi 30 juin, à midi précis, en l'église de*
« *Belleville.* »

C'était le 7 juillet que Margot recevait cette lettre, le ci-
gît de l'humble et exquise idylle de sa vie.

— Le 7 juillet!... Nous sommes le 14!...

Jacques était marié depuis une semaine.

Et, piqué par une épingle au papier de la lettre de faire-
part, Marguerite trouvait, avec l'annonce du mariage, un
vieux bouquet fané, un bouquet de deux sous, que Jacques
lui avait acheté, un an auparavant,

En allant à Robinson,
Tous deux gais comme pinson !...

EL GATO

I

Plaza de toros! Les trois mots espagnols éclataient en lettres rouges sur une large bande jaune — couleur du drapeau castillan — au fronton d'une sorte d'arc de triomphe en planches formant l'entrée d'une avenue qui conduisait à l'entrée du cirque. Un cirque espagnol improvisé, en plein Paris, sur un terrain vague, du côté des fortifications, presque en pleine campagne abandonnée. *Plaza de toros!* Et ces trois mots étaient répétés sur des affiches polychromes accrochées à des mâts où flottaient des banderolles ornées des mêmes lettres : *Plaza de toros*. On voyait, sur ces affiches, des images criardes de toreros en costumes clairs, dorés ou brodés, posant des banderilles au cou de taureaux énormes on les menaçant de leurs épées, derrière quelque muleta d'un rouge sang. Au milieu se détachait, imprimé en lettres capitales, un nom sonore et court attirant le regard comme celui d'un ténor illustre sur une affiche de concert : *El Gato.*

Et l'affiche énumérait encore les titres de gloire de l'*espada* célèbre qui amenait d'Espagne sa cuadrilla, ses banderilleros, ses picadores, ses chulos, pour inaugurer la *Plaza de toros* bâtie en hâte, si loin de tout, sur la terre pelée d'une banlieue, dans un coin solitaire de Neuilly.

El Gato, c'était — disait l'affiche — le rival heureux des plus fameux toreros, l'élève et le continuateur du Tato, le représentant le plus accrédité, par delà les monts, de l'école classique des Montès et des Cucharès. Et c'était au prix des plus grands sacrifices que la *Plaza de toros franco-espagnole* de Neuilly avait pu décider une célébrité aussi éclatante à venir en France. Mais l'arrivée d'*El Gato* allait être un événement parisien et rejeter dans l'ombre les courses déjà délaissées de la rue de la Fédération, de Paris-Madrid et même les réunions éclatantes de la rue Pergolèse.

L'impresario, M. Martineau, ancien voyageur de commerce, ancien directeur des Folies-Belleville, ancien administrateur de *Paris-Brillant*, Journal des Cercles et des Jeux, ancien rédacteur en chef de l'*Etoile Internationale*, organe des intérêts français au Paraguay, M. J.-J. Martineau, de Perpignan, s'était chargé de lancer l'affaire. C'est lui qui avait réuni les capitaux, battu le rappel des actionnaires, drainé les souscriptions, acheté le terrain, éperonné les architectes, activé les travaux; lui qui, dans le fond de l'Espagne, en un cirque d'Andalousie, avait découvert, endoctriné et engagé la cuadrilla d'*El Gato*, pauvre diable de torero courant les provinces et vivant de hasards, tandis que les illustres, plus chanceux que lui, mais non plus braves, *travaillaient* dans les *plazas* de Madrid ou de Séville.

Ah! la verve méridionale qu'avait déployée M. Martineau pour séduire le torero et l'amener à signer un engagement pour Paris! Paris, *El Gato* y songeait-il bien? Débuter à Paris, dédier la mort d'un taureau à Paris, aux Parisiens, aux Parisiennes, voir son nom, ce nom d'*El Gato*, imprimé, loué par tous les journaux de Paris!... Et quand? en quelle année? Dans cette année d'Exposition où ce Paris attirait, comme un aimant, toutes les curiosités, tous les appétits, grisait du désir de s'agiter et de vivre l'univers entier! « Comment, lui, *El Gato*, à son âge — trente-trois ans — il ne connaissait point Paris, il n'avait pas vu la France? Un paradis, ce Paris! Une mine d'or! Et des plaisirs! Et des bravos! Et des fêtes!... » L'argent que J.-J. Martineau faisait reluire aux yeux d'*El Gato* semblait tinter dans les discours de l'impresario comme les castagnettes claires aux doigts rapides des gitanas.

Et, au seuil du cabaret andalou où Martineau lui parlait des féeries parisiennes, le torero buvait toutes ces promesses en regardant machinalement le verre d'*orchata* qu'il ne touchait pas, comme pour y deviner, y déchiffrer l'avenir...

Il n'avait pas été long, tout d'abord, à sortir de terre, le cirque franco-espagnol ! Gradins, loges, galeries — tout en bois — avec des trophées de drapeaux espagnols mariés aux couleurs françaises, la *Plaza*, en quelques semaines, avait surgi, poussé comme une fleur de tournesol gigantesque sur le terrain crayeux encombré de tessons et de gravats. Puis, les affiches avaient annoncé l'ouverture, les journaux publié des notes sur l'arrivée d'*El Gato*, sur les antécédents de M. J.-J. Martineau, « l'habile directeur, le sympathique impresario ». Ils donnaient les renseignements précis sur les taureaux que, cette fois, les Parisiens allaient voir : des taureaux furieux, sortis des *ganaderias* les plus célèbres... L'ouverture de la *Plaza de toros franco-espagnole* serait évidemment l'une des *attractions* de l'été.

Puis, voilà qu'il s'avançait, l'été ! Il allait finir ! Les jours passaient, devenant plus courts, et la *Plaza de toros*, qui semblait achevée, n'ouvrait pas encore. Les menuisiers avaient assez rapidement élevé le cirque, les peintres mettaient moins d'empressement à le décorer. On disait, aux environs, que les entrepreneurs montraient les dents, demandaient de gros acomptes. Et déjà, les soirs plus rapides faisaient souffler dans les drapeaux un peu déteints des brises plus fraîches. Septembre était venu. Septembre ! Et la *Plaza de toros* restait vide, attendant toujours l'inauguration, avec ses premières affiches à demi déchirées :

« *Véritables courses de taureaux. Ne pas confondre avec les arènes rivales.* »

On ne confondait pas, puisqu'on ne venait point. M. Martineau n'en faisait pas moins des prodiges, redoublant d'activité, poussant les actionnaires à de nouveaux sacrifices, promettant aux fournisseurs toute la recette, la recette intégrale de l'ouverture, recette qui serait colossale ; haussant les épaules devant les objections, redonnant du cœur à tout le monde.

— Je me charge d'obtenir qu'on tue le taureau ! Oui. Et si on tue, le taureau, c'est la poule aux œufs d'or... et une poule vivante !

M. Martineau riait, secouant sa longue chevelure d'un noir bleu sur son visage barbu, charbonneux.

— Ah ! quand les Parisiens verront *El Gato* ! *El Gato* fera fureur comme la Patti !... C'est une fortune, *El Gato*, une fortune !

On lui réclamait le paiement des fournitures.

— Plus tard. Laissez-moi ouvrir. Vous verrez *El Gato* !

Les actionnaires trouvaient que les semaines filaient vite. On n'ouvre pas un cirque en plein air aux jours d'automne.

— Ne craignez rien, *El Gato* nous fera rattraper le temps perdu. Attendez *El Gato* !

Et El Gato lui-même se demandant ce que devenait son engagement — aux lettres un peu étonnées du torero impatient de venir de là-bas, M. Martineau répondait par des dépêches rassurantes :

— Soyez tranquille. On vous bâtit un cirque digne de vous.

— Mais l'été s'achève. Mais on me propose un engagement pour Barcelone. Ma cuadrilla attend. Nous devions débuter à Paris au mois d'août.

— Deux courses nous rattraperont. Vous aurez cinquante pour cent sur la recette. Une fortune !

— Et s'il n'y a pas de recette ?

— Comment voulez-vous ?...

J.-J. Martineau, avec sa foi robuste de remueur de montagnes, donnait confiance aux plus timides. Les fournisseurs fournissaient et le Gato attendait, dans son Espagne, le télégramme qui devait lui dire : *Venez !*

Paris apprit enfin que le cirque franco-espagnol allait ouvrir. Martineau annonçait l'« ouverture » pour le dernier dimanche de septembre, le 29, autant valait le premier jour d'octobre. Mais du moins annonçait-il bien — à grand fracas — cet événement qui devait faire courir tout Paris. Le titre de la *Plaza* et le nom du torero s'étalaient hardiment sur les placards multicolores :

« *Plus de Pyrénées. Ouverture de la Plaza de toros franco-espagnole. Débuts d'El Gato, le vaillant matador. Présentation des races de taureaux les plus farouches. Tout taureau qui ne se prêtera pas aux exercices sera immédiatement remplacé par un autre. Douze lignes d'omnibus et soixante-douze trains du chemin de fer de ceinture desservant la Plaza et la faisant communiquer au cœur même de Paris.* »

Et elle s'ouvrait, la *Gran Plaza* de Neuilly, elle s'ouvrait solennellement et l'impresario avait largement envoyé un *service* à la presse ; mais elle s'ouvrait sur le vide désolé de la banlieue, par un triste jour trempé de pluie, un vent froid agitant au-dessus de l'arène les drapeaux qui claquaient sous le ciel gris, comme des torchons mouillés.

Au dernier moment, M. Martineau avait hésité, interrogeant le ciel, se demandant si la prudence ne commandait pas une remise à huitaine. Mais quoi ! toujours reculer, toujours attendre ! « Le sort en est jeté ! » La presse, d'ailleurs, la presse allait venir, et l'ancien rédacteur en chef de *Paris-Brillant* savait qu'il ne faut jamais en vain déranger la presse.

Superbe, cravaté de blanc, vêtu du frac de cérémonie, J.-J. Martineau allait, son chapeau-claque à la main, de galerie en galerie, à travers les gradins de bois du cirque inachevé. On ouvrait à deux heures et les marteaux des menuisiers clouaient encore, à midi, des planches mal jointes.

— Allons, allons, un effort ! Un peu de zèle !... Vous aurez un pourboire, mes enfants ! un bon pourboire !... Enlevez-moi ça !

Et comme les ouvriers, occupés là depuis le lever du jour, parlaient de déjeuner, l'estomac tiraillé :

— Badinez-vous ? disait de sa voix de clairon M. Martineau. Est-ce qu'on déjeune, un jour d'ouverture ?... Hâtons-nous, hâtons-nous... Paris s'habille pour venir !

M. Martineau remplissait de son exubérance le grand cirque désert où les portes des loges restaient encore debout le long des couloirs, attendant leurs gonds et leurs ser-

rures. Il ne voyait rien, ne voulait rien voir, de l'aspect
provisoire, vide et nu de ces gradins mouillés de pluie. Il
levait la tête, fièrement, bravait du regard les gros nuages
spongieux qui roulaient là-haut, chargés de menaces ; et,
haussant les épaules, avec son aplomb de Méridional, il
riait :

— Magnifique ! Inespéré !... Après le coup de midi on
n'aura pas plus de pluie que sur ma main !... Ce sera le
soleil d'Austerlitz !

Les taureaux attendaient, dans un toril improvisé, pauvres bêtes fatiguées et mornes, expédiées depuis plusieurs
jours par petite vitesse. J.-J. Martineau, *ubiquiste,* comme
il disait, allait aussi leur jeter un regard.

Il y en avait trois, tristes et las, couchés à terre et qui
regardaient devant eux de leurs gros yeux calmes. Un bou-
vier les surveillait, maigre gars au teint d'amadou, qui
parlait un peu le français et fumait sa cigarette.

— Terribles, ils sont terribles ! claironnait Martineau qui
se tenait au seuil du toril en laissant prudemment la porte
entr'ouverte, prêt à la refermer bien vite.

Et, levant le front :

— Ça va être superbe !... Superbe !... Ce front solide, ces
cornes, malgré leur garniture de cuir, c'est effrayant...
effrayant... Je crois que nous ferons frissonner notre monde !

Le petit homme à la peau jaune répondit, entre deux
bouffées de papelito :

— Faire frissonner ?... Difficile... avec ces vaches !

Puis, comme J.-J. Martineau faisait un mouvement :

— Oh ! vous pouvez bien entrer... Rien à craindre !...
Embolés d'abord.. éreintés ensuite !...

— Surtout ne dites pas cela, ne dites pas cela aux spectateurs ! fit l'impresario vivement.

L'Espagnol haussa les épaules, tira encore une bouffée de
sa cigarette et répondit :

— Ils le verront bien !

J.-J. Martineau trouvait que ces natures un peu frustes
n'avaient aucun sentiment de la mise en scène. Un Américain, jamais un Américain n'eût dit, même à son directeur,
ce que venait de proférer là ce garçon : « Ils le verront
bien ! » Eh ! non, ils ne le verraient pas ! Et d'ailleurs, tout

l'art du montreur de spectacles, dramaturge ou barnum, ne
consiste-t-il pas à faire voir à la foule autre chose que ce qui
existe ?

— Ils le verront bien !... Quelle idée !... Naïfs, ces Espagnols, naïfs !...

Et les minutes passaient, l'heure arrivait de l'*ouverture*,
pendant que Martineau allait, venait, surveillait, encou-
rageait, plaçait son monde, comme un général ses soldats,
un jour de bataille. Les ouvreuses ? Présentes ; toutes en
uniforme. Robes noires, bonnets à rubans rouges et jaunes,
couleurs de Castille. Bien ! Les contrôleurs ? Cravatés de
blanc, corrects. Excellent. Les garçons de buffet ? Très con-
venables. Et la cuadrilla ?

La cuadrilla arriverait, tout à l'heure, au moment même
de l'ouverture. Pour le moment, la cuadrilla parcourait
Paris, longeait les boulevards, l'avenue de l'Opéra, la rue
de Rivoli, promenée dans une tapissière où se lisaient, sur
une bande de toile, comme à l'entrée même du cirque, les
trois mots espagnols : *Plaza de toros!* Une tapissière déco-
rée de drapeaux, une tapissière conduite sous le fouet de
postillons aux cheveux poudrés, par des chevaux caparaçonnés comme des mules, les grelots tintant, emplissant les
rues de leurs sonnailles. Une tapissière-annonce, chargée de
la cuadrilla d'El Gato, les toreros pressés les uns contre
les autres, en costumes de parade, bleus, jaunes, roses,
avec leurs vestes brodées de paillons et leurs capes de soie !
Invention de J.-J. Martineau, cette promenade en tapissière,
cette réclame ambulante, cette annonce cahotée du nouveau
cirque, cette exhibition du matador et de ses gens qui, étonnés
et les yeux écarquillés, se disaient, en voyant les rues suc-
céder aux rues, les avenues aux avenues, les boulevards aux
boulevards, qu'il y avait loin, bien loin, de leur petit hôtel
de l'avenue de Neuilly à la *Plaza de toros* et qu'il était bien
grand, bien grand, ce grand Paris mystérieux où, la veille,
ils débarquaient, inconnus !

— Deux heures !

M. Martineau tirait sa montre et répétait résolument,
comme un chef d'armée à l'heure de l'assaut :

— Deux heures ! .

Le clair soleil, le soleil des victoires, le soleil d'Auster-

litz, ne se levait pas; les nuages couraient toujours, éperdus, gorgés de pluie... Qu'importe! M. Martineau relevait
encore la tête en redisant:

— Deux heures!

Il eut un éclair d'orgueil dans les yeux quand arriva le
premier spectateur, le premier, un petit bourgeois de
Neuilly, qui paya sa place au contrôle.

Peu à peu, sur les gradins en sapin du cirque, sur ces
bancs de bois tout neufs, d'autres spectateurs apparaissaient,
comme des points noirs sur une étendue jaune. Les loges
avaient aussi des occupants. Clairsemés, très rares. Dans la
Plaza, seuls les musiciens de l'orchestre étaient un peu tas-
sés, joueurs de cornet et d'ophicléide, qui, la veille, accom-
pagnaient les quadrilles de bals populaires, aux boulevards
extérieurs, et que Martineau avait coiffés de sombreros an-
dalous, pour donner à tout son personnel une couleur locale.

Partout, au pourtour, à la porte des loges, à l'entrée du
toril, M. Martineau apparaissait d'ailleurs, montrait presque
en même temps sa barbe noire, jetait un coup d'œil, avec
sa terrible faculté d'ubiquité et un ton de tapage, comme s'il
eût voulu remplacer, par le mouvement et le bruit de sa
personne, les clameurs de la foule absente.

On n'entendait que lui.

— Allons, allons, du zèle!... Le public arrive!... Attention, voici la presse!...

La presse, c'était quelque reporter, attiré dans ces parages
par l'espoir de l'inédit, et qui, debout dans une loge, regardait le vide inquiétant du cirque, écoutait, d'un air narquois,
les coups de marteau des menuisiers qui clouaient, çà et là,
des planches dans la *Plaza* inachevée.

Le public, c'était les gamins des alentours, montés aux
petites places, ou de bons bourgeois regrettant les Indiens
Pawnies du cirque voisin, avec leurs plumes dans le dos,
pareilles à des ailes multicolores.

— Allons, les musiciens, l'ouverture!

M. Martineau espérait que cette musique, montant dans
l'air avec des sons de cuivre, attirerait les passants, signa-
lerait, de son bruit de fête, la *Plaza de toros* aux curieux
des environs. D'ailleurs, puisqu'on ouvrait, il fallait bien
ouvrir, ouvrir vraiment!

— Il y a si peu de monde, monsieur, disait le régisseur.

M. Martineau avait un régisseur, un régisseur unique, qu'il appelait le *régisseur en chef!*

Et le régisseur en chef promenait sur les gradins déserts, les stalles béantes, les loges inoccupées, un regard mélancolique.

— Le public vient quand on entame le spectacle, comme les convives en retard arrivent lorsqu'on se met à table, dit M. Martineau. Les toreros sont-ils là?

— La tapissière vient d'arriver, monsieur le directeur.

— Ont-ils l'air content?

— Ils ont l'air fatigué.

— Le premier bravo le leur enlèvera, cet air-là!... Si j'avais su, je leur aurais fait préparer des bouquets!... Puisque la cuadrilla est ici, plus d'hésitation. Ouvrons!

Et M. Martineau — un peu étonné de tant de stalles vides — prit place dans la loge, drapée de couleurs tricolores, du président de la course. Il s'assit gravement, promena sur le cirque désert son coup d'œil rapide, souleva son chapeau, salua les rares spectateurs qui représentaient la foule, et attendit. Il attendit l'entrée de la cuadrilla, le défilé des toreros, l'arrivée d'El Gato, tandis que l'orchestre, comme un peu enroué par le temps humide, attaquait désespérément l'ouverture de *Carmen*.

II

Pendant le long voyage de Puerto-Santa-Maria à Paris, Ramon Lopez en avait bâti et rebâti, non pas des châteaux en Espagne, mais des castels en France! Le cœur lui avait sauté plus que jamais en sa vie, lorsqu'il était monté en wagon dans la petite gare de la jolie ville, avec ses picadores et ses chulos.

— *Viajeres, al tren!*

Au train, les voyageurs! Il avait semblé à Ramon Lopez qu'il s'embarquait pour la terre promise!... Enfin! enfin, il allait donc montrer à un grand public, au public de ce grand Paris, ce qu'il pouvait faire, lui, El Gato, qui, jusqu'ici, n'avait pu montrer son audace que dans les petits cirques des provinces, tandis que d'autres, ayant reçu l'investiture de l'*alternative*, pouvaient tuer le taureau à Madrid, à Séville, à Saint-Sébastien, dans les grands jours!

Jusqu'à présent, il n'avait pas eu de chance, Ramon Lopez! A trente-trois ans, âge critique pour un torero tenu d'enlever la gloire à la force du jarret et du poignet, El Gato désespérait de faire jamais partie de ceux que la *Lidia*, le journal spécial madrilène, appelait les *étoiles de la tauromachie*. Il végétait, courant les Espagnes, rêvant d'aller, par delà les mers, tenter la fortune à Montevideo, à Buenos-Ayres. D'ailleurs, risquant hardiment sa peau dans chaque course, avide du péril qui donne la renommée, le corps déjà couturé de blessures et la joue gauche tailladée d'une cicatrice, coup de corne d'un taureau, coupant la face du torero comme une balafre de soldat.

On l'avait surnommé *le Chat, El Gato*, pour sa rapidité, la grâce féline de son petit corps maigre et souple, ses bonds légers et imprévus, tout ce qu'il y avait, dans son jeu, de vif, de nerveux, d'enveloppant, de subtil. *El Gato!* pourquoi ce nom n'était-il pas, dans les propos des *aficionados*, sur les lèvres souriantes des femmes, aussi répété que ceux du Tatos, de Lagartijo ou de Frascuelo? La fortune a de ces ironies et la gloire est injuste souvent. Le torero ignoré avait plus d'une fois, dans quelque petite *plaza* de province, au au milieu d'un cirque de *novillos*, donné des coups d'épée qui valaient les plus fameux. Mais qui les avait vus? Des amateurs de petites villes, des paysans, des foules anonymes qui savaient applaudir, mais ne donnaient pas la renommée.

Ramon Lopez attendait. Il était un peu fataliste, comme si du sang arabe eût coulé dans ses membres secs. En un jour, en une heure, cette gloire poursuivie, il pouvait l'atteindre! Il l'avait rêvée si belle, tapageuse, lumineuse, lorsqu'il abandonnait l'atelier, la fabrique d'armes de Tolède, pour applaudir les toreros, leur demander des leçons, et les

suivre des yeux, les voir partir, couverts de fleurs, après la
corrida !

En travaillant aux merveilles d'art des épées tolédanes,
l'ouvrier, à demi artiste, sentait les poignées des armes lui
brûler les doigts. Les poignards de Zuloaga qu'il incrustait
d'or lui donnaient des frémissements, tressaillaient eux-
mêmes comme le *cachete* aux mains du *cachetero*. Son labeur
l'entraînait aux visions de fièvre. Il rêvait l'existence libre
de ces beaux garçons aux vestes de soie qui passaient, aux
jours de courses, dans des clameurs, des fanfares, du soleil
et des baisers !

Son père mort, sa mère morte, Ramon Lopez était maître
de sa vie. Et d'ailleurs, pour tout Espagnol, l'état de torero
est un état noble. Le torero est d'épée, comme le soldat. Ils
sont un peu roi de la vieille Espagne, ces braves gens qui
risquent leur vie pour un coup d'orgueil et un coup d'éven-
tail. L'armurier tolédan laissa là, un beau jour, ses armes
vieillies, et, hardi ! à la garde du sort, chercha l'aventure et
courut la chimère.

Il y avait dix ans de cela déjà. Dix ans de hasards, de
succès, traverses bizarres, d'existence picaresque, de succès
sans lendemains et de beaux songes coupés de misères. Dix
ans qui avaient passé avec une rapidité d'éclair, dix ans qui
ne laissaient, lorsque le pauvre Gato établissait le bilan de sa
vie, rien que des souvenirs assez amers et la déception des
espoirs crevés. Des amours et pas d'amour, des bravos pas-
sagers et point de nom, des sommes touchées par hasard et
gaspillées par habitude, et, pour parer aux mauvaises for-
tunes, rien, au total : la bourse vide.

Baste ! A Ramon Lopez il restait toujours l'espérance. Il
ne pouvait renoncer à cette idée que l'art des Montès et de
Pepe Hillo aurait en lui un dévot célèbre, et il attendait, il
attendait encore, il attendait toujours, errant et balloté, pareil à un héros des vieux contes d'Espagne, avec sa veste
rose, à paillons d'argent, et son épée à poignée de cuir
rouge.

— Et voilà ce que j'attendais ! s'était dit El Gato, lorsque M. J.-J. Martineau lui avait proposé le voyage de Paris.
Vive la fortune ! Elle arrive trop tard, mais elle vient !

Pas un de ses compagnons, chulos et banderilleros qu'il

emmenait, n'avait vu la France. Ils éprouvèrent tous, en
chemin, la fièvre que ressentait El Gato, Paris, ce Paris
vers lequel ils roulaient les fascinait. Il y avait pour eux
comme un foyer de lumière au bout de leur voyage. Et le
train sifflait, courait sur les rails, les emportant vers la
Plaza franco-espagnole de Neuilly, un cirque, avait écrit
M. Martineau, auprès duquel tous les cirques d'Andalousie
et de Castille n'étaient que des jouets d'enfants, un cirque
modèle, un cirque qui allait soulever à la fois l'admiration
de Paris et la jalousie de l'Espagne. Oui, tout cela, Martineau l'avait écrit, et le Gato, sachant à peine quelques mots
de français, prenait et reprenait la lettre de l'impresario
qu'il s'était fait traduire, et l'apprenait par cœur, comme
les amoureux leurs billets d'amour.

Ils arrivaient enfin ! Ils trouvaient, à la gare d'Orléans,
M. Martineau, toujours tonitruant et gai, qui leur serrait
les mains, les eût embrassés au besoin et les faisait monter,
les pressant, les tassant dans un omnibus. Ils se souvenaient
vaguement d'avoir traversé un pont, peut-être deux,
aperçu, çà et là, des clochers par-dessus les maisons, vu de
grandes rues avec de pauvres arbres grêles — les boulevards sans doute — puis d'autres rues, d'autres rues encore,
avec des enseignes, de grandes lettres d'or, des magasins,
des cafés, et on les avait débarqués dans un petit hôtel
borgne, avenue de Neuilly, un hôtel où M. Martineau avait
retenu leurs chambres, et qui leur donna froid aux os quand
ils y entrèrent. Maison triste, couloirs étroits, logis lugubre.
On étouffait donc à Paris ?

Et quelque désolant que fût l'hôtel, les Espagnols
n'éprouvaient pas l'envie d'en sortir. Ils se reposaient, harassés, afin d'être plus dispos pour la course du lendemain.
José Tinco, le *sobresaliente*, se sentait un peu souffrant.

— Diable, José mió, disait El Gato, ne sois pas malade
demain ! C'est le grand jour !

Il voulait aller voir, étudier le cirque, l'immense *Plaza*
avant la course, mais M. Martineau le détourna de cette
idée. Il fallait avoir la surprise de l'édifice.

— Attendez. C'est ma coquetterie, à moi !...

Et Ramon Lopez avait attendu. Mais lorsque après la longue promenade, l'exhibition de la cuadrilla dans la tapis-

sière-annonce, l'étalage des costumes par les rues, le Gato et sa cuadrilla arrivèrent devant la baraque de Neuilly, les pauvres gens s'entre-regardèrent de leurs yeux sombres, et le Gato, le cœur serré, se demanda si c'était bien là qu'on le menait pour courir.

Oui, là ! C'était bien là ! Un terrain boueux, un cirque inachevé, des drapeaux mouillés, et pour public — quelques malheureux grelottant dans l'immense carcasse d'un cirque en planches.

La musique jouait, ses cuivres enroués hurlant l'*Hymne de Riego*, et, sans se dire un mot, sans même hocher la tête, rien qu'en échangeant leurs regards, les toreros venus de si loin se demandaient : — Où sommes-nous ?

J.-J. Martineau, du reste, avait deviné l'impression que devait faire aux toreros la *Gran Plaza* de Neuilly. Il arrivait bien vite, comme un tourbillon, poussait des : « Allons, allons, tout va bien ! » se frottait les mains et après avoir donné, comme il disait, du cœur au ventre à ses Espagnols, il remontait vivement à sa loge présidentielle pour donner confiance aux Parisiens.

Les Parisiens commençaient d'ailleurs à réclamer l'ouverture de la course. Ils s'impatientaient à toujours écouter les airs castillans joués par l'orchestre essoufflé des musiciens en sombreros. Des gamins réclamaient *la toile !* — Et M. Martineau, comptant les spectateurs clairsemés sur les gradins, supputait la recette qu'on avait bien pu réaliser, avec le *service* de presse. Elle était navrante.

— On gagnerait à rendre l'argent ! songeait l'impresario.

Le traité signé avec El Gato portait, en effet, que la cuadrilla serait payée non point par mois, mais par représentation. Le jour où la course n'aurait pas lieu, les appointements des toreros seraient reportés sur la course suivante.

— Eh ! eh ! pensait Martineau, la course pourrait bien ne pas avoir lieu !

Les quelques spectateurs arrivés commençant à se fâcher, il fallut bien pourtant s'exécuter et, du geste d'un général en chef commandant l'assaut, M. Martineau fit signe à la musique d'attaquer la marche du défilé.

Ah ! ce défilé ! Ce défilé de pauvres gens en costumes

clairs, soyeux, pailletés, ce défilé dans le sable humide, cette entrée de la cuadrilla en bas de soie, en escarpins, dans ce sol défoncé, cette exhibition de l'espada, des bande-rilleros, les picadores à cheval sur des rosses étiques, leurs lances droites comme celle de don Quichotte errant à travers monts, l'apparition de ces vestes roses, jaunes, blanc d'argent, sous ce triste ciel chargé de pluie, comme cela parut étrange et morne et comme les quelques bravos partis des gradins rendaient encore plus navrante cette sorte de mascarade héroï-comique !

Ils se redressaient pourtant, les toreros, sous leurs capes serrées autour de leur corps ; ils marchaient fièrement avec leur dandinement élégant, leur pas alerte ; ils traversaient l'arène pour aller saluer le président de la course et, d'un geste charmant, chevaleresque, ils ôtaient leurs sombreros devant J.-J. Martineau debout et rendant leur salut.

Mais une sorte de mélancolie noire planait sur la cuadrilla et, le défilé achevé, Ramon Lopez se sentit envahi d'une tristesse amère et comme secoué par une envie désespérée de pleurer.

Il s'assit, avant l'entrée du taureau, sur le banc de bois qui faisait le tour du cirque, et là, le pauvre Gato, de ses yeux noirs, tout tristes, il regarda ces gradins déserts, ces loges nues, les trous béants de ces galeries inoccupées, et, sous le ciel bas, sous la pluie froide, ces drapeaux aux armes d'Espagne qui pendaient le long des hampes et cla-quaient tour à tour, dans le vent, comme des torchons mouillés.

Une mélancolie noire lui entrait au cœur, lui montait à la gorge comme une nausée.

Dans les plus petits cirques d'Espagne, avec la lumière et le soleil, il n'avait jamais éprouvé la sensation de tris-tesse morne qui se *dégageait* de cette *plaza* en planches, de ce baraquement inachevé et déjà délabré.

Il se demandait s'il n'était point bafoué par quelque cau-chemar, s'il se trouvait vraiment à Paris, si cette espèce de cirque forain était bien le fameux établissement dont J.-J. Martineau, la langue dorée, lui parlait, là-bas !...

Et à la tristesse qui le poignait, le froid maintenant venait se joindre, le froid malsain des jours humides.

Le torero sentait comme un frisson de fièvre le gagner, et il enroulait autour de ses reins, sur les broderies de sa poitrine, sa vieille cape de soie rose, tout en mordillant machinalement une cigarette éteinte...

Paris! Un cirque à Paris! C'était cela? C'était cet amas de planches et c'était ces loges aux portes sans serrures que le vent faisait battre lugubrement en s'y engouffrant avec des plaintes, laissant voir, comme par de vastes lucarnes, le vide, le ciel bas, l'horizon rayé de pluie...

Car la pluie venait maintenant. Elle accourait, de là-bas, du lointain, fine, glacée, comme poussée par un vent mauvais...

Sur les gradins, les quelques spectateurs ouvrirent rapidement des parapluies, et, tout à coup, J.-J. Martineau eut une idée:

— Il pleut! Pas de représentation!

Se redressant alors, faisant signe à la musique de se taire, il jeta brusquement un: «Messieurs!» qui fit tourner vers lui toutes les têtes.

Puis, répétant son appel:

— Messieurs, dit, de sa voix de cuivre, l'impresario, en se penchant sur l'appui de sa loge, comme un orateur sur le rebord de la tribune, — messieurs, vu le mauvais temps, la course qui devait avoir lieu aujourd'hui est remise à jeudi prochain. Une affiche ultérieure en dira le programme chargé d'attractions diverses.

Il eût pu se dispenser de ces dernières promesses, M. Martineau. La fin de son annonce, couverte de protestations, sifflée, huée, ne fut pas entendue.

— Non! non, pas de remise!

— Aujourd'hui!

— La course!

— Nous sommes venus de trop loin, nous ne partirons pas!

— La course!

— Les taureaux!

— La musique!

Toutes ces exclamations partaient droit vers J.-J. Martineau, avec des cris de colère, des ricanements, presque des menaces, et des poings fermés. La perspective d'un retour à

Paris, sous la pluie battante, exaspérait ces rares spectateurs
venus à Neuilly sur la foi des affiches.

— Messieurs, répétait l'impresario, la règle est formelle :
Si le temps le permet! Or, que voulez-vous? Le temps ne le
permet pas !

— Si! si !

— La course !

— Les taureaux !

— A la porte l'orateur !

— A bas l'administration !

El Gato, impassible, comme indifférent, regardait les
spectateurs, debout, furieux, écoutait ces clameurs qu'il ne
comprenait pas, et il lui semblait toujours que c'était quelque chose de falot, d'irréel, un cauchemar, une vision de
rêve...

Autour de lui, ses camarades, mouillés de pluie, envelop-
pés dans leurs manteaux, restaient immobiles aussi, le
regardant de temps à autre, comme pour deviner ce que
pensait le chef de cuadrilla.

Les picadores, debout sur leurs chevaux, caparaçonnés de
lourds plastrons de cuir, se tenaient, la lance droite, comme
des paladins montés sur des rossinantes...

M. Martineau les regarda et, d'un geste, fit signe de
rentrer. Ils hésitaient. L'impresario répéta le geste. Au
toril! A l'écurie ! La course, aujourd'hui, n'aurait pas lieu.

Et lentement, comme résignés, les deux cavaliers prirent
le chemin de l'écurie, dont on leur ouvrait l'entrée...
M. Martineau, satisfait, vit leurs hautes silhouettes disparaître dans le large couloir, et il pouvait se dire que, pour
ce jour-là, du moins — et le jeu de mots lui sautait à l'esprit et l'amusait — les frais ne courraient pas plus que les
toreros. Mais il avait compté sans la révolte du public, de
ce public à qui l'on montrait, pour les lui confisquer aussitôt, les costumes clairs des banderilleros, les lances des
cavaliers et le Gato, ce Gato, qui, tout à l'heure, marchait
fièrement avec ses escarpins et ses bas de soie rose dans le
sable boueux du cirque.

Il protesta violemment contre la rentrée des picadores, le
public. Il voulait les revoir, il voulait voir la course. Il était
venu, il ne s'en irait pas.

— La course ! Le taureau ! La course !

Il sifflait, il frappait des pieds, il faisait, sur ces gradins mouillés, un tapage d'écoliers en révolte.

— La course ! La course !

— Le taureau !

Et malgré son aplomb, M. Martineau, regardant les spectateurs, souriait d'un air bizarre, paraissait mal à l'aise devant la manifestation qui grossissait, grondait, irritée.

Ce bruit, d'ailleurs, réveilla de l'espèce de torpeur volontaire, où il s'enfonçait amèrement, le Gato, subitement pris de colère, à son tour. Le torero devinait trop bien que le directeur, déçu, allait, faisant d'un ennui une aubaine, profiter de cette pluie pour rendre la faible recette et supprimer, faire sauter, comme une carte gênante, l'indemnité due à la cuadrilla. Pas de course, pas d'appointements. Si J.-J. Martineau ne réalisait pas du premier coup *la forte somme*, il économisait, du moins, les émoluments d'El Gato et de ses hommes. Ainsi, à tout prendre, la journée n'était pas mauvaise.

Rapidement l'impresario avait fait ce calcul tout simple et c'était la cuadrilla qui, de la sorte, payait le faux départ, la journée manquée de la Plaza franco-espagnole.

— Maldonne, il y a maldonne, pensait Martineau. Tant pis pour le Gato !

Et le Gato, voyait clairement, devinait, tout à coup, la pensée du tripoteur d'affaires. Il alla droit à ses camarades, à José Tinco, son ami, et dit vivement, en espagnol :

— Nous courrons ! *Que importa?*

Puis, se détachant du groupe des banderilleros, s'avançant au milieu du cirque, il fit un geste, un geste impératif, absolu, se frappant la poitrine, puis, désignant le sol détrempé, pour bien démontrer que *lui* voulait demeurer *là*, et qu'il ne sortirait pas, et qu'il ne quitterait point l'arène, malgré la pluie, malgré M. Martineau, et que, venu pour courir, il courrait...

Les spectateurs comprirent de suite. Ils comprirent ce duel de volontés entre l'impresario et les toreros. La pantomime du Gato apparut distincte, comme une parole décisive. Très bien ! A la bonne heure ! Ils acclamèrent le torero.

— Bravo ! Bravo !...

Et M. Martineau avait beau faire, ordonner de partir, de rentrer à l'écurie, le geste entêté de Ramon Lopez montrait toujours l'arène du cirque, comme s'il eût voulu y prendre pied, s'y enfoncer plutôt que d'en sortir, et les compagnons du Gato répétaient le même signe pour dire au public : « Nous ne sortirons pas ! »

Alors, vaincu, J.-J. Martineau, après un haussement d'épaules, donna, de loin, à la trompette, le signal de sonner, et l'appel guttural qui annonce la sortie du taureau traversa l'air mouillé, tandis que l'impresario murmurait, entre ses dents, rageusement :

— Ils veulent courir pour gagner leur argent ! Tout simplement !... Tas de voleurs !

III

Alors le Gato se sentit comme éperonné, poussé par l'ardent désir de se distinguer, de gagner, en un jour, à Paris, cette autorité que la fortune lui refusait en Espagne. Candidat à la gloire, candidat déjà vieux et las, il allait enfin, là, enlever d'assaut la renommée, la conquérir, l'épée au poing, comme un paladin des temps héroïques. Quelque clairsemés que fussent ces Parisiens, sur les gradins du cirque, c'étaient des Parisiens et il y avait parmi eux des gens de goût, des gens célèbres. Ceux-là, demain, répéteraient à d'autres Parisiens le nom du Gato !

Le torero regrettait que, du toril, ce fût un taureau *embolado* qui sortît, un taureau aux cornes enveloppées d'une grosse gaine de cuir terminée en boule et amortissant, rendant inoffensifs les coups portés. Il eût voulu un taureau fou de colère, aveuglé de lumière, fouillant la terre de ses pieds, et, de ses cornes, labourant la chair des chevaux et demandant de la chair d'homme. Ah ! le Gato, dût-il y rester, cloué sur la corne et promené dans l'arène comme Pepe

Illo, dans la sombre vision de Goya, ou la cuisse percée
comme le Tato, ou les entrailles sorties, comme Pepete Ro-
driguez, il eût donné aux Parisiens un rude spectacle, bravant le sort, jouant sa vie...

Mais la police de France ne permettait pas ces folies héroïques. Elle trouvait cruel le duel à mort entre l'homme et
la bête?... Soit. Le Gato renonçait à cette lutte, mais il gardait le péril. Et pendant que les trompettes saluaient d'un
cri strident l'ouverture du toril, l'Espagnol se disait, tout
bas, mordillant sa lèvre :

— *Vamos a ver !* Nous allons voir !

Elle s'était ouverte, la porte du toril, une porte de bois
blanc, laissant voir l'intérieur de la cour où, non pas mis
à l'ombre, mais parqués comme des moutons, deux ou trois
taureaux se vautraient, fatigués et paisibles. Et dans l'encadrement de cette porte ouverte, un petit taureau roux, avec
une ligne de poils noirs courant comme une barre factice
le long de son épine dorsale, se tenait droit, étonné, regardant à droite et à gauche, mais sans avancer.

Le Gato l'avait examiné, d'un coup d'œil. On pouvait, en
l'irritant, en le piquant, lui souffler, lui inoculer un peu de
colère. Mais le taureau restait bien calme sur le seuil, tournant la tête lentement d'un air ennuyé, peut-être dédai-
gneux.

Les cris commençaient dans le public. On trouvait
comique, ironique, l'immobilité du petit taureau. Un
homme, armé d'un bâton, par derrière, le poussa durement
vers le cirque. La bête fit quelques pas dans l'arène et s'arrêta encore à demi transie entre le ciel humide et le sable
boueux.

Alors les jeux de pique et de *capa* commencèrent. Les
picadores, poussant leurs chevaux vers le taureau, le bra-
vaient, la lance en arrêt, le fer de leur pique chatouillant
presque le mufle de l'animal. Lui, de ses gros yeux ronds les
regardait, une fumée sortant de ses narines. Puis, quand il
baissait la tête, ses cornes menaçant le poitrail du cheval,
le picador l'arrêtait, le maintenant à la force du poignet et
le repoussait d'un coup de lance. On voyait, sur les poils
roux, de larges taches de sang. Mais la bête n'entrait pas en

furie. Elle poussait plutôt de longs gémissements de souffrance. Le taureau roulait autour de lui des yeux fous, sa
langue baveuse léchait ses naseaux, il gémissait toujours, les
banderilles plantées dans sa chair le faisaient souffrir sans
le faire bondir.

— Il est donc en beurre? dit El Gato à José Tinco. C'est
dommage!... Eh! *valga me Dios!* ce n'est pas, une course,
ça!

— Pas même une course de *novillos!* fit le banderillero.

José Tinco éprouvait, comme le Gato, une irritation
sourde à voir cette parodie de course meurtrière, à jouer
son rôle dans cette comédie dont les Parisiens étaient dupes.
Il avait, comme son chef de cuadrilla, la tentation de ris-
quer sa vie, de montrer ce qu'était un torero, même devant
un taureau avachi comme la pauvre bête livrée aux coups de
lances, aux harpons des banderillos...

— *La silla*, dit El Gato à Tinco, d'un ton bref.

José comprit, courut à la porte du toril, demanda vivement une chaise, et la porta au Gato, qui prenant deux banderilles, assis sur la chaise et les jambes croisées, attendit
là, à deux pas du taureau, regardant la bête bien en face,
la bravant, l'excitant, lui disant entre ses dents des injures,
reprochant à l'animal de ne pas lui prendre sa vie, à lui,
l'homme qui la lui offrait là, en souriant avec joie...

Et devant cet homme assis là, le taureau ne bougeait
pas, immobile, comme hypnotisé... El Gato posa alors une
banderille sur la chaise et, prenant son petit sombrero, le
lança à la tête de la bête comme une insulte, comme un
défi. Atteint aux naseaux, une sensibilité soudaine, impré-
vue s'éveilla chez le taureau, peut-être déjà blessé là et irrité tout à coup; il secoua son mufle, baissa le front et bondit sur le torero qui, vivement, lui planta les banderilles
des deux côtés du cou, tout en sautant de côté et en laissant
passer l'animal qui secouait les morceaux de bois ornés de
papillotes enfoncés dans sa chair.

Il y eut aussitôt dans l'assistance, sur les gradins, dans
les quelques loges remplies, une grande clameur enthou-
siaste, des bravos, des cannes et des chapeaux jetés dans
l'arène... Des mots en espagnol et des cris d'*aficionados* mê-
lés aux acclamations françaises; et, sous ce bruit, dans les

fanfares de la musique soulignant un coup de maître, le
petit taureau semblait subitement excité, sautant maintenant de colère, tordant son col comme pour arracher ce fer
planté en lui.

La souffrance, une ardeur inattendue, une fièvre, ren-
dirent tout à coup à la bête une combativité ardente. A la
bonne heure! Il y avait lutte, il y avait péril!... El Gato le
sentait. C'était là quelques minutes électriques dont il fallait
profiter. Le taureau, dans un moment, allait sans doute re-
tomber en sa torpeur humiliante. A présent, là, par mi-
racle, c'était vraiment un adversaire. Il était digne de
l'épée.

— *El salto de la garocha!* dit encore El Gato.

Et pendant que le taureau gardait encore son ardeur, le
torero voulait montrer à cette poignée de Parisiens ce que
peuvent faire des braves, jouant leur vie sur un défi, sur un
tour d'adresse.

José Tinco avait pris une longue perche et la portait à
Ramon Lopez, qui la prit, courut sur le petit taureau et,
quand l'animal baissa la tête, planta la perche dans le sable
et sauta lestement par dessus les cornes et la croupe du taureau.

Alors, ce furent des clameurs de joie, des acclamations
dans le public debout sous la pluie, applaudissant, criant,
jetant au vent ce nom de *Gato* que Lopez, rêvait de voir
célèbre.

— *El Gato, muy bien!* Bravo, le Gato !

Lui saluait, satisfait, tout son petit corps maigre agité
d'une fièvre heureuse. Et J.-J. Martineau tortillait entre ses
doigts sa longue barbe noire, en se disant :

— Oui, oui, va, salue! Qu'est-ce qui paye ces bravos?
Moi, moi, qui n'ai pas pu rendre la recette !

Après le saut de la *garocha*, si bien réussi par El Gato,
José Tinco voulut faire aussi bien et mieux, au besoin, que
son chef de cuadrilla. Il avait souvent, comme Guerrita, posant son pied droit entre les cornes, prenant pour point d'appui le front même, le terrible front bossué de la bête, sauté
par dessus un taureau — et ce coup d'audace, cet ironique
défi au danger, il voulait le montrer aux Parisiens...

— Faut-il ? demanda-t-il au Gato.

— Va, dit l'autre.

Tinco, prenant deux banderilles, se planta alors devant le petit taureau roux, levant les bras, se haussant sur la pointe du pied, appelant la bête ; et lorsque le taureau, baissant les cornes, fit un mouvement pour courir sur l'homme, le torero avança et, piquant les deux banderilles à la fois, posa son pied sur le front de la bête. Il était debout sur le taureau courbé, tout son corps tendu et comme lancé dans le saut habituel ; mais, soit que quelque gravier de l'arène demeurât à sa semelle, soit que la sueur mêlée de sang et de boue dont le taureau était couvert l'eût fait glisser, Tinco chancela, son élan s'arrêta et on le vit, courbé en deux, tomber sur le front de la bête.

Sa chute même ne put être arrêtée. Le taureau secoua un moment ce corps, qui glissa sur le sable, et, dans ce mouvement, une des gaines de cuir s'étant défaite, ce fut une corne aiguë qui alla repousser, qui laboura dans la boue le torero tombé.

El Gato était devenu pâle en voyant le taureau *désembolé* et le banderillero, là, sous la bête. Il courut, la muleta à la main, détournant les coups, tandis que la cuadrilla tout entière entourait le taureau, lui disputant Tinco, droit devant. Les femmes criaient sur les gradins ; la pluie semblait fouettée maintenant par un vent d'épouvante.

En deux coups de la muleta rouge, El Gato avait attiré à lui le taureau, le petit taureau maintenant féroce, et dont une corne, la corne sans gaine, paraissait teinte de rouge. Et tandis qu'on relevait José Tinco qui partait en boitant, qu'on emportait plutôt hors de l'arène, Ramon Lopez restait là, droit devant la bête, la regardant en face, les yeux fous, car il voyait bien qu'il y avait du sang, oui, du sang de Tinco, là, sur le sable mouillé...

La trompette sonnait alors la mort, la mort du taureau ..

— L'espada ! dit El Gato d'une voix sourde.

On lui apporta deux épées ; l'une pareille à celle qu'il maniait là-bas, et avec laquelle il tuait le taureau, l'autre dont la pointe seule, adaptée à une lame d'acier, devait s'adapter, comme une autre banderille, dans la chair du taureau.

Lopez prit d'abord la première, celle qu'il fallait jeter ensuite au moment où il devait faire le simulacre, la pantomime de la mort.

Il la prit, l'épée d'habitude, et alla au taureau, la muleta dans la main gauche.

Le petit taureau roux, avec sa corne libre, était maintenant redoutable. De ses pieds, il grattait la boue, il reniflait le sable de ses naseaux élargis. Les spectateurs devinaient bien que ce n'était pas seulement un jeu d'acrobates auquel ils assistaient, qu'il y avait eu blessure tout à l'heure, qu'il y avait péril maintenant...

— A mort! A mort! criaient quelques-uns.

Et de gutturales voix d'Espagnols, traversant l'air :

— *Mata lo! Mata lo, Gato mio! Mata! Mata!*

Il savait bien, le Gato, qu'il ne devait pas tuer. M. Martineau le lui avait dit. On n'était pas en Espagne, il fallait obéir aux lois françaises. Mais le torero voyait encore, sous cette corne rougie, le banderillero couché dans la boue.

Il regardait le taureau avec rage. Un des banderillos qui avait conduit, porté Tinco hors du cirque, revenait justement, l'air mécontent — et comme il se plaçait, la cape à la main, auprès d'El Gato :

— Tinco? interrogea simplement Lopez.

— Touché!

— Le ventre?

— Les côtes!

— *Cochino de toro!*

Et, l'œil rouge, le Gato regarda encore le taureau, tandis que des clameurs, des cris, des appels, des excitations féroces se croisaient sous la pluie, allaient aiguillonner le matador, comme des pointes de feu.

— Tue-le! A mort! *Mata lo! Mata lo, Ramon!*

Le taureau maintenant restait immobile, abruti, comme satisfait du coup donné à l'homme, vengé, repu. Ramon Lopez le trouvait lâche.

Il voyait cette corne, rouge du sang de l'autre, et il lui semblait qu'il ne devait pas, qu'il ne pouvait pas laisser la vie à ça, qui avait blessé Tinco.

— *Mata! Mata!*

Il ne savait plus s'il était à Paris ou à Puerto-Santa-Ma-

ria, si le règlement permettait ou défendait. Il avait une
épée, l'espada courte à petit manche rouge, l'épée tenue entre les doigts et appuyée à la paume de la main. Il l'éleva à
la hauteur de son œil droit, visa Lien la tête, *en los rubios*,
aux derniers crins, en haut du garrot, et demeura ainsi debout, quelques secondes.

— *Mata! Mata lo!*

— Tue-le !

— A mort !

Tous ces cris allaient à Ramon Lopez comme des poussées
de colère, de rage. Et lui, les yeux congestionnés, pensant
à Tinco, éprouvait une sorte de jouissance à se dire qu'il
allait venger José, trouer la bête...

Le petit taureau, un moment hébété, se releva tout à
coup, vivement, et, comme poussé par un ressort, bondit
vers le Gato. Aussitôt l'espada, agitant la muleta rouge, fit
une volte pour éviter cette lourde tête baissée ; mais, dans
ce mouvement sur le sable mouillé, la rapidité du saut fut
gênée et, le taureau relevant sa corne, la pointe aiguë, cette
pointe rouge qui venait de labourer les chairs de Tinco,
s'enfonça dans la cuisse gauche du Gato qui bondit en ar-
rière, poussant un juron, et s'appuya sur son épée pour ne
pas tomber.

Il ressentait une douleur terrible ; mais il était debout, et
les spectateurs n'avaient rien vu, le torero dissimulant sous
sa muleta rouge sa culotte de soie trouée. Tomber là lui eût
semblé une honte.

Il reprit son aplomb par un effort violent, et, raide, l'épée
droite, nettement, d'un geste bref comme la détente d'un
ressort d'acier, tandis que M. Martineau, qui devinait tout,
jetait les hauts cris, il poussa droit la pointe d'acier au cœur
de la bête.

— Bueno, Ramon! dit une voix dans la cuadrilla.

Le public avait cru à un simulacre. Le taureau restait debout, en face de l'homme, devenu livide ; mais J.-J. Martineau était presque aussi blême que le torero, pendant que
Ramon Lopez regardait froidement le bout de son épée.

Tout à coup, foudroyé, le taureau tomba comme agenouillé,
et, d'un second mouvement, s'aplatit à terre lourdement,
la tête dans le sable, sa tête énorme d'où la langue pendait.

Alors, une immense clameur s'éleva, comme si quelques poitrines eussent produit le bruit d'une foule...

— Bravo, El Gato! Bravo! Bravo! Bravo!

Des fleurs tombaient, lancées à travers la pluie, des fruits, des éventails; et, pendant qu'on l'acclamait, Ramon Lopez, essayant de sourire, sentait que ses forces l'abandonnaient, appelait un banderillero : « Joaquin! Joaquin! » et s'appuyait à son épaule, saluant encore, souriant toujours, mais pâle comme un mort.

Puis, élégant, sans qu'on vît que sa culotte de soie rose se plaquait d'une tache rouge, il s'éloigna lentement, lentement, la cuisse trouée et disant à l'autre, très calme :

— Voilà! C'est la blessure du Tato. Et il n'a plus couru, depuis cette blessure-là, le pauvre Tato!

Les bravos cependant continuaient, redoublaient, pendant que, sous la pluie, la musique reprenait, jetant de tous ses cuivres, à l'averse froide, l'air d'Escamillo de *Carmen*.

IV

J.-J. Martineau, dans l'aventure, ne voyait très distinctement qu'une chose assez agréable : la violation des règlements par El Gato donnait à l'impresario le droit de ne point payer la cuadrilla. Comment donc! mais il était presque en droit de demander des dommages-intérêts à Ramon Lopez, M. Martineau.

Car — très certainement — l'autorité allait prendre contre la Plaza franco-espagnole de Neuilly le même arrêté que contre la Plaza de la Fédération, lorsque Lagartijo avait tué le taureau devant la reine. A quelque chose malheur est bon. Quel prétexte pour demander du temps aux fournisseurs et pour faire parler du cirque nouveau dans la presse?

L'ancien rédacteur en chef de *Paris-Brillant* rédigeait, le soir même, un nombre d'entrefilets variés, sous divers titres, le *Scandale de la Plaza de Neuilly*, les *Coups d'épée de D⁰ Ramon Lopez*, la *Mort du taureau Rubio*, l'*Audace d'El Gato, Héroïsme et Barbarie*, etc., tandis que, dans la petite chambre de l'hôtel de l'avenue de Neuilly, le Gato s'étendait sur son lit, souffrant et pris de fièvre.

On avait, après sa blessure, voulu le porter à l'hôpital Beaujon; mais ce mot d'hôpital sonnait comme un glas aux oreilles du Gato et le torero s'opposait à ce qu'on le séparât des camarades. José Tineo, atteint à la poitrine, resterait aussi dans l'hôtel. Il semblait à Lopez qu'il était moins en danger parmi ses compagnons. Ils le soigneraient. Ils en avaient tant vu, de blessures, dans leur existence batailleuse ! Ils regardaient l'espada avec le flegme résigné, fataliste des marins devant une épave. Aujourd'hui, lui. Demain, nous. C'est la vie.

Mais quant à abandonner leur chef aux soins d'étrangers, à le laisser emporter dans cette maison de moribonds, l'hôpital, non, certes non; Ramon d'ailleurs ne le voulait décidément pas.

Et puis était-il donc si grièvement blessé? Il en avait reçu bien d'autres coups de corne! On en revient. Sa joue balafrée était là pour le prouver.

Un chirurgien, appelé en hâte, hochait cependant la tête dès la première visite.

— Le coup est bien mal placé, disait-il.

Et les regards du Gato s'enfonçaient dans les yeux du docteur, pour mieux comprendre, presque deviner — le pauvre Gato sachant à peine quelques mots de français.

Toute la cuadrilla, logée, entassée plutôt dans le petit hôtel d'ouvriers, semblait navrée, comme atteinte par la blessure du Gato. Les toreros étaient rentrés mouillés, leurs vêtements détrempés, les capes fripées, tristes de savoir leur chef sur le flanc, supprimé. Lui, très calme, fumait des cigarettes sans dire un mot.

Mais la campagne débutait mal à Paris. Cette pluie battante, ce cirque vide, cette parodie d'une course d'Espagne, tout cela, plus que la blessure même, emplissait d'humeur noire l'esprit du Gato. On l'avait trompé. On venait de le conduire, comme à un guet-apens, à une baraque de foire.

Et, allongé dans son lit, comptant et recomptant les petits bouquets du papier à semis de fleurs de la chambre, Lopez éprouvait une sensation d'étouffement dans ce misérable hôtel borgne où M. Martineau le logeait, lui et ses amis. La patronne — il s'en souvenait — les garçons à moustaches, regardaient ces Espagnols comme des bêtes curieuses, s'amusaient des petites nattes tressées qu'ils enroulaient sur leur nuque, les servaient lentement comme des clients au rabais. Ramon Lopez éprouvait cette sensation qu'il était là comme par grâce. D'instinct, il devinait autour de lui, autour de ses compagnons, des restrictions, des réflexions qu'on leur cachait, mais qu'on faisait tout bas. Les jours précédents, les garçons chuchotaient aux repas, regardaient les toreros d'un air bizarre, additionnant les morceaux de pain, les bouteilles de vin, comme si la cuadrilla eût absorbé plus de nourriture qu'on ne s'y attendait.

Ils étaient sobres pourtant, fumant leur *papelito*, passant leurs journées silencieusement sur des chaises. Le Gato se demandait si, pour longtemps, il était couché là, inutilisé, hors de combat. M. Martineau était venu le voir, une fois, et, tout en prenant des nouvelles du blessé, il n'avait point caché à Ramon Lopez son mécontentement.

— La préfecture va fermer la plaza. Tuer le taureau, quelle idée ! Une fermeture, c'est la ruine !

Et, du premier coup :

— Vous savez, si le cirque est fermé à cause de vous, je rogne les appointements !

Il parlait assez bien l'espagnol, et Lopez, les yeux rivés sur cet homme, planté là à côté de son lit, Lopez comprenait. Il comprenait surtout que l'impresario voulait profiter de l'occasion pour faire une économie. Le torero eût, en tout autre moment, répondu violemment à cet homme, riposté par la colère. Mais, à présent, le Gato ne ressentait que de l'accablement, s'abandonnait, lassé, avec une résignation fataliste. La fièvre, d'ailleurs, l'affaiblissait, lui donnant cette apathie des malades qui sentent le monde continuer à vivre autour d'eux et la terre tourner sans se soucier de savoir comment elle tourne.

Et puis c'était l'impression d'isolement éprouvée plus

lourdement que jamais, qui le débilitait. Il lui semblait que
sa cuadrilla et lui étaient perdus dans une immensité. Le
petit hôtel leur paraissait comme un blockhaus assiégé par
les curiosités banales, les voisinages indiscrets. Il savait
qu'on se montrait du doigt les toreros en petites vestes
courtes, quand ils sortaient, et ils ne savaient où aller, à
travers ces rues inconnues, battant le pavé, les mains dans
leurs poches de gilet.

Rassuré sur l'état de José Tinco, qui, lui, ne sortait pas,
et tenait compagnie à l'espada, El Gato avait la sensation
vague de se trouver en danger. Sa blessure ne le faisait pas
trop souffrir, et pourtant sa santé lui semblait faiblir tous
les jours. En Espagne, il n'eût peut-être pas éprouvé le
même sentiment de crainte. Chaque jour amène sa peine et
son péril. Mais, loin de tout — si loin du pays — chez les
étrangers, alité, jeté là dans un coin d'auberge, comme un
paquet de linge, c'est triste. Un coup de corne dans le corps,
on en revient, parbleu ! Mais la fièvre, l'ennui, les longues
journées sans mouvements, la maladie dans cet hôtel perdu,
les soins à demander dans une langue à peine balbutiée,
avec un accent qui amenait un sourire aux lèvres des garçons, tout, pour le torero, était un supplice inattendu, une
souffrance de chaque instant.

Le chirurgien, qui venait chaque jour, rassurait un peu
Ramon Lopez. Mais ce qui inquiétait le Gato, en même
temps que cette jambe dont les artères battaient, comme en-
gorgées, c'était l'attitude de J.-J. Martineau, car l'impresario
n'avait point reparu depuis son unique visite, et depuis ce
jour aussi le cirque était fermé. Ordonnance de police ou
manque de numéraire, El Gato apprenait par Joaquin que la
Plaza, à peine ouverte, était comme abandonnée. Inachevée,
elle avait entre-bâillé ses portes pour les clore. Une grande
bande de toile avait été tendue sur l'entrée, au-dessus des
guichets où la foule, la foule espérée de J.-J. Martineau,
devait se précipiter pour prendre des billets : « Clôture
« provisoire, prochainement réouverture solennelle de la
« *Plaza* ».

Mais point de nom d'espada célèbre, cette fois, pas de nom
d'étoile, *réouverture*, simplement. M. Martineau s'occupait
de trouver un programme étincelant, des attractions, des

numéros variés. Seulement il ne donnait pas de ses nouvelles
à la cuadrilla, logée là-bas, avenue de Neuilly. Rien. Le
silence.

Les pauvres gens commençaient même à se demander ce
que l'impresario attendait d'eux. Pourquoi ne reparaissait-
il pas? On devait *courir* deux fois par semaine, le dimanche
et le jeudi. Un jeudi déjà avait passé, le dimanche approchait, et de Martineau point de nouvelles.

Dans les corridors de l'hôtel, les Espagnols se croisaient,
silencieux, échangeant des hochements de tête, des regards
inquiets.

Et leurs frais de route? Et le paiement de leur première
représentation?

Ramon Lopez s'informa auprès de la maîtresse de l'hôtel
si le logis de M. Martineau, rue Mansart, était bien éloigné.
Non. Et, du reste, avec une voiture!...

Alors il pria Joaquin d'aller là-bas. Le banderillero se
jeta dans un fiacre, donna l'adresse, et, à la porte même de
J.-J. Martineau, il se heurta contre l'impresario qui sortait.

La vue du torero ne parut pas faire grand plaisir à Martineau.

— Ah! c'est vous?... dit-il, de sa voix claironnante. Eh
bien! votre espada, le fameux Gato, il est dans un joli pétrin, votre Gato!

L'Espagnol répétait « pétrin... pétrin », sans comprendre.

— Oui, avec son coup d'épée! Une belle idée, parlons-
en! Le préfet a été furieux. Et, à propos, sa jambe?... Oui,
la jambe?

Il demandait des nouvelles de Ramon, d'un air indifférent, peut-être tout simplement pour éviter la question
qu'il pressentait.

— Le médecin dit que cela peut s'arranger, répondit
Joaquin. Mais ce n'est pas cela... Là-bas, à l'hôtel... La cuadrilla...

— Eh bien! quoi, la cuadrilla?

— Elle réclame ses appointements. Voilà déjà une semaine que nous sommes à Paris.

— Je le sais bien, dit Martineau. Et j'aurais même
souhaité que vous fussiez venus une semaine plus tard. La

Plaza de toros ne serait pas fermée... Par la faute de ce Gato, dit-il encore, en voyant l'air étonné du toréro.

— Sa faute... Que voulez-vous? La colère...

— Je sais, je sais... Ah! je ne vous blâme pas. Je comprends ça... Je comprends tout... Seulement, vous concevez, les affaires sont les affaires et je ne peux pas payer des appointements à des gens qui m'ont fait fermer boutique. — Vous ne pouvez pas?...

Le torero se demandait s'il entendait bien. M. Martineau parlait de ne point payer. C'était là la réponse que Joaquin allait rapporter au Gato alité. Et comment vivrait-on, alors, dans ce Paris, à l'hôtel? Qui payerait les soins du chirurgien soignant le blessé?

— Je vous paierai après la prochaine course.

— Qui aura lieu... quand? la prochaine course?

— Ah! cela, fit Martineau, je n'en sais rien, par exemple! Interrogez le préfet, là-dessus. Mais, pardon, il vient un vent, j'ai mal à la gorge, je crains les angines... au revoir!

Et il laissa le pauvre diable, planté dans la rue, regardant J.-J. Martineau s'éloigner, héler un fiacre, monter dedans, dire deux mots au cocher et disparaître.

De cette conversation rapide devant un portail, Joaquin ne retenait qu'une chose : l'impresario refusait de payer. Le torero avait-il tout à fait compris, vraiment bien compris? Comment, lui et ses compagnons se trouvaient à Paris, comme échoués dans un îlot, tout seuls, au milieu d'une mer humaine? Ils étaient venus, appelés, grisés par un mirage, et maintenant, à peine débarqués, ils se voyaient abandonnés, à la merci d'une hôtelière dont peut-être ils ne pourraient point payer le logis, si elle en réclamait le prix.

Joaquin n'osait presque pas répéter à Lopez ce que Martineau avait osé lui dire.

Le pauvre Gato tombait du haut d'un rêve :

— Comment, il a dit cela? Voilà ce qu'il a dit?

— Oui, faisait Joaquin, d'un signe de tête.

Alors, s'agitant sur son oreiller, le chef de cuadrilla cherchait ce qu'il fallait faire. Réclamer auprès de l'ambassadeur?... Demander justice aux tribunaux? Il ne savait pas. Il verrait, tiendrait conseil avec les autres. Il maudissait cette

blessure qui le clouait là, l'empêchait d'aller droit à J.-J.
Martineau et de le colleter, au besoin, de ses mains maigres,
dures comme le fer d'un étau.

S'il avait pu se lever, courir rue Mansart! Mais le chirurgien ne semblait pas très content de cette blessure qu'il
avait examinée, le matin même, avec un peu d'inquiétude,
pendant que, toujours indifférent, Ramon Lopez mâchonnait
une cigarette éteinte.

José Tinco, dont le côté labouré par le petit taureau allait
mieux, ne quittait plus le chevet du Gato. Le jeune homme
tâchait de consoler l'espada, lui parlait de ce qu'il rêvait. Il
racontait au Gato ses projets, ses ambitions. Lui aussi, fier
de son art, voulait devenir une *espada!* Et tout ce qu'il avait
laissé en Espagne, là-bas, dans le quartier des pêcheurs, à
Saint-Sébastien : une jolie fille, la Conchita, si jolie, et
bonne, et sage ! Sa *novia!* Oui, sa fiancée! Il la reverrait. Il
avait à présent hâte de la revoir. Et lui, le Gato, est-ce qu'il
ne retournerait point avec plaisir au pays, en Espagne? Est-
ce qu'il ne pouvait pas y trouver aussi une *novia,* brune ou
blonde?

El Gato le laissait parler, mais superstitieusement ces
songes d'avenir lui paraissaient ironiques comme de l'irréa-
lisable, et lui faisaient peur. Il lui semblait que quelque
chose d'invisible planait entre Tinco et lui, dans cette petite
chambre. Le soir, surtout, le torero avait la sensation que
quelqu'un était là, quelqu'un d'invisible, de mystérieux,
d'impalpable et de présent, et qui écoutait, et qui épiait, et
qui étendait sur ce lit blanc une main d'ombre.

Le chirurgien combattait de son mieux l'innervation qui,
parfois, réveillait, la nuit, le Gato étouffant, et qui lui faisait,
avec cette plaie de la cuisse, redouter quelque complication,
le tétanos. Il commandait aux gens de la cuadrilla de visiter
souvent leur chef pour le distraire, sans trop le faire parler.
Alors, ces pauvres gens venaient, passaient, serraient la
main du Gato et se retiraient. Il y avait sur les visages
maigres, brunis, parcheminés de tous ces hommes habitués
à la mort, une impression de lassitude, et, dans leurs yeux
rouges, des larmes refoulées. Tous ces êtres de combat, qui
jouaient chaque jour leur existence sur un coup d'adresse
comme sur un coup de dés, se sentaient mordus en pleine

chair, frappés dans leur chef, au début d'une expédition qui,
lorsqu'ils partaient, allègres, leur semblait devoir être une
partie de plaisir.

— *Viajeres, al tren !*

Et si c'était, pour l'un d'eux, le train de mort qu'il avaient
pris, sans le savoir?...

La maîtresse de l'hôtel en avait bien peur; elle aussi paraissait mécontente, fronçait les sourcils en regardant ces
Espagnols qui — est-ce qu'on sait? — venaient peut-être là
mourir chez elle! Comme si ce Gato — était-ce un nom
de chrétien, le Gato? — n'aurait pas pu entrer à Beaujon!
Le tétanos possible !... Pourquoi pas un enterrement, la
maison meublée tendue de noir? Voyez-vous le bon effet de
ce deuil sur les clients! Autant valait écrire au-dessus de la
porte d'entrée : *Hôtel du Centenaire. Ici l'on meurt.* Quelle
réclame! D'autant plus que la première quinzaine de location
ayant seule été soldée par Martineau, Mme Jobin voyait rapidement arriver le jour où le crédit de tous ces *matadors*,
comme elle disait, serait épuisé. Et alors, ma foi, s'ils ne
payaient pas au moins une semaine d'avance...

Et Gato y pensait bien aussi, au payement de ces frais
d'hôtel, et il comptait les jours, qui passaient si vite. Il
renvoyait Joaquin rue Mansart, chez Martineau, lui disant
de menacer, cette fois, d'exiger. J.-J. Martineau n'était pas
là. A la *Plaza de toros*, sur le terrain vague de Neuilly, la
large bande blanche, un peu déchirée, barrait toujours la
porte et disait encore, malgré l'automne qui venait vite :
Prochainement réouverture... Réouverture *solennelle*, Martineau tenait à ses adjectifs. Et, à côté, une affiche récente si-
gnée *J.-J. Martineau, manager*, promettait aux Parisiens,
pour cette réouverture, une troupe nouvelle : clowns et
équilibristes, cow-boys et dompteurs de chevaux. De la cuadrilla du Gato, il n'était plus question, et Ramon eut le cœur
serré quand Joaquin vint à l'hôtel lui donner ce renseignement.

Maintenant une chose qu'il n'avait jamais redoutée, jamais, dont il avait, au contraire, ri bien des fois en son existence picaresque, une chose sinistre dans ce Paris où il lui
semblait qu'il était perdu comme un caillou dans la mer,
causait une effroyable terreur à ce malheureux homme

étendu, secoué de la fièvre dans un lit d'auberge : — c'était
la misère.

La misère, la maladie, l'abandon. Tous ses compagnons
acculés comme lui à cette réalité : le cirque fermé, l'impresario invisible, en fuite peut-être, pas d'amis, d'argent, rien,
pas une ressource, le vide, la dette à l'étranger, au bout du
monde.

— *Viajeros, al tren !*

Ah ! les belles promesses mensongères de J.-J. Martineau
— de Perpignan — sous la tonnelle, en Andalousie ! Paris !
Paris ! Paris ! La gloire ! Ce nom jeté à la foule et répété et
acclamé : *El Gato !* Le départ pour la conquête heureuse,
pour la renommée et la fortune ! Résultat : un lit de blessé,
un lit même qu'on lui refuserait s'il ne le payait pas.

Alors, sa tête menaçait de se prendre. Il se demandait, le
pauvre Gato, s'il devenait fou. Pour payer, on vendrait les
costumes de toreros, les épées, les sombreros, tout cet atti-
rail de bataille et de victoire qui serait, pour les Parisiens,
des oripeaux et des accessoires de carnaval. Mais il voulait
payer, maintenant, il voulait partir, partir tout de suite. Il
étouffait dans cette chambre étroite, dans cet immense,
sourd et égoïste Paris...

Ils serviraient à quelque bal masqué, les vêtements sai-
gnants du torero ; mais du moins il serait libre, il reverrait
le ciel de là-bas que son angoisse lui disait qu'il ne reverrait
plus.

Le chirurgien combattait de son mieux cet état nerveux
qui croissait, mettait en danger le blessé ! Mais cela devenait
l'idée fixe du Gato : partir, partir dès demain.

Au fait, il était transportable. Un lit dans un wagon du
Sud-Express et Ramon Lopez pouvait supporter le voyage.
Mais l'argent ? Etre venu de si loin pour tomber aux maigres
bras de ce spectre, la misère.

Alors, lui, le pauvre torero ignoré, vainement affamé de
gloire et vaincu, il se souvint de la fraternité qui unit les
compagnons de l'art, les savants de la tauromachie, et il
écrivit à ceux de ses rivaux qui *couraient*, acclamés des Parisiens, dans la Gran Plaza de Passy, rue Pergolèse. Ils
étaient là, pour quelques jours, les plus illustres de l'Espagne, les *espadas* célèbres. Peut-être se détourneraient-ils en

apprenant qu'en ce triste hôtel de Neuilly l'humble cuadrilla était comme accrochée, et qu'il était blessé, le Gato,
lui-même.

Ce nom, El Gato, ne dirait rien sans doute aux toreros
acclamés, favorisés de la vogue. Les journaux de Paris
avaient parlé de lui un jour à peine, pour annoncer le scandale de la Plaza franco-espagnole, la mort du taureau ; encore avaient-ils écorché son nom : *El Gato, El Bato...* Mais
non, comme un comédien de la banlieue verrait tomber chez
lui un grand artiste en pleine gloire, Ramon Lopez vit arriver, le soir, dans la petite chambre, un de ceux que les
aficionados acclamaient en Espagne, à Buenos-Ayres, à
Paris, partout, et, se soulevant à demi, El Gato remerciait
alors, étonné, touché jusqu'aux larmes, pendant que l'espada illustre lui tendait la main et disait :

— Vous voulez revoir le pays ? Je comprends ça. Eh bien !
permettez-moi de vous rapatrier. Vous me rembourserez
sur votre prochaine course en Espagne !

Partir !... Le pauvre Gato, si le chirurgien le permettait,
pourrait partir dès demain. Le prêt généreux du maître tombait là comme une manne. Et, avec la même fièvre heureuse
qu'il avait ressentie au moment de quitter Puerto-Santa-
Maria, le torero laissait là l'hôtel, l'étroite chambre, Paris,
et tous les rêves, toutes les chimères de Paris; heureux de
fuir, pendant qu'un fiacre le conduisait lentement — le torero, à demi couché, la jambe étendue, jusqu'à la gare. Et
là, couché dans un wagon — la plaie étant fermée d'ailleurs
— il entendait, comme un appel de délivrance, ce cri des
employés fermant brusquement les portières :

— *Les voyageurs en voiture !*

— *Viajeres, al tren !* — *Les voyageurs en voiture !* Que de
déceptions tenaient entre ces deux cris, l'un d'assaut, de
conquête, de joie, et l'autre de retraite, de déroute !

La cuadrilla entière était là, réunie sur le quai de la gare,
morne, silencieuse, entourant, accompagnant le blessé qui
disait au chirurgien :

— Merci, je vais déjà mieux. Il était temps. Je perdais la
tête. J'étouffais !

Ils s'entre-regardaient, résignés et déçus — rentrant au

pays comme chasseurs au gîte après la battue des buissons creux.

Et il semblait au Gato que le signal du départ était si lent à venir, qu'on ne le donnerait jamais, qu'il ne partirait pas.

Il en avait plein le cœur, un cœur gros d'amers déboires, de ces châteaux en Paris aussi vite écroulés que des châteaux en Espagne !...

A l'aspect du premier carabinero entrevu sur la frontière, avec ses buffleteries et son tricorne, il lui semblait qu'il revivrait...

Un coup de sifflet... Tout s'effaça, pour le Gato, de ce cauchemar qu'il était venu chercher si loin : le cirque en planches, le sol boueux, la petite chambre où il comptait, comptait et recomptait les bouquets de fleurs peintes, la barbe noire, le rire et les mensonges de J.-J. Martineau, les nuits de fièvre, la peur du tétanos, le mauvais regard de l'hôtelière enfin payée — tout...

Et Ramon Lopez, allongé dans le wagon-lit, dit à José Tinco qui le veillait toujours !

— Don Quichotte rentre au logis, bafoué, ruiné, crédule et bête !

— Vive don Quichotte ! répondit Tinco. *Hombre !* les braves gens, même bernés, valent mieux que les coquins !

— Et puis, dit fièrement El Gato, après tout, j'aurai fait à Paris ce que n'y ont fait ni Frascuelo, ni Lagartijo, ni Mazzantini, ni Angel Pastor, ni Guerrita...

Il se releva comme pour lancer, par la portière du wagon, un défi à ce Paris qui déroulait au loin son immense panorama de pierre :

— J'y ai tué le taureau !... Adieu, Paris !

J'ai découpé — histoire de tous les jours, *faits divers* contenant, ô Darwin ! dans leur ironique rapprochement, toute une théorie de la vie — ces deux extraits dans un récent journal :

« On écrit de *Calatayud* (Espagne) : Ramon Lopez, dit *El Gato,* un torero peu connu quoique très alerte et très

brave, vient d'entrer, comme teneur de livres, chez un
négociant de notre ville. El Gato, comme son glorieux con-
frère El Tato, a été naguère amputé de la jambe gauche par
suite d'une blessure reçue dans une course à Paris, et qui
n'avait jamais été complètement guérie. »

« *Londres.* — A l'Exposition française de Earl's Court, à
Londres, figureront des danseuses malaises ou javanaises.
C'est par elles que sera inauguré le *Royal International
Circus*, construit sous l'impulsion de M. J.-J. Martineau,
publiciste et impresario, bien connu à Paris, où il a fondé le
Paris-Brillant et ouvert, un moment, une des *plazas de
toros* qui furent l'attraction de l'été de 1889. M. Martineau
reviendra peut-être ensuite avec sa troupe, à Paris, qu'il
a quitté pour des raisons intimes sur lesquelles nous ne
voulons pas insister. »

Pauvre Gato !

FIN

TABLE

Paris. — Imp. MICHELS et Fils, 6, 8 et 10, rue d'Alexandrie.

Début d'une série de documents
en couleur

LA CIGARETTE

WARD FRÈRES
ÉDITEURS   PARIS

Œuvres Complètes de Jules CLARETIE

DE L'ACADÉMIE FRANÇAISE

En fascicules de luxe à DIX centimes.

*Les ouvrages suivants sont mis en vente chez tous les Libraires,
Marchands de Journaux et dans les Gares :*

LE PETIT JACQUES (complet en 12 fascicules, soit 1 fr. 20).
Envoi *franco* contre mandat-poste de 1 fr. 60.

LA MAISON VIDE (complet en 15 fascicules, soit 1 fr. 50).
Envoi *franco* contre mandat-poste de 2 fr. 05.

LA FUGITIVE (complet en 14 fascicules, soit 1 fr. 40).
Envoi *franco* contre mandat-poste de 1 fr. 90.

LE TRAIN 17 (complet en 15 fascicules, soit 1 fr. 50).
Envoi *franco* contre mandat-poste de 2 fr. 05.

LE PRINCE ZILAH (complet en 11 fascicules, soit 1 fr. 10).
Envoi *franco* contre mandat-poste de 1 fr. 50.

JEAN MORNAS (complet en 5 fascicules, soit 50 centimes).
Envoi *franco* contre 70 centimes en timbres.

LE MILLION (complet en 13 fascicules, soit 1 fr. 30).
Envoi *franco* contre mandat-poste de 1 fr. 75.

PIERRILLE (complet en 5 fascicules, soit 50 centimes).
Envoi *franco* contre 70 centimes en timbres.

CANDIDAT! (complet en 14 fascicules, soit 1 fr. 40).
Envoi *franco* contre mandat-poste de 1 fr. 90.

LA MAITRESSE (complet en 16 fascicules, soit 1 fr. 60).
Envoi *franco* contre mandat-poste de 2 fr. 20.

MONSIEUR LE MINISTRE (complet en 15 fascicules, soit 1 fr. 50).
Envoi *franco* contre mandat-poste de 2 fr. 05.

LES AMOURS D'UN INTERNE (complet en 16 fascicules. soit 1 fr. 60).
Envoi *franco* contre mandat-poste de 2 fr. 20.

NORIS (complet en 13 fascicules, soit 1 fr. 30).
Envoi *franco* contre mandat-poste de 1 fr. 75.

LA CIGARETTE

Sera complet en 8 fascicules.

FAYARD Frères, Éditeurs, 78, Boulevard Saint-Michel, PARIS

PARIS. — IMP. MICHELS ET FILS.

Fin d'une série de documents
en couleur

www.ingramcontent.com/pod-product-compliance
Lightning Source LLC
Chambersburg PA
CBHW070841030726
47504CB00005B/1175